SU REGALO CURVILÍNEA

UNA NOVELA ROMÁNTICA DE UNA CHICA
CURVILÍNEA EN UN PUEBLO PEQUEÑO

EN BUSCA DEL GALÁN DE PAPEL
LIBRO CINCO

MARY E THOMPSON

ISBN de versión impresa: 978-1-967463-85-5

ISBN de versión impresa discreta: 978-1-967463-86-2

 Formateado con Vellum

EN BUSCA DEL GALÁN DE PAPEL

¡Felices fiestas! Es bueno tenerte aquí para celebrar con nosotros. Hace frío fuera, pero las cosas se están calentando aquí dentro. ¡Puede que necesites agua con hielo! No seas un extraño y mantente en contacto.

LIBRO 5

<u>Su Regalo Curvilínea</u>

Gavin

Engañado por mi tía. Me invitó a quedarme con ella en Navidad para arreglar su posada y prepararla para venderla. En su lugar, tenía huéspedes reservados hasta Año Nuevo y yo estaba atrapado en el infierno de un pueblo pequeño.

Había algunas cosas buenas. Como la camarera de curvas que manejaba a los clientes demasiado amistosos con facilidad. Me ignoraba con la misma naturalidad, pero yo no me iba a rendir tan rápido.

Y después de solo un beso, y una pequeña mentira, no me iba a rendir en absoluto.

Piper

—*Es el tipo de hombre que hace que las mujeres olviden por qué no están saliendo con nadie.*

Yo estaba feliz de estar soltera. Era fácil. Una noche aquí y allá, y mis necesidades quedaban cubiertas. No necesitaba una relación. No quería una relación.

Ni una real, ni una falsa.

Pero ver a Gavin retorcerse era demasiado divertido. Así que fingí. Éramos amigos, más o menos, y él se iba después de las fiestas. Era inofensivo.

Pero toda relación falsa viene con dulces besos, caricias suaves y noches entre las sábanas. Nada de eso se siente falso.

Me permití confiar en él. Me permití creer que era diferente. Casi me permití enamorarme de él.

No importa. Me enamoré. Solo espero que pueda atraparme.

A mi marido, que siempre me hace reír...

PIPER

Los jueves siempre había mucho movimiento, pero nada comparable a la noche de Acción de Gracias.

A mi jefe, Hudson, le gustaba mantener el local abierto para los lugareños que habían tenido suficiente tiempo familiar y necesitaban escapar. Parecía ser una tendencia que la gente estaba harta de sus familias.

Lo entendía. Yo estaba tan harta de mi familia que ya ni los veía. Mi madre se había vuelto a casar, por cuarta vez, y mi padre estaba en una isla con su último ligue. Estaban disfrutando de la vida, pero nunca sentí que formara parte de sus vidas, así que mantuve las distancias. Nunca nos molestó a ninguno.

Un vaso se rompió detrás de mí, pero ni me sobresalté. Poco después de empezar a trabajar en O'Kelley's, aprendí a llevar siempre zapatos con suelas gruesas para no cortarme los pies cuando pisaba cristales rotos. No era *si* ocurría, sino *cuándo* ocurría.

Entregué las bebidas de mi bandeja y fui a investigar el cristal roto. Un hombre miraba con el ceño fruncido a una joven pareja mientras intentaba recoger el cristal. Era guapo, con ese aire de chico de al lado. Tenía una barba poblada que podría haber sido simplemente el resultado de varios días sin afeitarse. Hombros anchos y brazos fuertes que simultáneamente bloqueaban a la pareja que bailaba y recogían los fragmentos puntiagudos con facilidad.

Fui a buscar la escoba y la fregona para limpiar el desastre. Nunca dejábamos que los clientes limpiaran, y este tipo no parecía ser el culpable por la mueca en su cara.

Tomé un relleno de su bebida y me abrí paso entre la multitud hasta donde él estaba. —Yo me encargo de eso —le dije, dejando su bebida en la mesa y mostrándole la escoba.

—No pasa nada. Lo siento. Supongo que debería sujetar mejor mi bebida cuando estoy en un bar con gente borracha a la que no le importa contra quién se choca.

Sonreí y asentí, invitándolo silenciosamente a depositar el cristal que tenía en las manos en el pequeño cubo de basura que yo llevaba.

—Gracias —dijo.

Asentí de nuevo y me puse a trabajar. Su voz era profunda y áspera, y se deslizó por mi columna vertebral intentando acomodarse entre mis muslos. No estaba por la labor, pero maldita sea, cómo me hubiera gustado estarlo. No le reconocía, lo que me hizo pensar que no era del pueblo, pero los turistas no venían a Cala MacKellar en noviembre, y definitivamente no venían a O'Kelley's a beber.

—¿Siempre es así? —preguntó mientras barría el cristal.

Asentí. —¿En Acción de Gracias? Sí. La gente necesita escapar de sus familias.

—¿Es por eso que estás aquí? ¿Para escapar de tu familia?

Negué con la cabeza. —Estoy aquí porque es mi trabajo.

—¿Así que eres la única persona aquí que no está intentando esconderse de su familia?

Le miré de arriba abajo e intenté ubicarlo. Lo hacía sonar como si fuera uno de nosotros. Como si formara parte de

Cala MacKellar. Pero si hubiera estado aquí antes, le habría recordado. Era el tipo de chico que era difícil de ignorar, y sería difícil de olvidar. El tipo que hacía que tus partes íntimas se pusieran en alerta. El tipo que te hacía olvidar todas las promesas que te habías hecho a ti misma sobre no involucrarte con nadie de nuevo.

Un turista era fácil. Eran temporales. Se iban después de unos días. Los lugareños volvían una y otra vez. Siempre estaban por ahí. Y algunos querían una conexión. Una relación. No estaba preparada para eso. Ya no.

Por eso O'Kelley's era el trabajo perfecto para mí. No tenía que pensármelo dos veces antes de irme a casa con alguien porque sabía que no volvería a verlos. Pero este chico... no podía descifrarle.

—Excepto tú —dije finalmente—. ¿Qué haces aquí?

—Esconderme de mi familia. Demasiado tiempo familiar me pone nervioso. Necesitaba alejarme.

—¿Dónde está tu familia? No eres de aquí.

Negó con la cabeza. —No, no lo soy. Pero mi tía vive aquí. Me estoy quedando con ella unas semanas. Soy Gavin, por cierto. Gavin Holbrook.

—¿Como Gina Holbrook? ¿Posada Cala MacKellar?

Asintió. —Todo este asunto de pueblo pequeño me va a costar acostumbrarme.

—Bueno, supongo que bienvenido a Cala MacKellar.

Sonrió. —Gracias. Creo que me va a gustar mucho estar aquí.

EL RESTO de mi turno pasó rápidamente. Era tanto una maldición como una bendición en una noche ocupada. Para cuando Hudson anunció la última ronda, había limpiado media docena de vasos rotos, me habían pellizcado el trasero al menos una docena de veces, y había tenido que evitar las insinuaciones de más de unos cuantos clientes. Definitivamente estaba lista para una ducha larga y caliente y unas buenas horas de sueño.

—Hora de irse —dijo Hudson a los últimos rezagados. Encendió las luces—. Abrimos mañana a las once.

Algunos refunfuñaron mientras se dirigían a la puerta, pero Gavin se quedó.

Sabiendo que Hudson se aseguraría de que el local quedara vacío, fui a la parte trasera para coger los productos de limpieza para que pudiéramos salir de allí antes de que pasaran muchas más horas.

Hudson y Gavin hablaban mientras yo empezaba a limpiar. Limpié mesas y sillas, y luego puse las sillas encima una vez que estaban limpias.

—Déjame echarte una mano —dijo Gavin, apresurándose hacia mí.

Negué con la cabeza. —Ya me encargo yo. Los clientes no deben trabajar.

Gavin se encogió de hombros y agarró la silla opuesta a la que yo tenía. —Hudson dijo que estaba bien si me quedaba y me aseguraba de que llegaras a casa.

Miré a Hudson, que misteriosamente evitaba mirarme. —¿En serio? ¿Y qué más dijo Hudson?

Gavin sonrió. —Que vas a rechazarme y a mandarme a paseo.

Solté una risa y seguí trabajando.

Gavin siguió mi ritmo mientras recorría el bar. Cuando terminamos con las mesas y sillas, cogí la escoba y barrí el suelo, luego volví a por la fregona. Hudson limpió la barra, registró el inventario y vació la caja registradora mientras yo hacía mis tareas. Charlie estaba en la cocina, pero normalmente terminaba antes que nosotros.

Gavin se quedó hasta que terminamos con todo por la

noche. Ayudó donde pudo y pasó la mayor parte del tiempo hablando con Hudson. Cuando terminé, les dije que me iba y les di las buenas noches. Gavin me pidió que le esperara, pero yo simplemente saludé con la mano mientras salía por la puerta.

—Eh, Piper, espera —me llamó, persiguiéndome por la calle.

No corrí, pero tampoco estaba de humor para esperarle. Había sido una noche larga, y estaba agotada.

Se puso a mi lado. —No te caigo bien, ¿verdad?

Resoplé. —No te conozco. He oído que tu tía es genial, y tú podrías ser una persona estupenda, pero no te conozco. Y después de un turno de ocho horas, realmente no tengo ganas de intentar conocer a alguien nuevo.

—Mierda, lo siento. No pensé en eso. ¿Qué tal si solo te acompaño a casa?

Me encogí de hombros y me ajusté más la bufanda alrededor del cuello. Hacía un frío glacial fuera y el viento que venía del agua traspasaba mi abrigo. —No estoy lejos.

Asintió. —Tengo una hermana, y nunca dejaría que caminara sola por la noche. Me sorprende que Hudson no te acompañe.

—Normalmente lo hace. O uno de los otros chicos. Nos cuidamos unos a otros.

—Hudson parece un buen tipo.

—Lo es. ¿Os conocéis?

Gavin negó con la cabeza y levantó los hombros para esconder su cuello en el abrigo. —Solía venir aquí cuando era niño, pero hace tiempo que no venía. Recuerdo a Hudson, pero no éramos amigos. Es unos años mayor que yo. Siempre fue ese tipo que pensaba que sería muy guay y con quien quería ser amigo.

—¿En serio? —pregunté con una risa.

Gavin asintió. —Envidiaba lo seguro de sí mismo que

siempre parecía. Como si le importara un bledo si alguien le caía bien o no, pero a todo el mundo le caía bien. Además, siempre parecía genuinamente amable.

—Lo es. Es un tipo genial.

Gavin asintió de nuevo. Estuvo en silencio unos momentos, casi el tiempo suficiente para llegar a mi apartamento. —Entonces, ¿estáis juntos?

—¿Yo y Hudson? Um, no. Es como mi hermano.

—¿Nunca ha habido nada más entre vosotros dos?

—Mira, Gavin, estoy agotada, y estoy congelada por la cerveza que me han derramado antes, y he tenido que defenderme de más de un puñado de hombres esta noche. Realmente no estoy interesada en compartir toda mi historia de citas contigo ahora mismo.

—Lo siento. De verdad que no intentaba que me contaras tu historia. Solo estaba haciendo una pequeña charla, y Hudson es lo único que sé que tenemos en común. ¿Cuánto tiempo llevas trabajando en O'Kelley's?

—Un poco más de tres años.

—Vaya. Eso es mucho tiempo. Debe gustarte estar allí.

Asentí y sonreí. —Me gusta. El mejor trabajo que he tenido nunca.

—Pero no eres de aquí.

Negué con la cabeza. —No. No lo soy. Pero soy de aquí —dije, señalando mi edificio. Era un edificio pequeño y antiguo en el extremo lejano del Parque Catherine. La ubicación era increíble, el precio era razonable, y no necesitaba nada nuevo y lujoso. Ya había pasado por eso y lo había odiado. Un fixer-upper era definitivamente más mi ritmo ahora.

—Esto es bonito. Gran ubicación. El viejo Cala MacKellar.

—Sí. Viejo significa barato, pero me gusta.

—En realidad, quería decir viejo como Posada Cala

MacKellar. Me encanta la posada. No estoy criticando tu casa —dijo Gavin.

Le miré, queriendo no confiar en él, pero no había ni un atisbo de engaño en su mirada. Aunque, de nuevo, al igual que lo lujoso no iba con mi ritmo, ver a través de los mentirosos no era mi fuerte. —Bueno, gracias. Me encanta estar aquí. Gracias por acompañarme a casa.

—¿Puedo volver a verte?

Abrí la puerta principal y me volví hacia él. —Sabes dónde vivo y dónde trabajo. Tengo la sensación de que no podré evitarlo.

Se rio. —Buenas noches, Piper.

—Buenas noches, Gavin.

Dio un paso atrás mientras yo entraba y dejaba que la pesada puerta se cerrara tras de mí.

—¿Quién es Gavin?

Grité y di un salto, girándome para ver a mi compañera de piso y mejor amiga, Sofía, mirándome con una sonrisa burlona. Los brazos de Sofía estaban cruzados sobre su batín de felpa y tenía una ceja levantada en señal de interrogación. Ella y yo nos conocimos poco después de que me mudara a Cala MacKellar y nos hicimos mejores amigas al instante. Era mi opuesto en muchos aspectos, pero éramos lo suficientemente similares como para llevarnos como deben hacerlo las mejores amigas. Nunca discutíamos por chicos, trabajos o ropa. Y, mejor aún, usábamos la misma talla de ropa y calzado. Que nos hiciéramos amigas fue cosa del destino.

Gemí y negué con la cabeza. —El sobrino de Gina Holbrook —le dije, dirigiéndome a través de la planta baja hasta nuestro apartamento en la parte trasera. Lo suficientemente cerca de la puerta como para poder entrar y salir sin hablar con los otros residentes, pero lo bastante lejos como para que nadie tropezara con nuestra unidad.

—¿Por qué estaba fuera de nuestro edificio?

—Me ha acompañado a casa.

La ceja que había bajado mientras hablábamos volvió a subir de golpe. Sofía se balanceó sobre sus talones e inclinó la cabeza en señal de interrogación. —¿Te ha acompañado a casa?

—Conoce a Hudson o algo así y convenció a Hudson para que le dejara acompañarme a casa. —Me encogí de hombros aunque sabía que era raro como el demonio.

—Entremos y me cuentas todo sobre él.

Puse los ojos en blanco. —No hay nada que contar. Me acompañó a casa, me preguntó si había algo entre Hudson y yo, y le dije que no estaba interesada.

—¿Por qué le dirías que no estás interesada?

—Porque vive aquí. Se está quedando con su tía, supongo. Ya sabes lo que siento por los lugareños.

—Sí, y no lo entiendo.

—¿Por qué estabas en la puerta? —le pregunté mientras entrábamos en nuestro apartamento.

Ella evitó mi mirada y miró al suelo. —Solo estaba...

—¿Esperándome despierta otra vez? —pregunté.

Se encogió de hombros. —Me preocupo por ti.

Sonreí. —Te quiero, Sofía. Y gracias. Debería haberte mandado un mensaje cuando salía.

—Sí, deberías haberlo hecho.

Sofía nunca se acostumbró a mis noches tardías o a mi horario extraño. Ella trabajaba en el mantenimiento de nuestro edificio y a tiempo parcial limpiando la escuela primaria por las tardes, pero sus horarios seguían siendo bastante regulares. Como su horario era tan normal, no le gustaba que yo estuviera fuera tarde y sola, y era un poco sobreprotectora conmigo. Pero solo porque era genial.

—Lo haré mejor. Gavin me desconcertó. De verdad que lo siento, Sof.

—Está bien. Sé que lo intentas. Solo soy paranoica.

—No eres paranoica. Eres cuidadosa.

Resopló. —Este es como el lugar más seguro de la Tierra. Nunca te ha pasado nada.

—Lo sé, pero no es malo ser cuidadosa. Yo soy demasiado relajada la mitad del tiempo. Lo sabes.

—Nos equilibramos mutuamente —dijo Sofía con una sonrisa.

La abracé. —Sí, lo hacemos. ¿Qué hiciste esta noche mientras yo estaba en el trabajo?

—No mucho. Arreglé el triturador de basura en el apartamento de la Sra. Taylor y limpié la unidad siete para que los pintores puedan empezar a primera hora el lunes. Y coqueteé con este chico en En Busca del Galán de Papel y leí el libro para el club de lectura del domingo.

Negué con la cabeza. —Sabes que la mayoría de ellos no lee el libro, ¿verdad?

Sofía se encogió de hombros. —Sí, pero me gusta leer. Y es algo que hacer.

—Deberías haber venido a O'Kelley's esta noche. Fue una locura. Te habrías divertido.

Sofía negó con la cabeza. —No es realmente lo mío. No soy como tú. Me cuesta hablar con la gente. Conocer a la gente.

—Dijiste que estabas coqueteando con alguien en En Busca del Galán de Papel.

—Eso es totalmente diferente. Puedo pensar en lo que quiero decir y no tengo que estar mirándole. Estoy en casa. No hay presión. Si no tengo una buena respuesta, puedo pensarlo un minuto. Es mucho más fácil.

—Te estás menospreciando, Sofía. Eres divertida, inteligente y maravillosa.

Sonrió. —Y tú eres mi mejor amiga. Me conoces bien, así que puedo ser yo misma contigo.

—Lo que significa que deberías escucharme cuando te digo lo genial que eres.

Se rio. —Vale, de acuerdo. Soy maravillosa. Pero aun así no me encantan las situaciones sociales.

Sonreí. —Lo entiendo. Solo quiero que conozcas a alguien que sea tan maravilloso como tú. Te mereces ser feliz.

—Tú también —dijo ella de forma intencionada.

Sonreí. —Sí, bueno, no siempre conseguimos lo que merecemos. Mi ex es prueba de ello.

La sonrisa de Sofía se desvaneció. —Va a morir solo de alguna horrible enfermedad que hará que se le caiga el pito.

Resoplé. —Solo podemos esperar. —Miré el reloj—. Necesitas dormir. Mañana estarás agotada por mi culpa.

Bostezó y se estiró como si acabara de darse cuenta de lo tarde que era. —Tienes razón. ¿Vas a irte a dormir pronto?

Asentí. —Sí, estoy exhausta. Alguien me derramó cerveza encima, así que necesito una ducha, pero seré rápida.

—Tómate tu tiempo. Una vez que me quede dormida, no oiré nada. Buenas noches.

—Buenas noches. Nos vemos mañana.

Sofía saludó con la mano mientras giraba la esquina hacia su habitación. Volví a recorrer el apartamento y me aseguré de que la puerta estuviera cerrada con llave y la cafetera preparada para la mañana para que Sofía no tuviera que pensar en ello. Apagué todas las luces y fui a mi baño.

Nuestro apartamento no era enorme, pero era el más grande del edificio. Encima de nosotras solo había ocho unidades, cuatro en cada planta. Las unidades de la parte delantera eran individuales y en la parte trasera había unidades de dos dormitorios como la nuestra, pero más pequeñas con solo un baño. Nuestro apartamento original-mente eran dos unidades separadas, pero se combinaron mucho antes de que nos mudáramos allí para hacer un hogar más grande para los propietarios del edificio.

Con el tiempo, los propietarios se mudaron y la unidad se convirtió en un lugar para que viviera el administrador del edificio. Por lo que todos los demás sabían, ese seguía siendo el caso. Las únicas personas que sabían que yo era la propietaria del edificio eran Sofía y el abogado que gestionó la compra para mí, pero a él no le importaba porque vivía a una hora de distancia.

Me gustaba mi vida tranquila en Cala MacKellar. Me gustaba saber que solo era la mujer que servía bebidas en el bar. Si todo el mundo supiera que yo era la propietaria del edificio, las cosas cambiarían, y yo no estaba allí para cambiar las cosas. Estaba allí porque mi antigua vida ya no me convenía. Los trajes de negocios y los tacones, las fiestas elegantes y la gente falsa, los negocios multimillonarios... era mucho más feliz sirviendo copas de cinco y diez dólares de lo que nunca fui en mi antigua vida. Y nadie más necesitaba saber nada.

2

GAVIN

Gemí y me estiré, saliéndome de la cama. El suelo estaba frío, y el resto de la posada también. Temblé mientras corría al baño y luego regresaba a toda prisa a la cama.

Joder. Todo el maldito lugar necesitaba una actualización de la calefacción. Un suelo radiante sería una buena mejora, pero probablemente no entraba en el presupuesto. Había tanto que hacer para mejorar la posada. Más de lo que creía que la tía Gina estuviera realmente preparada.

Esperé hasta que la patética excusa de calefacción se encendió y volví a saltar de la cama. Me puse un pantalón de chándal y una camiseta, luego añadí una sudadera y calcetines. Gruesos. Del tipo que usaba cuando llevaba a mi sobrina y mi sobrino a hacer trineo. No debería hacer tanto frío dentro.

El olor a algo increíble me golpeó en cuanto abrí la puerta. La tía Gina era una cocinera extraordinaria. Era la razón por la que la posada estaba llena la mayor parte del tiempo. Ciertamente no era porque el lugar fuera tan espectacular. Posada Cala MacKellar hacía juego con el pueblo del que formaba parte. Un poco deteriorada, necesitada de una nueva capa de pintura, un poco más de amor y cuidado, y quizás una bola de demolición.

Pero no iba a decirle eso a mi tía.

Igual que no iba a decirle a Piper que pensaba que su edificio había vivido mejores días.

El pensamiento de Piper me calentó mientras bajaba las escaleras hacia la cocina. Era preciosa, y la forma en que se manejaba con los clientes era todo un espectáculo. No muchas mujeres podían moverse como ella lo hacía, evitando que le pellizcaran el trasero y esquivando borrachos sin preocuparse por dónde estaba.

Definitivamente captó mi atención, pero claramente no era el único que se la comía con los ojos. Y ella no parecía muy interesada, lo que era más que un poco decepcionante.

Iba a ser un mes largo y frío al borde del Polo Norte.

—¿Tienes hambre? —preguntó la tía Gina cuando entré en el comedor. Tenía un despliegue de comida que fácilmente habría servido para tres veces más personas de las que había allí. Pero así era la tía Gina. Siempre cocinaba demasiado e insistía en que estaba bien.

—Estoy muerto de hambre. Gracias. Todo esto se ve genial —le dije.

—Bien. Siéntate y empieza a comer. Anoche estuviste fuera hasta tarde.

Asentí. —Fui a O'Kelley's.

—¿El local de Hudson Grant?

Asentí y añadí salchichas a mi plato.

—Es un buen hombre. Lástima lo de su esposa.

—¿Qué le pasó a su esposa?

—Murió hace años. Pobre hombre, está solo. Y es tan guapo. Debería salir con alguien más.

—Tú nunca volviste a salir con nadie después de que el tío Rob muriera —dije.

Agitó el paño de cocina en mi dirección. —Oh, soy una vieja. No necesito salir con nadie. Hudson es joven. No debería estar solo.

—Algunas personas disfrutan estando solas.

Resopló y volvió a la cocina.

Añadí huevos a mi plato mientras masticaba un trozo de beicon. Los pequeños pancakes eran crujientes por fuera y suaves por dentro. Toda esta comida estaba tan buena. Nunca cocinaba para mí mismo como lo hacía la tía Gina. La mayoría de mis comidas eran para llevar de camino a casa desde la oficina al final del día. No muy saludable, pero tampoco la peor comida.

—¿Has sabido algo de Zoey? —preguntó la tía Gina cuando volvió al comedor.

Negué con la cabeza. El divorcio de mi hermana se había finalizado el mes anterior. Su ex quería pasar el Día de Acción de Gracias con los niños, lo que significaba que Zoey se quedaba en Pittsburgh para poder estar cerca de ellos. Su ex no era muy fiable cuando se trataba de pasar tiempo con los niños, así que Zoey nunca se alejaba demasiado.

—Espero que venga para Navidad. Necesita algo del buen encanto de Cala MacKellar para salir del bajón en el que está.

Resoplé. —No es realmente un bajón, tía Gina. Su marido es un adicto al trabajo más interesado en su negocio que en su familia. Fue un golpe a su confianza, y le dolió.

—Ella fue quien pidió el divorcio —dijo la tía Gina.

—Sí, pero no pensaba que él aceptaría tan fácilmente. —Zoey y yo nos llevábamos cuatro años pero siempre habíamos sido cercanos. Como adultos, todavía lo éramos, tan cercanos que yo pasaba más tiempo con sus hijos que su ex marido. Solo llevaba unos días con la tía Gina y ya echaba de menos a esos pequeños diablillos.

—Bueno, eso solo demuestra que está mejor sin él. Ella es

otra que no debería estar sola. Quizás debería mudarse aquí y conocer a Hudson.

—No empieces a hacer de casamentera, tía Gina —le advertí—. Esa es una manera segura de conseguir que Zoey se quede en Pittsburgh para Navidad.

La tía Gina murmuró algo que no pude oír. La puerta trasera se abrió, trayendo el viento helado por toda la casa.

—Joder —gemí, subiéndome la capucha—. Tenemos que hacer algo con la calefacción aquí.

—Llevo años diciéndoselo —dijo Sebastian, entrando con una carga de leña—. Buenos días, Gina.

—Hola, Sebastian —dijo la tía Gina con una amplia sonrisa. Se acercó a él y le cogió las mejillas—. Uy, estás helado. ¿Cómo está el faro esta mañana?

—Bien por ahora. ¿Cómo estás tú?

—Bien. Solo estaba hablando con Gavin sobre la visita de Zoey para Navidad. ¿Qué piensas sobre Zoey y Hudson?

Sebastian retrocedió como si la tía Gina le hubiera dado una bofetada. Sus mejillas enrojecieron bajo su espesa barba y negó con la cabeza.

—Estoy seguro de que no tengo ni idea de lo que le gusta a Zoey en un hombre. O en cualquier otra cosa —dijo Sebastian.

Me solidaricé con el tipo. Sebastian gestionaba el faro justo en la costa cerca de la posada. Había crecido en Cala MacKellar y vivido allí toda su vida, por lo que yo sabía. Una noche, cuando estábamos bebiendo, Zoey me dijo que ella y Sebastian habían tenido algo. Ella ya había dicho que sí a casarse con Trevor cuando me contó lo de Sebastian. Que pensaba que iba a casarse con él. Pero Trevor la deslumbró y ella lo eligió a él.

De lo que nunca hablamos después de aquella noche fue de que no estaba segura de estar tomando la decisión correcta. Al día siguiente, actuó como si su relación con

Sebastian nunca hubiera existido. Se casó con Trevor y construyó una vida con él. Una vida en la que él nunca participó.

Zoey estuvo sola durante la mayor parte de su matrimonio, lo que en parte explica por qué pasé tanto tiempo con ella. Amaba a sus hijos, pero con el tiempo empezó a resentirse con su marido. Pedirle el divorcio era su plan para despertarlo y hacer que se diera cuenta de lo que se estaba perdiendo. No funcionó.

Me preguntaba cómo habría sido la vida de Zoey si hubiera regresado a Cala MacKellar y se hubiera casado con Sebastian en lugar de dejarse deslumbrar por Trevor. Habría sido diferente, pero no estaba seguro de si habría sido mejor. No conocía bien a Sebastian cuando éramos más jóvenes, pero por lo que podía ver no era el tipo más cálido. Zoey no necesitaba otro hombre así.

—Siéntate y come —dijo la tía Gina, ya cogiendo un plato para Sebastian. Tenían una amistad fácil que mostraba que habían sido cercanos a lo largo de los años.

Una parte de mí se sentía culpable por no haber estado más presente desde que terminé el instituto. La universidad no fue nada como esperaba y cuando terminé, me lancé directamente a construir el negocio que inicié con mi compañero de habitación. Estar allí para ayudar a la tía Gina era el mayor tiempo que había estado alejado del trabajo en más de una década.

Sebastian se sirvió de la comida en la mesa y se la metió en la boca mientras la tía Gina hablaba. Tenía planes para la posada durante la temporada navideña. Grandes planes por lo que podía ver.

—¿Cómo vas a hacer todo esto, tía Gina? ¿Y por qué? —le pregunté.

—Oh, bah. Es fácil. Y todo el mundo en Cala MacKellar hace algo. Cada día de la temporada hay un evento. Yo solo organizo la decoración de galletas. Y eso es fácil porque todo lo que necesito es tener galletas listas para que la gente las decore.

—¿Cuándo ocurre esto?

—En dos semanas. Dos semanas antes de Navidad.

Gemí. —Pensaba que estaba aquí para ayudarte a preparar la posada para venderla. Tenemos trabajo que hacer.

Las cejas de Sebastian se elevaron. —Eso es lo que le dijiste.

—Oh, cállate —dijo la tía Gina. Alisó su mano sobre el delantal blanco con volantes que llevaba y evitó mi mirada.

—¿Qué está pasando? —pregunté, mirando entre los dos.

Sebastian le dirigió a la tía Gina una mirada significativa que decía que no iba a dejar que se saliera con la suya en lo que fuera que estuviera intentando hacer.

—Dímelo —exigí.

—Oh, está bien. Te quería aquí para que te hicieras cargo de la posada por mí. Estoy lista para jubilarme, y está claro que debería hacerlo. Pensé que tú y Zoey ya os habríais mudado aquí a estas alturas y empezaríais a haceros cargo de más cosas, pero no puedo esperar a que decidáis que queréis estar aquí. Necesito que empieces a encargarte de las cosas. Esta es mi última Navidad aquí —anunció la tía Gina.

—Yo... qué... ¿Estás loca? —pregunté.

La tía Gina puso los ojos en blanco y Sebastian resopló.

—Tía Gina, Zoey y yo tenemos vidas en Pittsburgh. Vivimos allí. No vamos a mudarnos aquí. Quiero decir, esta es la primera vez que he vuelto aquí en años. ¿Por qué pensarías que quería hacerme cargo? ¿Que cualquiera de nosotros lo quería?

—Te lo dije —murmuró Sebastian.

Ella fulminó a Sebastian con la mirada, y él se echó hacia atrás con una sonrisa. Estaba disfrutando del espectáculo.

Casi esperaba que reclinara su silla y pusiera sus botas sobre la mesa para mirar.

—Cuando vosotros dos veníais aquí en verano, os encantaba. Os divertíais muchísimo. Erais los únicos niños que conocía que disfrutaban haciendo las camas, limpiando la posada y lavando la ropa. Estabais hechos para dirigir este lugar. Incluso me dijisteis un verano que queríais hacerlo. Los dos. Dijisteis que después de terminar la escuela querríais volver aquí y trabajar conmigo para siempre.

—Éramos niños, tía Gina. Tenía muchos planes cuando era joven, pero... las cosas cambian.

Sebastian gruñó en señal de acuerdo.

—Sé que los planes cambian, pero aún creo que deberías quedarte aquí. Dale una oportunidad.

—Tía Gina, no. No voy a hacerte ilusiones diciéndote que lo pensaré. Te ayudaré a arreglar el lugar. Haré cualquier trabajo que pueda hacer. Actualizaré tu sitio web y escribiré unos textos publicitarios increíbles para ti, pero cuando todo esté hecho, volveré a Pittsburgh.

La tía Gina suspiró y negó con la cabeza. —Desearía que lo reconsideraras.

Forcé una sonrisa. —Me encanta este lugar, tía Gina. No voy a decirte que no. Pero me encanta porque tú estás aquí. No quiero vivir en Cala MacKellar. He venido ahora porque la posada está tranquila durante el invierno y podemos terminar el trabajo que necesita hacerse.

—¿Ni siquiera le has contado lo de los huéspedes? —preguntó Sebastian. Soltó una carcajada y negó con la cabeza. Se pasó la mano por su pelo arenoso y se aplastó el gorro de nuevo sobre la cabeza—. Vuelvo afuera. Hace más calor allí que lo que va a hacer aquí dentro.

Sebastian agarró unas tiras de beicon y dejó a la tía Gina y a mí enfrentándonos.

—¿Tía Gina?

Se levantó de la mesa y empezó a llevar platos a la cocina. Rascó los restos de comida en recipientes y los metió en la nevera.

Fui paciente. Y necesitaba respuestas.

Cuando terminó de guardar la comida, finalmente se volvió hacia mí. —Tengo huéspedes que vienen.

—¿Quiénes?

—Son habituales. Vienen cada año por estas fechas.

—¿Cuántos?

Desvió su mirada oscura y se encogió de hombros.

—No me vengas con esas. ¿Cuántos, tía Gina?

—La posada estará llena. Desde esta noche hasta la primera semana de enero.

Gemí. —¿Y me lo dices solo ahora?

—Bueno, pensé que sería algo bueno que la posada esté reservada. Que tengamos clientes. No solo significa que entra dinero, sino que significa que podrás ver lo increíble que es este lugar.

—Tía Gina, ya sé lo increíble que es este lugar. Pero eso no significa que quiera vivir aquí.

Suspiró y se ocupó en el fregadero. —Vale, entiendo. No te molestaré más con esto. Quizás Zoey esté más interesada en la historia de su familia de lo que tú estás.

Gemí para mis adentros. Lo único mejor que la cocina de la tía Gina era su forma de hacerte sentir culpable. Y mi hermana era una ingenua que caía fácilmente en ello. No había manera en el mundo de que pudiera decirle que no a la tía Gina si empezaba a hacerla sentir culpable.

—Llamaré a Zoey. Necesito saber cómo está de todos modos. Te diré lo que dice.

—Suena bien, Gavin. Gracias, cariño. Hablaremos pronto.

Me estaba despidiendo. Tenía algo entre manos. No había forma de que la tía Gina se rindiera sin luchar.

Volví a la habitación en la que me alojaba y llamé a mi

hermana. Sabía que cuanto antes me pusiera en contacto con ella mejor, porque era probable que la tía Gina la llamara de todos modos.

—Hola —respondió, sonando como si tuviera mocos, pero como si no quisiera que yo lo supiera.

—¿Qué ha pasado?

—Nada —dijo, demasiado rápido.

—Dímelo o vuelvo allí.

Se rio. —Estás a horas de distancia. Estaré bien cuando llegues.

—Entonces enviaré a Chad a verte. —Chad era mi socio comercial y amigo. Había pasado más de unas pocas vacaciones con nosotros, y conocía bien a Zoey. Era como otro hermano para ella, un segundo dolor en el trasero, decía frecuentemente.

—No molestes a Chad. Seguro que está ocupado. Y no es nada. Sabía que pasaría así que no debería estar disgustada.

—¿Trevor trae a los niños a casa antes?

—Oh, no, ya están aquí. Los trajo a casa a primera hora de esta mañana de camino al trabajo.

—¿Hablas en serio?

—Sí.

—¿Están bien?

Gimió. —No realmente. Pensaban que iban a pasar tiempo con él, así que estaban llorando cuando llegaron aquí. Básicamente los empujó dentro y salió corriendo.

—Qué capullo.

—Esa es la forma amable de decirlo.

—Sí, sí lo es.

Rió suavemente. —De todos modos, tuve que sobornarlos con tiempo extra de mimos, una película y cena fuera esta noche para conseguir que se calmaran.

—Si te hubiera dicho que no iba a verlos, podrías haber

venido aquí conmigo. Podríamos haber pasado el Día de Acción de Gracias juntos.

—Se lo dije. No le importa.

—Más le vale no intentar estropear la Navidad.

Resopló. —No lo hará. Tendría que importarle realmente. ¿Estarás en casa para entonces?

—Em, no. Escucha esto, la tía Gina está lista para jubilarse y quiere que nos hagamos cargo de la posada.

—Oh, no —respiró.

Me reí. —¿Oh, no? ¿Eso es lo que tienes que decir? Es una vieja loca.

—Siempre pensé que estaba bromeando sobre eso. Dijo algo cuando éramos más jóvenes, pero pensé que estaba bromeando. Joder, hablamos de eso hace una eternidad. Nunca pensé que fuera algo que todavía tendría en la cabeza. No hemos estado allí en una eternidad.

—Sí, también le dije eso. Le dije que no estoy interesado, y dijo que te preguntará a ti.

—No puedo.

—Lo sé —le dije. Ella sabía que yo entendía cuál era su vacilación.

—Solo... ¿por qué piensa que todavía queremos hacernos cargo de la posada?

Me encogí de hombros. —Ve Posada Cala MacKellar como su legado. Quiere dejar algo, supongo. Si hubiera dicho algo hace años, podría haberlo considerado, pero no puedo abandonar HQA. No después de todo lo que Chad y yo hemos invertido en ello.

—Yo tampoco puedo irme. Simplemente... no puedo. No después de todo este tiempo.

Asentí en silencio. —Está soltero, ¿sabes?

Tomó aire bruscamente. —Yo... Él se merece algo mejor que yo. Siempre lo mereció. Y yo merezco lo que tengo.

—No, no lo mereces. Trevor es un imbécil. Las únicas cosas buenas que hizo son Alexis y Cameron.

Pude oír la sonrisa en su voz cuando respiró, —Sí.

—No puedes tomar una decisión sobre tu vida basándote en otra persona.

Soltó una risa. —No puedo pensar en Cala MacKellar sin pensar en Sebastian. Cada centímetro de ese lugar me recordaría a él. Incluso si él ya no estuviera allí, no podría volver. Pero sabiendo que está allí... no podría vivir allí. Además, tú no te quedas y te necesito en mi vida.

—Bueno, eso me hace feliz, pero tampoco quiero que tomes decisiones basándote en mí. Quiero que seas feliz. Has sido miserable durante demasiado tiempo, Zo.

—Soy más feliz ahora de lo que he sido en mucho tiempo.

—Bien. Así que, la tía Gina tiene una petición más.

—¿Qué? —preguntó con vacilación.

—Quiere que tú y los niños vengáis aquí para Navidad.

Suspiró profundamente. —No sé, Gav. Realmente solo creo que...

—No pienses. Voy a estar aquí hasta mediados de enero por lo menos, quizás más ahora. La tía Gina dijo que esta es su última Navidad aquí, y voy a hacer lo que sea necesario para ayudarla a tener una genial.

—Eres un buen hombre.

—Aprendí de los mejores. Quizás podamos convencer a mamá y papá de venir aquí para Navidad también.

—¿Crees que la tía Gina podría manejar todo eso?

Resoplé. —Por la forma en que habla, puede manejar cualquier cosa. Tiene todas las habitaciones de la posada reservadas hasta la primera semana de enero.

—¿En serio?

—Sí. Espero tener la mitad de su energía cuando tenga su edad.

—Joder, ojalá tuviera la mitad de su energía ahora. Y algo de su agallas también.

Me reí. —Tienes mucho de eso. Solo eliges cuándo sacarlo.

—Me alegra que alguien lo piense.

Alexis dijo algo en el fondo.

—Oye, tengo que irme. Dile a la tía Gina que lo pensaré. Todo ello. Hablaremos pronto.

—Vale. Te quiero, hermana. Saludos a los enanos.

—Yo también te quiero.

Colgamos y negué con la cabeza. Realmente deseaba haberle dado un puñetazo a su ex. Solo una vez. Tal vez dos.

3

PIPER

El sábado después de Acción de Gracias era uno de mis días favoritos del año. Por todo el país, la gente celebraba los pequeños negocios que amaban. Pero ¿yo? Yo lo hacía todos los días porque vivir en un pueblo pequeño significaba que pequeños negocios era todo lo que teníamos. No había grandes almacenes ni hipermercados a menos de una hora de distancia. Y después de haber comprado solo en lugares así en mi vida anterior, era agradable saber que estaba ayudando a pequeños negocios cada día.

Pero como vivía en Cala MacKellar, y hacíamos las cosas de manera diferente, aún celebrábamos el Sábado de Pequeños Negocios. Solo que lo hacíamos con una fiesta en Catherine Park. Una fiesta para que todos en el pueblo vinieran a saludar y comenzaran sus compras navideñas.

Hudson siempre montaba un puesto de chocolate caliente para el evento. Regalábamos tazas de chocolate caliente a todos los que pasaban, dándoles la bienvenida al evento y ayudándoles a encontrar lo que buscaban. Este año, estábamos junto al puesto de Cracked donde Blake repartía muffins.

—Adoro este pueblo —dijo Blake con una amplia sonrisa. Sus mejillas estaban rojas por el frío. Se frotó las manos.

—Yo también. No puedo imaginar cómo sería haber crecido aquí —dije.

—A veces era sofocante. Cuando eres niña, siempre quieres lo que no tienes. A veces pensaba que la solución era escapar, pero ahora no puedo imaginarme viviendo en otro lugar.

—Yo tampoco —admití honestamente.

—¿Dónde vivías antes de mudarte aquí? Porque sé que no eres de aquí.

Negué con la cabeza. —No, no lo soy. Vivía en Pensilvania, pero crecí en Massachusetts.

—¿No hay pueblos pequeños como este en ninguno de esos estados?

Volví a negar. —No donde yo vivía —le di a otra persona una taza de chocolate caliente y miré al siguiente cliente. Oh, mierda.

—Hola, Piper. ¿Cómo está usted?

—Um, hola... Gavin. Estoy bien.

—Me alegro. Este es un evento interesante. ¿El pueblo hace esto todos los años?

Asentí. —Sí. A los pueblos pequeños les gusta hacer cosas para unir a la gente. Y es una gran oportunidad para comenzar algunas compras. Si no lo ha hecho ya.

—¿Sabe si hay alguna juguetería por aquí?

—Just Playing tiene cosas geniales. Yo, um, no sabía que tiene hijos.

Gavin negó con la cabeza y sonrió. —Mi sobrina y mi sobrino. Estoy intentando convencer a mi hermana de que venga aquí en Navidad. No está segura todavía.

—Oh, um, genial. Bueno, buena suerte.

Él asintió. —Gracias.

Sonreí a la siguiente persona en la fila y evité mirar a

Blake. Podía sentir cómo me miraba fijamente, lo que solo hizo que mis mejillas, ya ardientes, se encendieran más.

Cuando la multitud frente a mí finalmente se calmó, Blake siseó: —¿Quién era ese?

Miré a la persona que acababa de pasar y me encogí de hombros. —No estoy segura. ¿Quizás el hijo de Irene?

—Él no —gruñó ella—. Gavin. —Pronunció su nombre alargándolo como una niña burlándose de mí en el patio del colegio.

—No es nadie —le aseguré.

—¿Entonces por qué tienes las mejillas rojas?

—Hola, es invierno.

Ella frunció los labios y cruzó los brazos. —Estás mintiendo. Y tus mejillas no están rojas por el frío. Están rojas por el calor que hay entre vosotros dos.

—¿Calor entre quiénes? —preguntó Ian, deslizando un brazo alrededor de la cintura de Blake y atrayéndola contra su cuerpo—. ¿Nosotros?

Blake le besó y negó con la cabeza. —Sí, pero estaba hablando de Piper y Gavin. ¿Conoces a Gavin?

—¿Te refieres al sobrino de Gina Holbrook?

—¿Ese es Gavin Holbrook? —Blake jadeó. Me miró buscando confirmación.

—Um, sí. ¿Por qué?

—Está buenísimo. Deberías salir totalmente con él.

Negué con la cabeza. —No estoy interesada.

—¿Por qué no? Es totalmente mono, claramente le gustas, y obviamente tú le gustas a él. ¿Cómo le conoces?

—Vino a O'Kelley's la otra noche. Me acompañó a casa.

—¿Te acompañó a casa? —preguntó Blake.

—Sí. Vive en Pittsburgh y estaba todo raro con que yo caminara sola a casa de noche.

—Tienes que tener cuidado, incluso en Cala MacKellar —dijo Ian.

Asentí. —Lo sé. Y normalmente llamo o envío un mensaje a Sofia cuando salgo para que sepa que estoy de camino. La mitad de las veces Hudson me acompaña a casa.

—Pero lo hizo Gavin. Muy dulce por su parte.

Puse los ojos en blanco. —Ni lo intentes. No estoy buscando un hombre.

—Yo tampoco buscaba. El amor no espera a que estés lista.

Sonreí a los dos. Blake e Ian hacían buena pareja. Sabía que habían tenido sus baches, especialmente cuando empezaron a salir, pero no todo el mundo era como ellos. No todo el mundo estaba hecho para formar parte de una pareja. Aprendí mi lección sobre confiar en los hombres hace años. No estaba dispuesta a aprenderla de nuevo. Estaba abierta a la diversión o la amistad, pero no me interesaba la palabra con "a" que terminaba con corazón roto. Los sentimientos no estaban en mi campo de acción.

—No estoy segura de estar lista nunca. Y no creo que importe. Yo y las relaciones no nos mezclamos —les dije.

Ian negó con la cabeza. —Yo era como tú, pero solo estaba esperando a que Blake se fijara en mí. Encontrarás a alguien.

Le sonreí y asentí. Era lo único que podía hacer. La gente asumía que solo decía que no estaba interesada en una relación porque no tenía una. Conocía a muchas personas así, que afirmaban estar centradas en sí mismas o en el trabajo o en algo cuando en realidad esperaban que alguien viniera y las deslumbrara. Si eso les funcionaba, yo estaba totalmente a favor. Pero eso no era lo que yo estaba haciendo. Había terminado con las relaciones. Encontrar a mi novio con el que vivía metido hasta las pelotas en la boca de una compañera de trabajo cambió mi opinión sobre confiar en alguien, o sobre querer que alguien tuviera tanto poder sobre mis emociones.

Lo bueno es que no me dolió tanto. Sabía que merecía algo mejor, y me alejé sin mirar atrás. Lejos del apartamento, del trabajo en el que ambos estábamos, y del novio. Recogí mis pertenencias y conduje hacia el norte hasta que terminé en Cala MacKellar. Fue lo mejor que me ha pasado. Pero la idea de tener que empezar de nuevo garantizaba que no me arriesgaría a ser tan vulnerable nunca más.

Por muy guapo que fuera el tío.

—Fue una gran sugerencia —dijo Gavin, uniéndose a nosotros de nuevo con una amplia sonrisa y un brillo en sus malditos ojos. ¿Por qué tenía que ser tan guapo?

—¿Cuál? —preguntó Ian.

—Piper le dijo dónde podía comprar juguetes para su sobrina y sobrino. Ian, ¿has conocido a Gavin Holbrook?

—Ian Jameson —dijo Gavin.

—Eh, ¿supongo que nos conocemos? —dijo Ian.

Gavin negó con la cabeza. —No, lo siento. A veces me siento un poco abrumado. Siempre os admiré, deseando ser parte de vuestro grupo. Ahora me parece tan tonto que tuviera miedo de acercarme y pediros que me dejarais salir con vosotros.

Ian se rio. —El instituto se supone que es la época en la que te sientes incómodo con todo y miras atrás y piensas que lo único incómodo era el hecho de que todo el mundo lo estaba. Pero oye, encantado de conocerte. Deberías venir a pasar el rato con nosotros en O'Kelley's el jueves por la noche. Algunos de los chicos con los que crecí nos reunimos cada semana. Puedes comportarte como un fan con todos nosotros de una vez.

Gavin se rio y asintió. Se frotó la mandíbula. —Suena bien. Intentaré no avergonzarme.

—Entonces, ¿cuánto tiempo estarás en el pueblo? —preguntó Ian.

Gavin se encogió de hombros y suspiró. —No estoy seguro. Pensé que unas pocas semanas, pero parece que podrían ser unos meses en su lugar.

—Vaya. ¿Hay tanto trabajo por hacer? —preguntó Ian.

Gavin asintió. —Sí, y no podemos empezar con mucho hasta después de las fiestas. La tía Gina tiene el lugar reservado hasta enero. Se olvidó de mencionar esa parte.

—Eso debería ser una buena noticia, ¿no? —preguntó Ian.

—Debería serlo, pero no contaba con ello. Pensé que podría ayudarla a arreglar las cosas que necesitan reparación ahora y quien compre el lugar podría tomar decisiones sobre reparaciones mayores. Con la posada reservada, vamos a tener que trabajar alrededor de los huéspedes. Y estando allí he aprendido que hay cosas que no pueden esperar a otro propietario. La calefacción en ese lugar es casi inexistente, así que necesita una revisión completa. Como, ayer.

—Si necesitas ayuda, házmelo saber. Tengo unas semanas tranquilas, así que estaré encantado de echar una mano y ensuciarme las manos si necesitas un par extra —dijo Ian.

Gavin asintió. —Gracias. Puede que te tome la palabra.

—Deberías. Y deberías venir a O'Kelley's el jueves. Probablemente podamos convencer a algunos más para que ayuden también.

—Lo agradezco. —Gavin se volvió hacia mí—. Fue bueno verte de nuevo, Piper.

—A ti también —dije con una pequeña sonrisa.

Gavin saludó con la mano y se alejó del parque. Puede que lo siguiera con la mirada. Y puede que le mirara el trasero. Y definitivamente me pillaron.

—Ejem —dijo Blake.

Mis mejillas ardieron otra vez. —¿Qué? El que no esté interesada no significa que no pueda apreciar el paisaje.

Blake resopló. —Yo definitivamente puedo apreciar eso.

EL RESTO del evento fue bien, y Hudson envió a otro camarero para relevarme después de unas horas. Pasé la noche viendo películas navideñas con Sofia en el sofá y decorando el pequeño árbol que pusimos en nuestra sala de estar.

El domingo por la tarde, Sofia me preguntó si podía acompañarme a la noche de chicas.

—Por supuesto —le dije—. Puedes venir cuando quieras. Ya lo sabes.

Se encogió de hombros. —Es que no las conozco bien y me siento rara.

—Sí, bueno, la manera de conocerlas mejor es ir y conocerlas. Yo tampoco las conozco bien todavía.

—Pero has hablado con ellas mucho más de lo que yo lo he hecho. Siempre me pregunto si me están juzgando en silencio.

Negué con la cabeza y tomé sus manos. —Nadie allí te está juzgando. Son buena gente. A mí también me intimidan, pero nunca he oído a ninguna hablar de otra a sus espaldas. No de manera maliciosa. Se preocupan unas por otras, pero no son crueles.

Sofia respiró hondo y asintió. —Iré a prepararme.

Miré sus pantalones de chándal y su sudadera grande. —Realmente no tienes que cambiarte. Yo pensaba ir así. —Señalé mis leggings y mi largo jersey rojo. Me estaba metiendo en el espíritu navideño y vestía de rojo o verde cada día.

—Tú te ves mucho mejor que yo.

Negué con la cabeza hacia su espalda. —Sigues viéndote genial.

Ella saludó con la mano y cerró la puerta de su habitación. Terminé mi pizza casera y limpié los restos de la cena, luego fui a mi habitación para cepillarme el pelo y recogerlo en una coleta.

El frío nos hizo estremecernos a las dos en el momento en que salimos, así que decidimos conducir hasta Novios Literarios Ilimitados. Aparqué cerca de la entrada de la tienda y corrimos hacia la puerta y llamamos.

Finley nos dejó entrar y nos abrazó a las dos antes de llevarnos hacia donde las otras estaban sentadas y ya comiendo pastel de chocolate.

—Hola, chicas —dijo Blake—. Karissa hizo el pastel doble de chocolate con ganache de chocolate de su madre. Creo que voy a dejar a Ian por este pastel. Deberíais coger algo antes de que lo devore todo.

Karissa se rio de la valoración de Blake pero nos dio dos trozos del pastel antes de que Blake pudiera coger más. —Me ha estado suplicando que hiciera esto durante meses. Era una de las especialidades de mi madre. Le encantaba la Navidad.

—Así es. Se esforzaba al máximo. Creo que compraba regalos para la mitad del pueblo —dijo Finley.

Karissa se rio. —Creo que lo hacía. Siempre era la primera en la fila cuando se trataba de devolver a la gente y hacer su parte para ayudar a los demás.

—Era una persona increíble —dijo Elise—. Oye, ¿qué os parece hacer algo así? Conseguir regalos para la gente o patrocinar a una familia o algo.

—Creo que podría ser muy divertido —dijo Laura—. Definitivamente hay muchas familias que conozco que lo están pasando mal este año. No solo con el cáncer, sino con mantener el ánimo. Podría preguntarle a la Dra. Allison sobre tener una caja de regalos para que la gente pueda elegir uno cuando venga.

—Esa es una muy buena idea —dijo Trinity—. Creo que sería divertido.

—Hudson podría estar dispuesto a hacer algo. O al menos

ayudar a correr la voz. Cuando hicisteis ese evento durante el verano en Oak Hill, él estaba totalmente comprometido —dije.

—Me pregunto si Gavin estaría dispuesto a hacer algo. Quizás organizar algo en la posada —dijo Blake con una sonrisa maliciosa dirigida hacia mí.

—¿Quién es Gavin? —preguntó Finley.

—Gavin Holbrook —dijo Blake con una sonrisa—. El nuevo novio de Piper.

—No lo es —protesté.

—Aún no —dijo Blake—. Pero le gustas.

—La acompañó a casa la otra noche —añadió Sofia.

Volví hacia ella unos ojos abiertos y sorprendidos. —No les ayudes.

Sofia se encogió de hombros y sonrió. —Quizás estoy intentando ayudarte a ti.

Refunfuñé, pero no las detuvo.

—¿Es guapo?

—¿Le besaste?

—¿Es bueno en la cama?

—¡Elise! —exclamó Melody.

—¿Qué? —dijo Elise—. Quiero saber. El sexo no vale la pena si es malo. Bueno, chupar está bien, pero no ser malo. ¿Sabéis?

—Oh, Dios mío, matadme ahora —murmuré—. No le he besado ni me he acostado con él, así que no tengo opinión sobre ninguna de las dos cosas.

—Pero no has dicho nada sobre lo guapo que es —dijo Laura.

—Es muy guapo —dijo Blake—. Ayer estaba comprando para su sobrina y sobrino. Un tío muy dedicado.

—Aw —corearon todas—. Eso es tan dulce.

—Y bueno saberlo, si es guapo —dijo Elise.

Negué con la cabeza y tomé otro bocado de pastel. Masticaba mientras ellas hablaban a mi alrededor.

—¿Vive aquí ahora? —preguntó Laura.

—No —dijo Blake—. Se está quedando aquí por un tiempo para ayudar a Gina a arreglar la posada. Parece que eventualmente volverá a casa. Ian se ofreció a ayudarle con las reparaciones si lo necesita. Y le invitó a la noche de chicos.

—Ooh, definitivamente conseguiremos más información después de eso —dijo Trinity.

—Sí. Y lo traeremos a nuestro círculo para que Piper pueda conocerle —añadió Blake.

—No necesito conocerle. No estoy interesada en salir con nadie —protesté.

—Todas dijimos eso —dijo Elise—. Fue una gran mentira para todas nosotras.

—No, Piper no sale con nadie —dijo Sofia—. No le importa enrollarse con un tío, pero no sale con nadie.

—Bueno, él no está aquí para siempre, así que eso funciona —dijo Melody.

—No estoy buscando nada. Una cita, un rollo, ni siquiera un nuevo amigo. No con él —dije.

—¿Porque es guapo? —preguntó Laura.

Negué con la cabeza. —Porque es el tipo de hombre que hace que las mujeres olviden por qué no están saliendo con nadie.

—Aw, eso es tan dulce —dijo Blake.

Finley negó con la cabeza. —No, no creo que lo diga como algo dulce. Creo que quiere decir que ha sido herida y no está interesada en recorrer ese camino de nuevo. ¿Qué pasó?

Negué con la cabeza, frustrada porque Finley pudiera deducir eso. —Simplemente aprendí mi lección. No confío en que los hombres sean las personas que dicen que van a ser, así que es más fácil si nunca les dejo acercarse lo suficiente para intentarlo.

—¿Vas a estar soltera para siempre? ¿No tienes interés en salir con alguien o enamorarte o algo? —preguntó Laura.

Me encogí de hombros. —No. No lo tengo. Ya he pasado por eso, y se estrelló y ardió. Antes de vivir aquí, era una persona diferente, y no tengo interés en volver a ser esa persona.

—Vaya. No puedo imaginar no querer una relación. Siento que eso me hace superficial, pero quiero estar con alguien. Quiero tener lo que estas señoras tienen. Quiero a alguien con quien volver a casa por la noche y alguien con quien acurrucarme y ver películas o ir a cenar. Quiero todo eso —dijo Laura.

Sonreí. —Eso no te hace superficial. Creo que yo simplemente estoy dañada. Mi madre se ha vuelto a casar cuatro veces. Mi padre dejó de casarse y simplemente se junta con mujeres más jóvenes y más falsas hasta que se cansa de ellas. Mi ex era alguien con quien pensaba que encajaba, pero no era correcto. No he visto muchas relaciones normales y saludables en mi vida. Simplemente no estoy interesada en intentar crear una cuando no creo que existan. Y prefiero estar sola y feliz que junta y miserable. Además, tengo a Sofia para ver la tele y ir a cenar.

—Te compraré un peluche para que te acurruques —dijo Sofia.

Las demás estallaron en carcajadas.

—Gracias, Sof. Veis, ahora tengo todo lo que necesito —les dije.

Asintieron y lo dejaron pasar, pasando a otro tema. Pude volver a fundirme en el fondo, donde quería estar después de revelar tanta información sobre mí misma.

Ahora, mantener mis planes en marcha y evitar a Gavin y su sexy sonrisa y actitud demasiado encantadora. Solo necesitaba sobrevivir hasta que él volviera a casa. Entonces no tendría que preocuparme de lo embriagadora que era la temporada navideña o de cuánto una parte de mí quería lo mismo que Laura.

No iba a conseguir una relación normal como las que tenían las demás. Tomé mi decisión, e iba a mantenerla. Sin importar qué.

4

GAVIN

Saqué la caja del trastero y la coloqué a los pies de tía Gina. Estaba sentada en el sillón orejero frente a la chimenea como una regia reina, dando instrucciones a sus súbditos para que cumplieran sus órdenes.

Sus súbditos éramos Sebastian y yo.

Por suerte, Sebastian estaba dispuesto a ayudar o habría estado cargando cajas durante días. Tía Gina insistía en que montáramos el árbol y que empezáramos a decorar la posada. Incluyendo los terrenos exteriores para que todos los que pudieran verlo supieran que era un lugar acogedor.

Me aterrorizaba la idea de colgar luces en los enormes árboles que rodeaban la vieja casa, pero ella me dijo que necesitábamos ser festivos. Sus poderes de manipulación estaban en pleno apogeo, recordándome que sería la última vez que vería Posada Cala MacKellar en Navidad, y accedí a ayudarla a hacer que fuera maravilloso.

—Oh, recuerdo este —dijo tía Gina, sacando un adorno de la caja—. ¿Te acuerdas de este, Gavin? Tu madre me lo regaló.

Eché un vistazo al adorno y negué con la cabeza.

—No, no lo recuerdo.

Sebastian gruñó por lo bajo.

—Oh, fue tan dulce. Era el primer año que tú y Zoey vinisteis a visitarme durante el verano. Tu madre quería que tuviera algo para recordaros a vosotros dos, y nuestro tiempo juntos. Mandó imprimir esto para mí. Es una foto de ti, de mí, de Zoey y del tío Rob. Oh, fue un verano tan divertido, ¿verdad?

Asentí.

—Lo fue, tía Gina.

Todos los veranos que Zoey y yo pasábamos en Cala MacKellar eran divertidos. Trabajábamos para tía Gina por la mañana y teníamos toda la tarde para nosotros. Explorábamos los terrenos o íbamos a la Cala a nadar. Cuando éramos adolescentes, íbamos al pueblo a ver qué podíamos hacer. Hubo veces que odiaba ir allí porque significaba dejar a nuestros amigos en casa, lo que acabó con más de una relación que tenía, pero al final, siempre era un verano divertido.

—No estaba segura de que vosotros dos estuvierais dispuestos a volver una y otra vez, pero me alegré tanto de que lo hicierais —dijo tía Gina.

—Mamá y papá no nos dejaron muchas opciones. Pero a Zoey y a mí siempre nos gustó venir aquí —le aseguré.

Sebastian salió de la habitación, presumiblemente para buscar más cajas.

—Solo desearía que vosotros dos hubierais vuelto después de la universidad. Creo que habríais disfrutado aquí.

Asentí y seguí desempaquetando cosas, añadiendo adornos al árbol. Tía Gina insistía en que no le importaba dónde se colocaran las cosas, así que decoré el árbol a mi antojo. En mi oficina, pagábamos a alguien para decorar por Navidad y no me molestaba en poner un árbol en casa, así que esta era la primera vez que decoraba un árbol desde que era niño.

—Oh, Gavin, eso no puede ir ahí —dijo tía Gina—. No se ponen todos los adornos pesados en un solo lado. Reparte las cosas. Usa el otro lado del árbol.

—¿La parte de atrás?

Tía Gina asintió.

—Sí, la parte de atrás. El hecho de que la gente no lo vea tan fácilmente no significa que no debamos hacerlo bonito.

Forcé una sonrisa y asentí. Decorar no era uno de mis talentos. Describir cosas, sin embargo, eso sí.

—¿Has pensado más en los cambios que te recomendé para la página web? —le pregunté a tía Gina.

—Oh, no lo sé. Esas cosas son tan confusas.

—Sí, pero tu web es donde la mayoría de la gente irá primero para encontrar información sobre la posada. Si no es impresionante, perderás ofertas.

—No me preocupan las ofertas. Me preocupan los clientes.

—Y si estás vendiendo, tienes que preocuparte por las ofertas.

—Zoey todavía no ha dicho que no. Quizás todavía esté interesada en venir aquí y hacerse cargo —dijo tía Gina.

Quería discutir con ella, pero tenía razón. Zoey estaba debatiendo la decisión. Estaba sopesando la lucha entre vivir cerca de su ex-marido y vivir cerca de su ex-novio. Si fuera por ella, no viviría cerca de ninguno de los dos.

Sebastian entró con otra caja y la colocó junto al sillón de tía Gina. Se agachó y abrió la caja, sacando un ángel y entregándoselo a tía Gina.

—Oh, la has encontrado —proclamó tía Gina—. Gracias, Sebastian. Esperaba que la encontráramos. ¿La pondrías en la punta del árbol por mí?

Sebastian asintió y acercó la escalera al árbol.

—¿Hacia dónde quieres que mire?

—Hacia la ventana. Para que pueda ver el agua —dijo tía Gina.

Sebastian asintió y subió por la escalera. Colocó el ángel en la cima y lo giró hasta que quedó mirando hacia la ventana y recto en la punta.

—Perfecto —dijo tía Gina con una amplia sonrisa—. Oh, esta va a ser la mejor Navidad de todas.

Le forcé una sonrisa.

—Voy a tener a mi sobrina y sobrino favoritos aquí conmigo, y voy a crear recuerdos para toda la vida.

Le sonreí, sintiendo genuinamente su felicidad. Quería que disfrutara la temporada. Me negaba a arruinársela. Tía Gina siempre estuvo ahí para nosotros y nos quería como nuestros padres. El tío Rob también. Decidí en ese momento que haría cualquier cosa que tía Gina quisiera que hiciera, dentro de mis posibilidades, para ayudarla a tener una increíble última Navidad.

—Oh, ¿están decorando? —preguntó una mujer desde la puerta.

—Sí, querida. ¿Te gustaría unirte a nosotros? —preguntó tía Gina.

—Me encantaría, pero no quiero interrumpir su tiempo familiar.

—Oh, bah, estos dos estarían encantados de tener una excusa para hacer otra cosa —bromeó tía Gina—. Este es mi sobrino, Gavin. Y Sebastian se encarga del faro. No es mi sobrino, pero es familia. Siempre me ha ayudado.

—Encantada de conoceros a ambos. Soy Tammy. Mi marido, Paul, bajará en breve. Nos encanta venir aquí durante las fiestas —dijo Tammy.

—Es una zona preciosa. Y Posada Cala MacKellar es un lugar increíble para alojarse —dijo Sebastian—. Voy a buscar más decoraciones. Gavin, ¿quieres ayudarme?

Asentí mientras tía Gina decía:

—¿Veis? Os dije que saldrían corriendo.

Tammy se rio y se unió a tía Gina mientras yo seguía a Sebastian.

—Podemos empezar a trabajar fuera ya que ella tiene ayuda para el interior ahora —dijo Sebastian.

Asentí, siguiéndole la corriente. Él era el experto, el que había estado allí para ella todo el tiempo. Yo no era un buen sobrino. Me había metido demasiado en mis propios problemas y había dejado a tía Gina valerse por sí misma. Estuve allí cuando murió el tío Rob, para el funeral, pero por lo demás, pasé todo mi tiempo en mi propio mundo.

Llevamos cajas de luces y decoraciones al porche delantero y empezamos a abrirlas. Había luces, coronas y regalos envueltos en las cajas. Sebastian miró dentro de cada una y me dijo dónde ponerlas antes de empezar.

—¿Hacéis esto todos los años? —le pregunté.

Sebastian asintió.

—Le gusta la Navidad. Dice que la posada se siente como un hogar durante la Navidad.

—¿En otros momentos no? —pregunté.

Sebastian suspiró.

—Ella ama este lugar. Siempre lo ha amado. Pero desde que Rob murió, ha sido duro para ella. Creo que lo habría vendido hace mucho tiempo si hubiera sabido entonces que tú y Zoey no volveríais. No te estoy culpando. Ella ya lo tenía decidido, y no había forma de hacerla cambiar de opinión.

—No lo sabía —admití.

—Lo entiendo. Solo digo que es sentimental. Le gustan las cosas familiares y la rutina. Le gusta que las mismas decoraciones estén en los mismos lugares y todo como ella lo quiere. Y quiere que tú y tu hermana estéis aquí durante las fiestas —dijo Sebastian.

Respiré hondo y asentí, comprometiéndome con mi idea

anterior de hacer lo que fuera necesario para que fuera una gran Navidad para tía Gina. Seguí las órdenes de Sebastian y colgué coronas en cada ventana del porche. Puse luces a lo largo de la barandilla. Decoré artísticamente los arbustos de fuera, incluso hasta la orilla del agua. Sebastian y yo trabajamos juntos para transformar el exterior de la posada en el perfecto país de las maravillas invernal que tía Gina quería que fuera.

—Entremos —dijo Sebastian—. Hace un frío de muerte aquí fuera.

—Sí, um, una cosa... Um, sé lo de Zoey y tú. Y solo quería decir que lamento que las cosas entre vosotros dos no funcionaran —dije.

Sebastian me miró durante un largo momento.

—Eso es agua pasada. Ya no es mi preocupación.

—Entonces, ¿estarías bien si ella decidiera mudarse aquí y dirigir la posada?

Su cara palideció y todo su cuerpo se tensó. Desapareció rápidamente, pero estuvo ahí el tiempo suficiente para que yo conociera su respuesta antes de que mintiera.

—Por supuesto. Ella debería hacer lo que la haga feliz.

El tono subyacente decía que él pensaba que ella siempre hacía lo que la hacía feliz. Desde su perspectiva, lo hacía. Pero Zoey no era feliz y ella se arrepentía de su decisión, así que todavía me sentía mal por mi hermana. Aunque también me sentía mal por Sebastian.

—Se lo haré saber —dije.

Él gruñó y se dirigió hacia la posada. Quizás si Zoey volviera, ambos podrían encontrar la felicidad que se les escapaba. Y quizás Cala MacKellar ya estaba empezando a afectarme.

Todavía no estaba seguro de ir a encontrarme con Ian y el resto de sus amigos el jueves por la noche, pero después de pasar la mayor parte de la semana decorando la posada y discutiendo con tía Gina sobre su página web y comenzando el proceso de encontrar un comprador, necesitaba una copa y una noche fuera.

O'Kelley's estaba más concurrido de lo que esperaba para un bar de pueblo pequeño en un jueves por la noche. La semana anterior asumí que estaba lleno debido a las fiestas, pero tan pronto como entré, supe que estaba equivocado. Era simplemente un lugar con mucho movimiento.

Ian estaba en la barra con otros cuatro tipos. No reconocí a dos de ellos, pero James Rucker y Ramsey Holland eran dos que recordaba.

Ian no me notó hasta que llegué junto a ellos.

—Eh, has venido. Chicos, este es Gavin Holbrook. El sobrino de Gina. Está ayudándola a arreglar la posada.

—Encantado de conocerte —dijeron todos sucesivamente.

—A tu tía le gusta hablar —dijo uno de los tipos que no conocía—. Soy Rowan Masterson. Me contó toda la historia del pueblo cuando investigamos ese allanamiento hace unos meses. Pero, tío, cómo cocina.

—¿Allanamiento? —le pregunté.

—Sí, lo siento. Soy policía. Trabajaba con Rucker entonces.

—Nunca me contó sobre esto. Sebastian tampoco —les dije.

—Eh, lo siento. Supuse que lo sabías —Rowan se encogió de hombros como si no fuera gran cosa—. Atrapamos al tipo justo después. Todo salió bien. Probablemente por eso no te lo dijo.

Asentí, preguntándome si era tan simple. Probablemente no quería preocupar a ninguno de nosotros, y tenía que admitir que no había estado en contacto con ella lo suficiente. Pero estaba decidido a cambiar eso.

—Oye, necesito una jarra y dos vodka tónic —dijo Piper al otro lado de la barra.

—Hola —dije, llamando su atención hacia mí.

Sus ojos se abrieron durante medio segundo antes de plasmar una sonrisa.

—Hola.

Su atención volvió inmediatamente a Hudson mientras él completaba los pedidos y los colocaba en la bandeja que ella tenía.

—Gracias.

Y se fue. Tan rápido como había aparecido.

—¿Tú y Piper? —preguntó Ramsey.

Negué con la cabeza al mismo tiempo que Ian decía:

—La acompañó a casa la semana pasada.

—¿En serio? —preguntó Ramsey.

—No les hagas caso —dijo el otro tipo que no conocía—. Soy Colin. Y estos dos todavía piensan que acompañar a una chica a casa significa que estáis saliendo en serio. El resto de nosotros nos damos cuenta de que probablemente fue porque no eres un capullo.

Me reí.

—Gracias.

—Entonces, ¿cuál fue? —preguntó James.

—¿Cuál fue qué?

—¿Fue porque te gusta Piper o porque no eres un capullo?

—¿Son mutuamente excluyentes? —pregunté.

—Así que ambas —interpretó Ramsey.

—Yo... ¿Está soltera? —pregunté.

Todos asintieron.

—Entonces, ¿importa? Si no estoy pisando terreno de nadie, ¿es un problema?

—No, pero si buscas a alguien, necesitas descargar esta aplicación. En Busca del Galán de Papel. Todas las mujeres de por aquí la usan. Todos estos tíos conocieron a sus mujeres a través de la aplicación —dijo Rowan.

—¿Una aplicación de citas? —pregunté.

Asintieron.

—¿Todos conocisteis a las mujeres con las que estáis a través de una aplicación de citas? —pregunté de nuevo.

—Yo conocía a Blake de antes, pero la aplicación nos dio la oportunidad de conocernos de una manera diferente. Ramsey y su esposa estaban separados y eso les hizo hablar. Colin y Elise no se conocían realmente, pero le dio una oportunidad con ella, y Rucker tuvo suerte cuando Trinity le dio una oportunidad —explicó Ian.

—¡Eh! —exclamó James.

—Es verdad —dijo Rowan, interrumpiendo a James—. Y es buena para conocer mujeres. Yo estoy ahí. Una mujer local la desarrolló. Una auténtica genio.

Me encogí de hombros y saqué mi teléfono. Descargué la aplicación e hice una nota mental para investigarla más a fondo más tarde.

Hudson rellenó sus cervezas y puso una delante de mí.

—Pale Ale, ¿verdad?

Asentí.

—Gracias.

—Sí, no hay problema. ¿Vas a pedir comida?

—Claro. Podría comer algo.

Hudson hizo mi pedido de cena y cambió la conversación a las fiestas.

—Todos vendréis el sábado, ¿verdad?

—¿Qué pasa el sábado?

—Hay una ceremonia de encendido del árbol de Navidad en el Parque Catherine —dijo Ramsey—. Es un gran acontecimiento para el pueblo. El árbol ha estado allí desde antes de que existiera el pueblo y es una gran parte de la temporada navideña. O'Kelley's es uno de los patrocinadores del evento.

—Lo que significa que cierro el bar por la tarde para que todos vayan allí. Hay música en directo y baile. El alcalde hace un discurso. Cosas de pueblo pequeño —explicó Hudson.

—Vosotros realmente os lo montáis a lo grande, ¿no? —pregunté.

Todos asintieron.

—Yo soy propietario de Jones Family Maple Farm, y estamos organizando paseos en trineo y una feria navideña. Viene Papá Noel y vamos a tener luces por toda la granja para que la gente pasee y las vea —dijo Colin.

—¿Gina te ha contado lo de decorar galletas? —preguntó James.

Asentí.

—Lo mencionó.

—También hay un concurso de construcción de muñecos de nieve, villancicos y la mejor fiesta de Nochevieja de la zona aquí mismo —dijo Ian—. Es un buen momento para estar en Cala MacKellar.

Piper se acercó y le pidió a Hudson otro pedido, y me costó estar en desacuerdo con Ian. Me dedicó una pequeña sonrisa cuando nuestras miradas se cruzaron.

—Ella está en la aplicación —dijo James cuando Piper se alejó.

—No estoy... Estáis locos —dije.

—Quizás, pero no nos equivocamos —dijo Ian.

Negué con la cabeza y bebí mi cerveza.

—¿Qué pensáis de la idea de Piper? —preguntó Hudson.

—¿Qué idea? —solté.

Los otros sonrieron con suficiencia.

Hudson se apiadó de mí y explicó:

—Piper y algunas de las otras mujeres estaban hablando

de apadrinar a una familia o conseguir pequeños regalos y repartirlos entre la gente del pueblo. Me lo comentó y preguntó sobre cómo difundir la noticia.

—Eso es bastante guay. Mi empresa siempre apadrina familias durante las fiestas. Hay tanta gente que no tiene suficiente —dije.

—¿A qué se dedica tu empresa? —preguntó Ian.

—Somos una agencia de publicidad —le dije.

—Genial. Esa es definitivamente una habilidad que desearía tener.

—¿Qué haces tú?

—Construyo barcos de madera personalizados —dijo Ian.

—¿En serio? Eso es impresionante.

—Te dije que no me importa ensuciarme las manos. Vi que la posada está decorada. Buen trabajo.

Asentí.

—Fue sobre todo Sebastian. Él sabe cómo quiere tía Gina todo. Yo solo soy la mano de obra no remunerada ahora mismo.

—Sebastian ha estado por aquí —dijo James.

Asentí, no es que me hiciera sentir mejor.

—¿Crees que Gina querría hacer algo? Quizás las chicas puedan tener algo en la decoración de galletas para todos. Una especie de detalle —dijo Ramsey.

—Creo que tía Gina aceptará casi cualquier cosa que signifique que la gente es feliz —les dije.

—Suena a Gina —dijo James.

Hudson trajo nuestra comida y todos empezamos a comer. Vimos el partido de fútbol del jueves por la noche en la televisión y lanzamos algunas ideas más sobre los eventos navideños. Y cuando Piper pasó, intenté no ser demasiado obvio al mirarla.

Cuando me fui esa noche, volví a casa de tía Gina y empecé mi perfil en la aplicación de citas. No era como ninguna otra aplicación que hubiese visto. Pero me emparejó con unas cuantas personas de inmediato. Si no pasaba nada más, al menos me mantendría ocupado mientras estuviera en el pueblo. Y si tenía suerte, uno de esos emparejamientos sería Piper.

5

Si hubiera tenido idea de lo bien que funcionaría la aplicación de citas, me habría registrado desde el primer día. En cambio, en dos días, acabé con cinco matches diferentes. La vida definitivamente pintaba bien.

Uno de mis matches me pidió quedar en la ceremonia de iluminación del árbol de Navidad. Todo ese rollo navideño de pueblo pequeño era excesivo, pero aún no estaba listo para quejarme. En Pittsburgh amábamos la Navidad, pero nunca había visto un lugar que lo convirtiera en el evento que Cala MacKellar hacía de ello. Estaba en la frontera entre encontrarlo encantador y considerarlo exagerado.

La tía Gina quería ir a la ceremonia, y Sebastian dijo que era una de sus favoritas, así que acepté encontrarme con mi match advirtiéndole que quizás no podría escapar de mis obligaciones familiares. Inmediatamente asumió que eso significaba que estaba casado y se echó atrás. Le aseguré que iba con mi tía y no con mi esposa, pero definitivamente había cierta vacilación. Vaya.

O quizás simplemente no sentía conexión con ella. Estaba

intentando averiguar cómo salir con alguien cuando no sabía qué aspecto tenían, pero supuse que ese era el objetivo. Eliminar lo superficial que hace que un tío se lleve a casa a una mujer con un vestido ajustado y permitirle ver más allá de la belleza de una mujer en leggings.

No tenía problemas para ver la belleza de cierta mujer en leggings. O en vaqueros. Vale, definitivamente necesitaba una cita. No. Un rollo.

La tía Gina insistió en que Sebastian condujera hasta la ceremonia, ya que estaba casi a un kilómetro y medio desde la posada hasta el centro del pueblo. Sebastian no discutió, y la ayudó a ponerse el abrigo y la acompañó hasta su camioneta. Me subí a la parte trasera, sabiendo que podría caminar a casa si las cosas iban bien y que podría usar el irme con ellos como excusa si las cosas no funcionaban.

Envié un mensaje a mi match una vez que llegamos a la ceremonia, haciéndole saber que estaba allí y mi ubicación general. No tuve que esperar mucho para que me encontrara.

—¿Eres ResidenteTemporal? —preguntó una mujer mientras se acercaba. Era menuda, unos quince centímetros más baja que yo, y era diminuta. Podría haber pasado por una estudiante de instituto por lo pequeña que era. Su voz tenía una cualidad nasal que inmediatamente puso mis sentidos en alerta.

—Soy yo —dije con una sonrisa—. Encantado de conocerte.

—Igualmente —dijo ella—. Me encanta esta época del año. Tan romántica.

Asentí, tratando de ocultar mi sorpresa. Llevábamos hablando dos días y ya estaba sacando el tema del romance.

—¿Has dicho que estás aquí con tu tía? ¿Vives aquí?

—Um, no. Solo estoy visitándola durante unas semanas.

—Oh, eso debe ser agradable. Especialmente tener un

trabajo donde puedes tomarte ese tiempo libre. ¿A qué te dedicas?

—Tengo una agencia de publicidad —dije sin pensar.

—¿La tienes? Vaya. Eso es impresionante. ¿Has hecho algún anuncio que pueda haber visto? —preguntó.

Se me erizó la piel ante la pregunta. La gente siempre quería saber en qué podría haber trabajado que ellos conocieran. Era normal, para establecer un reconocimiento, pero esta mujer estaba buscando una fuente de ingresos. Quería saber si yo era lo suficientemente bueno para que ella depositara todas sus esperanzas en mí.

No solo no estaba interesado en una mujer que no estuviera dispuesta a hacer su parte en una relación, sino que tampoco estaba interesado en ser responsable de nadie más.

—Probablemente no —admití—. Mayormente trabajamos con empresas más pequeñas y locales en la zona de Pittsburgh.

—¿Pittsburgh? ¿Ni siquiera Nueva York?

Negué con la cabeza. —No.

Su sonrisa flaqueó un poco. —Oh, bueno, debes ganar mucho dinero para estar tanto tiempo fuera del trabajo.

Forcé una sonrisa. —Nunca es suficiente, ¿verdad?

Ella se rio fuerte, como si yo fuera un comediante. Luché contra el impulso de poner los ojos en blanco. —No creo que sea posible tener suficiente dinero. El dinero hace que el mundo gire, ¿no? Y lo necesitamos para todo. No entiendo a la gente que regala su dinero a organizaciones benéficas y cosas así. Si la organización benéfica necesitaba dinero, deberían salir y ganarlo como el resto de nosotros.

Me mordí la lengua. Literalmente, me la mordí. Era la única forma de evitar destrozar a esta mujer cuyo nombre todavía no conocía. Quería un sugar daddy que no estuviera dispuesto a compartir su riqueza pero que pensara que la llenaría de todo. ¿Estaba loca?

—Bueno, en realidad, mi empresa colabora con varias organizaciones benéficas. Nos gusta ayudar a personas que necesitan una mano extra. Hay muchas personas que no tuvieron las mismas oportunidades que mi socio y yo tuvimos al crecer, y queremos ayudar a dar a otros las oportunidades que nosotros tuvimos. Oportunidades que no tendrían sin alguien dispuesto a ver su potencial.

—¿Tienes un socio?

—Sí. Era mi compañero de habitación en la universidad. Se nos ocurrió la idea de nuestra empresa durante la carrera y empezamos a usar nuestra experiencia para ayudar a los clubes del campus a obtener reconocimiento y aumentar sus números. Tuvimos tanto éxito que decidimos continuar una vez que nos graduamos y que nos pagaran por ello.

—Qué encantador —dijo con una voz que decía que no lo encontraba encantador en absoluto—. Escucha, realmente no estoy segura de que esto vaya a funcionar. Creo que quizás cometí un error al pedirte quedar.

—Creo que tienes razón. Definitivamente no soy tu tipo. Que tengas una buena noche. —Me alejé sin decir otra palabra, sabiendo que ella no estaba más desconsolada que yo.

Sebastian y la tía Gina estaban cerca del agua, donde podían ver el árbol sin tener que estar en medio de la multitud. La tía Gina estaba sentada en una silla Adirondack blanca, y Sebastian estaba de pie detrás de ella, bloqueando el viento que venía del agua.

—Pensaba que ibas a encontrarte con un amigo —dijo Sebastian.

—Sí, no salió bien.

Sebastian negó con la cabeza como si no estuviera sorprendido. La tía Gina no lo entendió del todo. —¿Cómo no pudo salir bien si era un amigo?

—Un malentendido —dije.

—Esa es una excusa tonta. Deberías ir a hablar con tu

amigo. Arreglar las cosas. Perder a un amigo por algo como un malentendido nunca está bien, Gavin —me reprendió la tía Gina.

Suspiré. —Tienes razón. Me aseguraré de aclarar las cosas más tarde.

Ella negó con la cabeza y me lanzó una mirada severa. —No esperes hasta más tarde, Gavin. Hazlo ahora. Envíale un mensaje a tu amigo desde tu teléfono.

Me miró fijamente hasta que saqué el teléfono de mi bolsillo. No tenía ni idea de qué iba a decir o cómo iba a salir de esto, pero sabía que tenía que ocurrírseme algo.

Había otro mensaje en mi bandeja de entrada en En Busca del Galán de Papel cuando miré. Era de otro de mis matches. Me preguntaba si estaba interesado en tomar una copa más tarde.

RESIDENTETEMPORAL

Claro, me apetece una copa. ¿Algún lugar en particular donde quieras quedar?

MUÉSTRAME EL DINERO

O'Kelley's en Cala MacKellar.

RESIDENTETEMPORAL

¿A qué hora?

MUÉSTRAME EL DINERO

¿En una hora?

RESIDENTETEMPORAL

Estaré allí. Chaqueta negra, pelo oscuro. Me sentaré al final de la barra junto a la cocina.

MUÉSTRAME EL DINERO

Nos vemos entonces.

—¿Te ha perdonado tu amigo? —exigió la tía Gina mientras guardaba el teléfono en mi bolsillo.

Ya me había olvidado de todo eso. —Um, sí. Vamos a tomar algo en O'Kelley's dentro de una hora.

—Oh, bien. Para entonces el árbol ya estará iluminado y Sebastian podrá llevarme a casa. Luego vosotros podéis volver a O'Kelley's.

—Eh, yo paso. Gavin puede ir solo a encontrarse con su amigo —dijo Sebastian con una sonrisa burlona.

—Probablemente sea lo mejor —estuve de acuerdo.

—¿Cómo vas a volver a casa? —preguntó la tía Gina.

—No está tan lejos. No me importa caminar —le aseguré.

—Deberíamos haber traído dos vehículos. No me di cuenta de que ibas a quedarte en el pueblo más tarde —dijo ella.

Negué con la cabeza y apoyé mi mano sobre la suya. —Estaré bien, tía Gina. Te lo prometo. Camino por toda la ciudad en Pittsburgh. Conducir es un fastidio muchas veces, así que simplemente camino. No me importa en absoluto.

Ella giró su mano bajo la mía y apretó con fuerza. —Desearía que te quedaras aquí y dirigieras mi posada. Preferiría no tener que venderla a extraños.

Forcé una sonrisa pero negué con la cabeza. Su posada. Siempre sería su posada. Si estropeaba algo, nunca me lo perdonaría. Incluso cuando la tía Gina ya no estuviera, seguiría sintiendo su fantasma observándome, esperando a que metiera la pata. Esperando a que fracasara. No podía arriesgarme a eso.

—Encontraremos a alguien que quiera la posada tanto como tú —le aseguré—. Y Sebastian siempre estará cerca para asegurarse de que hagan las cosas de la misma manera que tú lo harías.

La tía Gina miró a Sebastian y sonrió. —Lo sé, pero él tampoco la quiere. Ninguno de vosotros la quiere. Es difícil.

Miré a Sebastian con bastante sorpresa, pero él solo se

encogió de hombros. Era una novedad para mí que la tía Gina le hubiera ofrecido la posada. ¿Fue antes o después de que le pidiera a Zoey y a mí hacernos cargo?

—Hola a todos —dijo una mujer negra alta mientras se acercaba al micrófono junto al árbol. Un podio con el nombre de Cala MacKellar grabado estaba decorado para la temporada con luces y una gran corona de flores—. ¿Cómo está todo el mundo esta noche?

—Esa es la alcaldesa Kinsey. Es maravillosa —me dijo la tía Gina—. Está haciendo cosas maravillosas para nosotros y convirtiendo Cala MacKellar en un verdadero destino durante el verano. Me cae muy bien. Lamentablemente, está casada.

—¿Qué tiene de lamentable? —pregunté.

—Porque significa que no puedes casarte con ella.

Sebastian resopló pero lo disimuló con una tos. Yo simplemente me balanceé sobre mis talones y escuché hablar a la alcaldesa que no iba a ser mi futura esposa.

—Esta temporada navideña va a ser fantástica. Tenemos un montón de eventos maravillosos planeados. Nuestro calendario se ha compartido en línea y se rumorea que estamos completos en algunos de nuestros hoteles y posadas locales. Si estás aquí visitándonos para la temporada, te damos la bienvenida y esperamos que te sientas como en casa en nuestra hermosa pequeña ciudad —dijo la alcaldesa Kinsey.

—Siempre estamos completos —dijo la tía Gina en voz baja—. Los otros están empezando a ponerse al día, pero es bueno para Cala MacKellar.

—El coro de la Escuela Primaria de Cala MacKellar ha estado practicando todo el año, y los he invitado a subir aquí y cantar para nosotros esta noche mientras iluminamos el árbol. Para aquellos que no lo saben, este es el Parque Catherine.

Lleva el nombre de la nuera de los fundadores de nuestra ciudad, Catherine MacKellar. La señora MacKellar quería que su marido donara terrenos a la ciudad para ser utilizados como espacio verde para que la gente pudiera reunirse, justo como lo estamos haciendo aquí esta noche. Quería un árbol de Navidad aquí en el parque, y la historia cuenta que el año que nació su hijo, Catherine plantó este árbol para que él tuviera un árbol de Navidad cada vez que visitaran la ciudad. Nosotros como ciudad nos hemos beneficiado de esa elección cada año y podemos disfrutar de las ideas de una mujer maravillosa y brillante que ayudó a hacer de esta ciudad lo que es hoy.

Hizo una pausa mientras los niños rodeaban el árbol.

—Por favor, únanse cantando si así lo desean. Y por favor, den la bienvenida al Coro de la Escuela Primaria de Cala MacKellar dirigido por la Sra. Smith.

La alcaldesa Kinsey aplaudió mientras se alejaba del podio. Los estudiantes comenzaron a cantar, empezando con "Rockin' Around the Christmas Tree," durante la cual el árbol parpadeó unas cuantas veces y luego se iluminó.

—Es brillante —dijo la tía Gina.

—Sí, lo es. Es realmente brillante —estuve de acuerdo.

—Quizás se pasaron un poco con las luces este año —dijo Sebastian—. Pero se ve bien.

—Solo espero que no corte la electricidad de todo el pueblo —dijo la tía Gina.

Negué con la cabeza ante su burla.

El coro pasó a "Noche de Paz". Las personas que aún no estaban cantando se unieron, incluido yo. Hacía tiempo que era una de mis canciones navideñas favoritas y escucharla me ponía en el estado de ánimo navideño.

La última canción que cantaron los niños fue "Jingle Bells", lo que hizo sonreír a todos. Cuando terminaron, la alcaldesa Kinsey les agradeció por ayudar a hacer la celebración más festiva y animó a la gente a cantar, beber chocolate caliente y disfrutar de la noche.

—Tengo frío —dijo la tía Gina casi inmediatamente—. Creo que estoy lista para ir a casa.

—Me parece bien —aceptó Sebastian—. ¿Seguro que no quieres que te lleve de vuelta?

Negué con la cabeza. —Estaré bien. Gracias por llevarla a casa.

Se encogió de hombros. —Lo hago todos los años.

La enormidad de lo que Sebastian hacía por la tía Gina me estaba calando. Él había estado ahí para ella a lo largo de los años, ayudándola con todo lo que necesitaba. Y a través de todo eso, se enfrentaba al hecho de que Zoey le había mentido y nunca había regresado. Tenía que ver fotos de Zoey por toda la posada y probablemente escuchar historias sobre ella y su familia constantemente. Pero ni una sola vez desde que yo estaba allí se había quejado de ninguna de las cosas que hacía por la tía Gina.

—Gracias, Sebastian.

Asintió y ofreció su brazo a la tía Gina. Observé cómo los dos navegaban entre la multitud y subían a su camioneta. La ayudó a subir y cerró la puerta por ella, cuidándola una vez más.

Mi hermana era una idiota por no elegirlo a él.

Pero ese era un problema para otra noche.

Me subí el cuello del abrigo y me dirigí a O'Kelley's. La multitud ya estaba empezando a entrar. No pude evitar mirar alrededor para ver si Piper estaba allí y me encontré dividido cuando no la vi. Quería verla, pero estaba quedando con otra persona, y eso no habría sido exactamente justo para la mujer con la que iba a encontrarme.

Tomé asiento al final de la barra y le pedí al camarero una cerveza rubia de barril. Hudson estaba en el otro extremo, atendiendo pedidos tan rápido como el tipo frente a mí. Levantó la vista, asintió y volvió a servir bebidas.

—¿Eres ResidenteTemporal? —preguntó una mujer desde detrás de mí.

Me giré mientras hablaba. —Lo soy. ¿Eres... Piper?

—Sabía que eras demasiado bueno para ser verdad —dijo mientras tomaba asiento junto a mí—. Debería haber sabido que era mejor no hacer match con nadie que tuviera "residente" en su nombre.

—¿Tú eres Muéstrame el dinero?

Sus mejillas se sonrojaron lo suficiente como para que yo supiera que lo era, y que el nombre era uno que ella creía que era ingenioso pero del que no estaba segura. —Lo soy.

—¿Qué tal si tomamos algo? —le pregunté.

Ella mantuvo mi mirada durante un largo momento y luego asintió. —Claro. Siempre me viene bien una copa.

El camarero estaba frente a nosotros otra vez, esta vez con una sonrisa para Piper. —¿Lo de siempre? —le preguntó.

Los celos desenfrenados que sentí ante su simple familiaridad no molaban. Y no eran bienvenidos. Era una copa, nada más, y no tenía ninguna razón ni derecho a estar celoso. Pero lo estaba.

Piper asintió y sonrió cuando colocó la taza de cobre frente a ella.

—¿Moscow Mule? —pregunté.

Sonrió mientras llevaba la copa a sus labios y tomaba un sorbo. —Se ha convertido en mi favorito últimamente.

—Imagino que trabajando en un bar experimentas con muchas bebidas.

Negó con la cabeza. —No realmente. Las sirvo, pero no bebo la mayoría. Conozco los nombres de montones de bebidas, pero soy bastante simple. Me gustan las cosas que no son complicadas.

Sonreí. —Lo que explica por qué no estás contenta de que sea yo quien te invita a una copa esta noche.

—Yo... —Suspiró y se encogió de hombros—. No estoy buscando un vínculo. Soy feliz estando soltera. Y no es una frase de una mujer que espera que la conquisten. Me gusta mi vida como es. No quiero empezar a cambiar cosas por un chico. Así que prefiero tipos que no se van a quedar. Tipos con los que no me voy a encontrar en el trabajo todo el tiempo.

—Lo entiendo. Pero no me voy a quedar. Estoy aquí por un mes o así y luego me iré.

—Un mes o así es mucho tiempo.

Me encogí de hombros. —Quizás podamos acordar ser amigos. Sin ataduras, sin vínculos, sin compromisos, solo dos personas que toman algo juntas a veces.

—¿Y eso es todo?

Me encogí de hombros. —Eso depende de ti. No voy a decir que no lo he pensado, pero eso ya lo sabes. Pero tampoco voy a esperar a que decidas que ya no eres feliz estando soltera. He tenido épocas así. Con toda honestidad, estoy un poco celoso de tu conformidad.

Se rio. —La mayoría de la gente piensa que o estoy delirando o soy una buena mentirosa.

Negué con la cabeza. —Creo que eres fuerte. Y preciosa. Pero eso no tiene nada que ver con tu decisión de estar soltera.

Sonrió y sus mejillas se pusieron rosadas. —Gracias.

Le guiñé un ojo y asentí.

—Entonces, ¿qué más hacen los amigos?

Terminé mi cerveza y me volví hacia ella. —Bueno, los amigos se llevan en coche. ¿Hay alguna posibilidad de que puedas llevarme a la posada más tarde? Es una mierda pedírtelo, pero como sabes que no es una excusa para intentar llevarte a la cama, pensé que quizás estaría bien preguntarte.

Torció los labios y entrecerró la mirada. —No estoy segura de si debería sentirme ofendida por ser puesta en la zona de amigos tan rápidamente que ni siquiera intentas llevarme a la cama, o si estoy contenta de que lo hagas.

Me reí. —Bueno, si te hace sentir mejor, puedo intentar besarte más tarde.

Negó con la cabeza. —Sí, puedo llevarte a casa.

—Bien. Pero primero, necesitamos jugar a los dardos.

6

PIPER

Gavin era sorprendentemente bueno con los dardos. Yo tenía una vaga idea de las reglas, pero no suficiente para saber cómo llevar la puntuación. Gavin se ofreció a llevar la cuenta, pero acordamos jugar una partida amistosa. Que se volvió competitiva en poco tiempo.

—Esto es como el H-O-R-S-E —dije con una risa—. Tampoco se me daba muy bien ese juego.

Se posicionó para lanzar y me dedicó una sonrisa de suficiencia. Tenía «competitivo» escrito por todas partes—. Simplemente lo hace más interesante.

—¿Y qué gana el vencedor?

Se quedó paralizado, como si no hubiera considerado un premio—. Bueno —dijo, guardando el dardo y frotándose la mandíbula—, ya voy a conseguir que me lleven a casa.

Resoplé—. ¿Y estás tan seguro de que vas a ganar?

Levantó una ceja.

Me reí porque ambos sabíamos que iba a ganar absolutamente.

—¿Qué tal si... —se acercó más a mí. Su voz bajó de tono.

Todas mis partes descuidadas se inclinaron para oírlo mejor... —me invitas a una copa?

Me encantaría decir que no me decepcioné, pero una parte de mí lo hizo. No estaba ligando conmigo. No me había tocado en toda la noche. No intentó mostrarme cómo sujetar los dardos o posicionar los pies ni nada. Me estaba tratando como a una amiga.

Y eso me dolió un poco.

Pero no iba a dejar que lo supiera. Me reí y puse los ojos en blanco. Él había pagado nuestras bebidas hasta ahora. Yo había cambiado a soda con agua y un toque de lima después de mi Moscow Mule ya que conduciría más tarde, pero él insistió en pagar. También insistió en cambiar a algo sin alcohol.

—Creo que puedo asumir invitarte a una copa.

—Aunque no esta noche —añadió. Se acercó a la línea de nuevo y adoptó su posición—. Tenemos que repetir esto.

Soltó el dardo mientras yo estaba mirando su espalda, tratando de entender qué significaba eso. No tenía ningún interés en salir ni en involucrarme, pero... maldita sea, no quería que me gustara.

—¡Sí! —siseó. Se volvió hacia mí con una sonrisa triunfante.

Miré rápidamente al tablero y vi su dardo clavado en el blanco interior del 17. Era un tiro difícil, y lo había clavado —. Bien hecho —dije.

Sus cejas bailaron y se acercó a mí con una sonrisa y una mano extendida—. Tu turno.

Sabía sin siquiera tocar los dardos que no sería capaz de acertar el mismo tiro, pero lo intenté. Y cuando fracasé, él fue el vencedor de nuestra partida.

—Buena partida —dijo valientemente, como si hubiera estado más reñida de lo que estaba. Él solo tenía la H, pero yo ya había terminado.

Resoplé—. Difícilmente. Pero ha sido divertido.

—Yo también lo he pasado bien. Gracias por jugar conmigo. Y por no ser una mujer loca.

—¿Perdona? —pregunté mientras volvíamos a la barra. Ocupamos unos taburetes y pedimos bebidas frescas para sorber mientras hablábamos.

—Tuve otra cita que quería quedar antes. Estaba en el encendido del árbol de Navidad. Inmediatamente empezó a hablar de lo romántico que era y a preguntar por mi trabajo. Era prácticamente lo opuesto a ti.

—Supongo que eso fue algo malo —dije.

Asintió y se rio entre dientes—. Totalmente. No voy a estar aquí para siempre, así que una relación a largo plazo no me va a funcionar, y no puedes saber si algo puede convertirse en algo duradero durante la primera conversación con una persona. Además, no busco ser el sustento de nadie.

—¿Sustento? Quizás debería preguntar a qué te dedicas y replantearme eso de invitarte a una copa.

Se rio—. Eh, teníamos un trato.

—Sí, pero eso fue antes de saber que eras un buen sustento. ¿Estamos hablando de bistec cada noche o hamburguesas de fast food?

Volvió a reírse—. Como el bistec y la hamburguesa son la misma carne, ¿hay alguna diferencia?

—Oh, sí, una gran diferencia —dije con cara seria.

—Bueno, lamento desilusionarte, pero definitivamente soy más del tipo de las hamburguesas. Los bistecs están bien para cenas de negocios, pero no soy lo suficientemente elegante como para ser una persona de bistec cada noche.

Me puse seria y asentí—. Yo soy igual. Es decir, trabajo aquí. Y me encanta. He tenido otros trabajos, pero mi último empleo no era adecuado para mí. No puedo imaginarme haciendo otra cosa que esto.

Bebió un sorbo de su bebida y asintió como si lo entendiera—. Este lugar es bastante genial. Me hace sentir que no soy un forastero aunque lo sea.

—¿Por qué piensas eso?

Se encogió de hombros—. No soy de aquí. Visité mucho este lugar durante mi infancia, pero no es mi hogar. No estaré aquí para siempre. Una parte de mí se siente mal porque tengo la intención de irme, pero nadie me ha tratado como si eso fuera un problema.

—¿Por qué sería un problema?

Volvió a encogerse de hombros—. No lo sé. Creciendo siempre sentí que lo era. Estaba aquí durante el verano en lugar de todo el año y los niños que vivían aquí se conocían entre sí. Me encantaba venir, pero no conocía a mucha gente.

—Entonces, cambia eso. Conoce a la gente. Es un pueblo bastante genial.

Se rio entre dientes—. Menuda pareja hacemos. Tú no estás interesada en tener citas, y yo no estoy interesado en quedarme.

Sonreí—. Eso nos hace bastante buenos juntos, ¿no crees?

Mantuvo mi mirada durante un largo momento y sonrió —. Sí, creo que sí.

—¿ALGUNA vez le has enseñado el pecho a alguien? —preguntó Gavin tres copas más tarde.

Resoplé pero sonreí—. Sí, pero era mi novio, no una persona al azar.

—¿En serio? ¿Crees que voy a creerme eso?

—¡Lo era! Solíamos trabajar juntos y estaba jugando.

Gavin negó con la cabeza en un gesto de falso horror. Tomó un sorbo de su bebida y luego preguntó—: Entonces, ¿supongo que este es un ex novio?

Asentí—. Sí.

Afortunadamente, Gavin no presionó para obtener más información, lo que significaba que era mi turno de hacer una pregunta—. ¿Alguna vez le has enviado a alguien una foto de tu pene?

Estalló en carcajadas—. No. Hay algo eternamente cutre en tratar de conseguir una cita compartiendo tus partes. Especialmente porque no hay garantía de que realmente sea tuyo.

—Catfishing de pene —dije.

—¿Qué?

—Ya sabes, como hacerse pasar por otra persona, pero con tu pene.

Echó la cabeza hacia atrás y se rio con fuerza. Me reí con él, su risa contagiándome.

—Eso es lo mejor que he oído en todo el año.

—¿Todo el año? El año está casi terminando.

—Mantengo lo dicho. Catfishing de pene. Genial.

—Y exacto.

—Absolutamente. Vale, entonces... ¿alguna vez has hecho nudismo en la piscina o playa?

—¿Cuándo se ha vuelto esto un conocerse mutuamente con temas sucios?

Sonrió—. Cuando acordamos ser amigos. No te estoy juzgando porque no estamos saliendo, y tú no me estás juzgando por la misma razón. Así que podemos hablar de cualquier cosa. Y deja de evitar la pregunta.

Apreté los labios y negué con la cabeza—. No. No lo he hecho.

—¿En serio? Habría pensado que sí.

—¿Ah, sí? Bueno, hace bastante frío por aquí, y el único lugar para nadar es en la Cala, que también está muy cerca de la orilla, así que no sería muy inteligente.

—¿Ni siquiera lo hiciste cuando eras pequeña?

—Um, no. ¿En serio? ¿Qué tipo de infancia crees que tuve?

Se rio—. Tienes razón.

—¿Alguna vez te has acostado con alguien con quien no deberías?

—¿Estamos hablando de infidelidad? Porque eso es un rotundo no para mí.

—Cualquier cosa. Infidelidad, alguien mucho mayor o más joven, la amiga de tu hermana, cualquier cosa.

—Vale, infidelidad, diablos, no. Mayor o más joven, bueno, tengo treinta y seis años, pero creo que la mayoría de las mujeres con las que me he acostado han estado dentro de los cinco años de mi edad en ese momento, así que diría que no. Y en cuanto a las amigas de mi hermana, no diría que estuvieran prohibidas ni nada, pero no, nunca me acosté con ninguna de ellas. Las únicas mujeres con las que me he acostado fueron relaciones consensuadas y normales o sexo o lo que sea.

Asentí lentamente, preguntándome con cuántas mujeres se habría acostado.

—Vale, ¿alguna vez has fingido un orgasmo?

Dudé el tiempo suficiente como para que una sonrisa curvara sus labios.

—¿Lo has hecho? ¿En serio?

—Bueno, yo... sí, pero él nunca lo supo.

—¿Tú crees?

—¿Alguna vez has estado con alguien que lo fingió?

—No —resopló.

Sonreí e incliné la cabeza.

—¿Qué? No. Es imposible.

—¿Con cuántas mujeres te has acostado? —pregunté.

—¿Qué... yo... por qué?

—Solo responde a la pregunta. Aproximadamente.

—Una docena.

No reaccioné—. Vale, así que si te has acostado con doce mujeres, y asumiendo que te acostaste con todas ellas cinco veces, son sesenta experiencias. Supongo que has tenido muchas más, pero digamos eso. Yo fingí aproximadamente una vez al mes, y a razón de dos veces por semana, eso era un poco más del diez por ciento del tiempo. Mis amigas me han dicho que ellas hacían lo mismo, así que yo diría que la mitad de las mujeres con las que te acostaste fingieron al menos una vez.

—¿Qué? —preguntó, desconcertado—. Es imposible.

Levanté las cejas y me encogí de hombros.

—Me estás tomando el pelo.

Negué con la cabeza.

—¿Fingiste tanto?

Asentí.

—Quizás simplemente no era tan bueno. Yo siempre me aseguro de que las mujeres con las que estoy disfruten —dijo sacando pecho.

Le di una palmadita en la mano—. Estoy segura de que lo haces.

Resopló y se echó para atrás—. No tiene gracia.

—Oye, tú hiciste la pregunta. ¿Alguna vez has ido sin ropa interior?

Le llevó un minuto captar el cambio de tema pero asintió —. Sí, lo he hecho. No es lo mío, pero lo he hecho. ¿Y tú?

Asentí—. Sí, e igual.

—¿Y qué hay de los sujetadores? ¿Alguna vez has ido sin uno? —Su mirada bajó a mis grandes pechos pero no se detuvo. Levantó su bebida y apuró el vaso.

Negué con la cabeza—. No. No con estas cosas. Desearía poder, y tan pronto como estoy en casa, me lo quito, pero no en público.

—No creo que ningún hombre se quejara jamás de que una mujer fuera sin sujetador.

Sonreí—. Probablemente cierto, pero siento que algo falta. Simplemente no es lo mío.

Asintió y miró alrededor del bar. Estaba empezando a vaciarse, lo que me sorprendió.

—¿Qué hora es?

Saqué mi teléfono y vi cuatro llamadas perdidas de Sofia y nueve mensajes.

—Mierda. Necesito llamar a mi compañera de piso. Le dije que estaría en casa hace horas.

—Sí, por supuesto.

Llamé a Sofia, y ella contestó al primer tono—. ¿Estás bien?

—Sí. Lo siento mucho. Estoy en O'Kelley's tomando algo con Gavin y he perdido completamente la noción del tiempo.

—¿Gavin?

—Sí, nos encontramos aquí para tomar algo y no me di cuenta de lo tarde que era. Lo siento mucho.

—Está bien. Te lo prometo. Solo estaba preocupada. Me alegro de que estés bien. Has conducido tú, ¿verdad?

—Sí.

—¿Y no estás bebiendo?

—No. Estoy bien. Estaré en casa pronto.

—Piper, diviértete. No te estreses por mí. Voy a prepararme para dormir. Siento haberte molestado.

—Nunca, Sof. Te lo prometo. Gracias por cuidar de mí.

Se rio—. No estoy segura de que cualquier otra persona diría que soy yo la que cuida de ti.

—Bueno, ellos no nos conocen. Estaré en casa dentro de poco.

—Te veré entonces. Adiós.

—Adiós —Colgué y guardé mi teléfono—. Perdona por eso.

Gavin negó con la cabeza—. No te disculpes por eso. ¿Sois muy cercanas?

Asentí—. Es mi mejor amiga. Nos conocimos justo después de que me mudara aquí. Sofia es genial, pero es muy tímida, así que no sale mucho.

—Mi hermana es un poco igual. Pero en su caso, su ex le hizo mucho daño. Está insegura sobre prácticamente todo ahora mismo.

—Eso es una pena.

Gavin asintió—. Lo es porque Zoey es genial, y su ex es un imbécil. Nunca la mereció, pero ella se dejó llevar por quien él aparentaba ser.

—Deduzco que nunca fuiste su mayor fan.

Negó con la cabeza—. No realmente. Ella me habló de él y sonaba genial. Luego lo conocí y dudé si disuadirla de salir con él.

—¿Nunca lo hiciste?

Volvió a negar con la cabeza—. No. Y lo he lamentado prácticamente desde entonces. Pero mis sobrinos son niños increíbles, así que no puedo odiar todo lo relacionado con su matrimonio con él.

—¿Dijiste que sois cercanos?

Asintió—. Sí. Los veo todo el tiempo. Es duro estar tan lejos de ellos.

—¿Van a venir por Navidad?

—Espero que sí. Mi hermana no está totalmente segura porque solía salir con Sebastian y no quiere incomodarlo, pero estoy intentando convencerla.

—¿Sebastian?

—Él dirige el faro.

—Ah, sí. Lo siento. Solo lo he visto una o dos veces desde que me mudé aquí.

—Llevas aquí tres años, ¿verdad?

—Sí.

—¿Estás contenta de haberte mudado aquí?

—Fue la mejor decisión para mí. De lejos.

Miré mi teléfono de nuevo, debatiéndome si pedirle que diéramos la noche por terminada para poder irme a casa. Me sentía mal por no haber llamado a Sofia, por segunda vez porque estaba distraída con Gavin.

—¿Deberíamos irnos? Puedo ir andando si necesitas irte a casa. No me importa.

—No, te llevaré. Te dije que lo haría.

—¿Estás segura? Porque si necesitas irte a casa...

—Gracias, pero está bien. Sofia se preocupa por mí. Ninguna de las dos tenemos familia aquí, así que somos como hermanas.

—Tener una hermana es genial —dijo Gavin. Hizo un gesto a Hudson.

—Tengo que pagar.

—Ya está pagado —dijo Gavin—. Hudson lo ha puesto en mi cuenta.

—Se suponía que yo iba a invitarte a una copa.

—Dije la próxima vez —dijo con una sonrisa.

Negué con la cabeza y le agradecí. Fuera, nos subimos a mi todoterreno y me dirigí hacia la posada—. ¿Te alojas en la posada o en la casa?

—En la casa. Me alojé en la posada la primera noche, pero la tía Gina reservó todas las habitaciones, así que estoy en una de sus habitaciones de invitados.

—Eso no está mal, ¿verdad?

—No. A menos que quiera poner a prueba tu teoría y asegurarme de que las mujeres con las que estoy no están fingiendo.

Me reí a carcajadas—. Realmente te molesta, ¿verdad?

—Habla de herir el ego de un hombre. Sí, me molesta.

Me reí y negué con la cabeza—. Nada ha cambiado. Solo tu conciencia de ello.

—Eso no lo mejora.

Me reí mientras aparcaba frente a la casa. La luz de la

luna brillaba en el agua justo más allá de la casa. Las luces de las decoraciones navideñas hacían que toda la propiedad resplandeciera.

—Es hermoso aquí fuera.

—Sí, lo es —dijo, con voz baja y ronca.

Le miré, y él me devolvió la mirada. Me mordí el labio inferior y esperé.

El momento estaba cargado de tensión y deseo. Se inclinó hacia adelante, y yo eché la barbilla hacia atrás. Sus labios presionaron mi mejilla durante medio segundo, y luego volvió a alejarse.

—Ha sido agradable conocerte. Gracias por traerme.

—Um, sí. Por supuesto.

Sonrió y salió de mi todoterreno sin decir una palabra más. O sin ningún intento de robarme un beso como dijo que iba a hacer.

¿Por qué me decepcionaba tanto?

—¿Te divertiste anoche? —preguntó Sofia cuando salí tambaleándome de mi habitación al día siguiente.

Asentí y me encogí de hombros al mismo tiempo.

—Uh oh, eso no parece muy convincente. ¿Qué pasó?

—No lo sé. No es nada.

—No, eso no es nada. ¿Qué pasó? ¿Hizo algo?

Resoplé—. No.

Sonrió—. Y ese es el problema.

Gemí y me hundí en el sofá junto a ella. Sofia me entregó su taza de café y di un sorbo agradecida y se la devolví—. No me gusta. No quiero que intente algo.

—Pero estás decepcionada de que no lo hiciera.

—¡Lo sé! —exclamé.

—Creo que sí te gusta, pero creo que estás asustada.

Frederick era un imbécil, y te mereces algo mejor, pero sé que no te lo crees.

—Sí me lo creo. Por eso lo dejé. Pero creerlo y estar dispuesta a intentarlo son dos cosas muy diferentes.

—Háblame de Gavin —dijo Sofia, acurrucándose en el sofá y envolviendo una manta alrededor de sus piernas. Abrazó su taza contra el pecho y me miró con una sonrisa.

—Déjame coger un café.

Asintió mientras me levantaba del sofá e iba a la cocina. Añadí un chorrito de crema de vainilla y una cucharada de azúcar a mi taza y regresé al sofá.

Estuve en silencio durante un minuto, pero Sofia me dejó tener mis pensamientos. Nunca me presionaba para hablar. Entendía que necesitaba averiguar lo que quería decir antes de abrir la boca.

Finalmente, tomé aire y dije—: Es amable. Es divertido y coquetea mucho, pero es un buen tipo. Me recuerda a ti en algunos aspectos porque está pendiente de mí. Tiene una hermana, así que supongo que eso tiene algo que ver.

—Ya me cae bien —dijo Sofia con una sonrisa.

Le devolví la sonrisa—. Es el tipo de hombre por el que podría enamorarme —Mi sonrisa se desvaneció—. He conseguido mantener a todo el mundo a distancia desde Frederick, pero Gavin se acerca cada vez más. Esta noche, cuando me senté en O'Kelley's y lo vi, supe que debería haberme ido, pero no quería. Me invitó a una copa y jugamos a los dardos y hablamos y me pidió que lo llevara a casa...

—¿Qué hizo qué? ¿Es un aprovechado? No es que un hombre tenga que tener coche y conducir todo el tiempo, pero ya sabes a qué me refiero.

Negué con la cabeza—. No. Fue al encendido del árbol con su tía y Sebastian, y ellos se fueron a casa. Habíamos hecho nuestros planes, y él iba a volver andando a la posada, pero acordamos ser amigos, así que me preguntó si podía acercarlo. Tiene coche. Creo. En realidad no lo sé, pero...

—Vive con su tía, puede que no tenga coche, ¿al menos te invita a copas?

Asentí—. Sí. Tiene su propia empresa. También vive en Pittsburgh, así que si no tiene coche, es por eso. Pero no importa. No va a pasar nada entre nosotros.

—¿Qué pasó después de jugar a los dardos?

—¿Qué?

—Dardos —repitió Sofia—. ¿Qué pasó después de jugar a los dardos?

Me encogí de hombros—. Solo hablamos. Nos sentamos en la barra y hablamos. Nos turnamos para hacernos preguntas raras, y luego lo llevé a casa y lo dejé.

—¿Qué tipo de preguntas?

Me encogí de hombros mientras mis mejillas ardían.

Sofia levantó una ceja—. ¿En serio? ¿Cosas de sexo?

—Algunas cosas. Era solo por diversión. No fue raro.

Levantó las manos—. No he dicho nada. Pero me suena a que quizás hay algo ahí.

Negué con la cabeza—. No intentó besarme.

—¿Y?

Suspiré conmigo misma—. Al principio de la noche dijo que deberíamos ser solo amigos, y yo bromeé diciendo que había aceptado eso rápidamente. Dijo que iba a intentar besarme al final de la noche, pero no lo hizo.

—Y crees que has pasado horas hablando con un chico y él decidió que no está interesado mientras que tú decidiste que sí lo estás.

Me encogí de hombros—. Es difícil no pensarlo.

Sofia se rio entre dientes—. Tú, amiga mía, eres un hermoso desastre. Dale un respiro, y quizás intenta besarle tú la próxima vez.

Resoplé. Eso no iba a pasar.

7

GAVIN

Sebastian y yo pasamos la tarde del domingo trabajando fuera en el hostal. Me estaba dando cuenta rápidamente de que él era quien mantenía el lugar a flote para tía Gina, y me sentía culpable por dejarle tanto trabajo por hacer.

—¿Cómo compaginas con tu propio trabajo? —le pregunté cuando nos sentamos a descansar.

Era un día soleado y brillante, pero el aire era fresco, incluso cortante a veces. Era el tipo de día que anhelaban las personas que amaban estar al aire libre en invierno, porque podías hacer prácticamente cualquier cosa. Nunca había sido un gran aficionado al invierno, pero también era un adicto al trabajo sin vida. Estar lejos de la oficina significaba que me veía obligado a hacer cosas diferentes.

Me encontraba disfrutándolo.

Sebastian se encogió de hombros. —Lo consigo todo. No hay mucho que hacer con el faro. Me aseguro de que todo funcione, pero en su mayoría, el trabajo es tranquilo.

—Siento que te hayamos echado tantas cosas encima a lo

largo de los años. Deberíamos haber estado aquí. Yo debería haber estado. Si hubiera sabido lo que pasaba con tía Gina...

—Gina está bien. Se está haciendo mayor, pero eso nos va a pasar a todos. El robo de este verano realmente la asustó.

Negué con la cabeza. —Todavía no puedo creer que olvidaras mencionármelo. Ojalá hubiera estado aquí para ella.

—No puedes hacer todo. Tienes un trabajo. Recuerdo cuando querías ser médico. Siempre tuviste grandes sueños.

Mis mejillas ardieron, pero solo asentí. Nadie mencionaba mis viejos sueños. Mi familia sabía que era un tema sobre el que no estaba dispuesto a hablar, y mis amigos... bueno, mis amigos eran amigos de después. Ni siquiera sabían que eso era algo que había considerado. Ni siquiera Chad.

—Mis padres siempre nos dijeron que la familia debía ser lo primero. He estado ahí para Zoey y los niños, pero tía Gina ha estado completamente sola.

—Yo no soy familia, pero ella no está sola.

Sonreí y le di una palmada en la espalda. —Tú eres familia. Y agradezco lo que has hecho para ayudarla. Especialmente después de todo.

Sebastian asintió y se levantó. Seguía dejando claro que hablar de Zoey estaba prohibido. —Voy a terminar y luego me asearé para la cena. A Gina no le gusta que lleguemos tarde.

Me levanté con él y trabajamos codo con codo para terminar de colgar las contraventanas en el exterior del hostal. El edificio blanco siempre era llamativo, pero con las contraventanas azul brillante, cobraba vida. Era solo uno de los muchos elementos de la lista de cosas por arreglar, pero era algo que podíamos hacer sin molestar a los huéspedes.

Seguí el ejemplo de Sebastian y me duché antes de la cena. Tía Gina estuvo en la cocina toda la tarde, así que tuve su casa para mí solo y aproveché el agua caliente después de estar en el frío la mayor parte del día.

El calor se filtró en mí y relajó mi cuerpo por primera vez desde que llegué. No, eso no era cierto. Estar con Piper era relajante. Era divertido hablar con ella, y hermosa. Dios, quería besarla cuando me dejó, pero no podía. Habíamos tenido una buena noche, y ella ya había dicho que no estaba interesada en involucrarse. Era mejor que no sintiera la suavidad de sus labios carnosos bajo los míos ni pusiera mis manos en sus sensuales curvas.

Envolví mi mano alrededor de mi polla y dejé que mi imaginación completara lo que podría haber sucedido si ella no hubiera sido tan firme en que solo éramos amigos. Labios suaves, curvas aún más suaves. Sonidos y caricias delicadas. Pezones erectos y carne tierna.

No pasó mucho tiempo antes de que llegara mi liberación. Gruñí su nombre y cerré los ojos con fuerza. La fantasía tendría que servir porque la realidad era que ella no sentía lo mismo.

Me vestí rápidamente, dándome cuenta de que tía Gina estaba empezando la cena en cualquier momento y yo iba a llegar tarde. Crucé corriendo la propiedad hasta la casa principal, entrando por la puerta trasera, y encontré a tía Gina con una gran fuente en las manos.

—Déjame ayudar —dije.

—Yo puedo —insistió—. Casi te pierdes la cena.

—Lo siento —murmuré, sabiendo que estaría dispuesto a perderme todas las cenas si Piper estuviera realmente conmigo.

Tía Gina me miró fijamente mientras empujaba la puerta batiente con la cadera y salía de la cocina.

Colgué mi abrigo en el gancho junto a la puerta y agarré otra fuente de comida. Sebastian entró en la cocina, asintió una vez y cogió las dos últimas bandejas.

Tía Gina había creado otra obra maestra. Nunca me preocupé demasiado por mi cintura, pero empezaba a preguntarme si podría entrar en mis trajes cuando volviera a Pittsburgh. Aparentemente era la noche italiana con tres tipos de pasta, panecillos de ajo con parmesano y dos ensaladas.

—Esto se ve increíble —le dije a tía Gina. Me aparté para permitir que los huéspedes comieran primero. Esa era siempre la regla, y una que seguía en mi propio negocio. Las personas que hacen posible tu vida deben ser tratadas como la realeza. Chad y yo nos esforzábamos por tratar bien a nuestros empleados, aunque no teníamos muchos. Si no fuera por su ayuda, no tendríamos los éxitos que teníamos.

—También huele increíble —añadió Sebastian, uniéndose a nosotros en el extremo opuesto del comedor.

—Bueno, gracias a los dos. Espero que también sepa bien.

Miré a los huéspedes que ya estaban sentados. Ojos cerrados con el primer bocado y suaves gemidos de aprobación llenaron el aire. —Parece que así es.

Tía Gina miró alrededor con una sonrisa triste. —Voy a echar de menos esto. Cocinar para la gente.

—¿No estás cansada? —le pregunté.

Sebastian contuvo la respiración. Negó ligeramente con la cabeza, pero ya era demasiado tarde.

—¿Estás diciendo que soy demasiado mayor para cocinar? ¿Demasiado mayor para ocuparme de las cosas? Porque quiero que sepas que he hecho todo lo que ha sido necesario hacer por aquí. Ayudé a hacer de este lugar lo que es hoy.

—Lo sé, tía Gina. Tienes razón. Y no estoy diciendo que seas demasiado mayor o incapaz de hacerlo. Solo sé que en algún momento espero poder jubilarme. Supongo que me preguntaba si tú sientes eso.

Pensó un minuto y luego negó con la cabeza. —Tengo un trabajo que amo. Un trabajo en el que trabajaría hasta morir si pudiera. Este siempre fue mi sueño. Rob se ocupaba de la propiedad, y yo de los huéspedes. Queríamos hijos, pero no pude tenerlos. Por eso tú y tu hermana veníais aquí. Vuestros padres sabían que queríamos niños. Les ayudaba a no preocuparse por vosotros, pero fue bueno para nosotros teneros alrededor. Pero los huéspedes que vienen aquí, son mi familia. Me encanta cocinar para ellos. Y voy a echarlo de menos.

—¿Por qué no contratas a alguien para que se ocupe de la propiedad y tú sigues cocinando? —pregunté.

Ella negó con la cabeza. —Es demasiado pedir que alguien haga eso. Tendría que pagar casi todo lo que gano en un año para conseguir que alguien trabaje aquí. No sería justo para ellos.

Miré a Sebastian. Asintió ligeramente.

—Tal vez podamos encontrar una solución —dije.

Sonrió y me dio una palmadita en la mano. —Chicos, id a por algo de comer. Voy a comprobar cómo están todos.

Sebastian fue delante de mí, llenando un plato con cada tipo de pasta, una ensalada y dos panecillos. Hice lo mismo, luego lo puse en la mesa y cogí otro plato para tía Gina.

—Gracias —dijo cuando se unió a nosotros—. Todos han dicho que todo está bueno. ¿Qué opináis vosotros, chicos? ¿Sí?

Asentimos de acuerdo, sin hacer una pausa lo suficientemente larga para hablar. Su comida era increíble. Definitivamente iba a tener problemas para entrar en mis trajes cuando volviera a casa.

—¿Quién te dejó tan tarde anoche? —preguntó tía Gina cuando tenía la boca llena.

La miré fijamente, tratando de encontrar una respuesta mientras masticaba. —Piper. Trabaja en O'Kelley's —fue lo mejor que pude decir.

—Oh —dijo, sonando un poco demasiado emocionada—. Esperaba que hubieras tenido una cita. No me has hablado de ninguna mujer en mucho tiempo. Sé que tuviste a esa mujer hace un tiempo... ¿Cindy? ¿Así se llamaba?

Asentí. Cindy era genial, pero no funcionó. Era amable, preciosa, inteligente y talentosa, pero también muy ambiciosa. Tanto que cuando empezó a subir en el escalafón y quería que yo creciera con ella, tuve que terminar las cosas. Ese no era yo. No quería una gran empresa y una gran carrera. Quería lo que tenía. Era del tamaño adecuado. Más pequeño, más seguro. Nada se estrellaría ni se quemaría.

—No funcionó con Cindy —le dije a tía Gina.

—Qué pena. Pero he oído cosas buenas sobre Piper.

—Es increíble —dije sin pensar.

Las cejas de Sebastian se alzaron, y tía Gina sonrió.

—Sabía que si venías aquí te asentarías y conocerías a gente.

Gemí internamente. —Es difícil no hacerlo en un pueblo pequeño.

—Bueno, pareces feliz. ¿Estás feliz?

Sonreí. —Por supuesto.

—Oh, qué bien. Esperaba que encontraras a alguien aquí. Tienes que invitarla a cenar. Quiero conocerla.

—Pero tía...

—¿Le gusta el pavo? —preguntó tía Gina.

—Yo... no tengo ni idea.

—Oh, bueno, a todo el mundo le gusta el pavo. Dile que venga el martes por la noche. Voy a hacer pavo y todo lo que lo acompaña. ¿Es fan del chocolate?

—No lo sé.

—Bueno, haré varias opciones. Siempre lo hago de todos modos. Sabía que encontrarías a alguien aquí.

—Pero...

Tía Gina me miró. Sus ojos marrones estaban llenos de esperanza y alegría. Quería decirle que Piper y yo solo éramos amigos, pero me prometí a mí mismo que haría lo que fuera necesario para que esta fuera la mejor Navidad que tía Gina hubiera tenido.

—Me aseguraré de que pueda venir —dije.

Tía Gina sonrió y aplaudió. —Oh, qué bien. Estoy tan emocionada de conocer a tu nueva novia. —Tía Gina estaba feliz, lo que significaba que todo saldría bien.

Siempre y cuando Piper estuviera de acuerdo en acompañarnos. Y no le importara ser mi novia falsa.

Recordé el domingo por la noche que podía ponerme en contacto con Piper a través de la aplicación de citas. La abrí y me di cuenta de que me había perdido un mensaje suyo de antes diciendo que lo había pasado bien la noche anterior.

RESIDENTETEMPORAL

Yo también. Gracias por dejarme invitarte a una copa.

No estaba seguro de si respondería rápidamente, pero antes de cerrar la aplicación, tenía un mensaje suyo.

MUÉSTRAME EL DINERO

¿Qué tal tu día hoy?

RESIDENTETEMPORAL

Bien. Cena con mi tía. Arreglando lo que podemos en el hostal. ¿Y tú?

MUÉSTRAME EL DINERO

No mal. Día tranquilo y fui a la noche de chicas.

RESIDENTETEMPORAL

¿Noche de chicas?

MUÉSTRAME EL DINERO

Sí, un grupo de nosotras nos reunimos los domingos por la noche en la librería no muy lejos de O'Kelley's. Soy una incorporación bastante reciente al grupo.

RESIDENTETEMPORAL

¿Gente nueva en el pueblo?

MUÉSTRAME EL DINERO

No, la mayoría crecieron aquí. Yo soy la nueva. No las conocía bien durante un tiempo.

RESIDENTETEMPORAL

Sin duda es bueno tener amigos.

Esperé a que respondiera, pero no dijo nada de inmediato. Me pregunté de qué se trataba.

RESIDENTETEMPORAL

¿Sigues ahí?

MUÉSTRAME EL DINERO

Sí, solo estoy pensando.

RESIDENTETEMPORAL

¿En?

MUÉSTRAME EL DINERO

En lo que dijiste. Es bueno tener amigos.

RESIDENTETEMPORAL

Estoy de acuerdo. Y hablando de amigos, mi tía quiere que vengas a cenar el martes por la noche. ¿Estás disponible?

MUÉSTRAME EL DINERO

¿Cómo me conoce tu tía?

RESIDENTETEMPORAL

Preguntó quién me llevó a casa anoche.

No iba a contarle que tía Gina había asumido directamente que estábamos juntos ni que yo había seguido el juego. Tía Gina no diría nada delante de Piper y todo iría bien.

MUÉSTRAME EL DINERO

¿Soy la única amiga que tienes en Cala MacKellar?

RESIDENTETEMPORAL

Eso parece. Aunque, como tu noche de chicas, me invitaron otra vez a la noche de chicos. Aunque no son tan agradables de ver.

MUÉSTRAME EL DINERO

¡Jajaja! La mayoría de las mujeres están comprometidas, así que no te hagas ilusiones.

RESIDENTETEMPORAL

Tú estás soltera, ¿verdad?

MUÉSTRAME EL DINERO

Sí, te lo dije anoche.

RESIDENTETEMPORAL

Bien. ¿Entonces cena? ¿El martes?

MUÉSTRAME EL DINERO

¿Con tu tía?

RESIDENTETEMPORAL

Sí. Seguro que Sebastian también estará allí. Y tía Gina cocina para todos los huéspedes, así que estará concurrido.

MUÉSTRAME EL DINERO

¿Hay algo que pueda llevar?

RESIDENTETEMPORAL

No. Tía Gina se ocupará de todo. Insistirá. Eres su invitada y disfrutará mimándote. Me dijo hoy que va a echar de menos alimentar a la gente.

MUÉSTRAME EL DINERO

Es extraño echar de menos eso.

RESIDENTETEMPORAL

Yo también lo pensé, pero dijo que le encanta. Ve a los huéspedes como su familia y quiere cuidar de todos. Va a echar de menos el hostal.

MUÉSTRAME EL DINERO

Es una pena que tenga que venderlo.

RESIDENTETEMPORAL

Sí, lo es.

MUÉSTRAME EL DINERO

¿Estás seguro de que no puedo llevar nada?

RESIDENTETEMPORAL

Sí, completamente seguro. Nunca me dejaría vivir en paz si lo hicieras.

MUÉSTRAME EL DINERO

Esa es casi una razón lo suficientemente buena para llevar algo. Solo para verte sudar.

RESIDENTETEMPORAL

Uf. Me deberás una si haces eso.

MUÉSTRAME EL DINERO

Podría valer la pena.

RESIDENTETEMPORAL

Podrías ser un problema.

MUÉSTRAME EL DINERO

Definitivamente soy un problema. Y voy a dejarte ir. Sofia y yo estamos viendo una película.

RESIDENTETEMPORAL

Siento interrumpir. Disfruta. Y gracias.

MUÉSTRAME EL DINERO

Nos vemos el martes.

Salí de la aplicación con una sonrisa. Estaba deseando que llegara la cena.

Estaba nerviosísimo para el martes por la tarde. Tía Gina me preguntaba sobre todas las cosas que le gustaban a Piper, pero no sabía muchas de las respuestas. Estaba bastante seguro de que tía Gina estaba haciendo el doble de comida de lo normal, pero estuvo cantando toda la tarde en la cocina.

Cuando llegó la hora de la cena, revisé mi teléfono y caminé hasta la ventana delantera para esperar a Piper. Tía Gina estaba hablando con los huéspedes en el comedor principal, pero Piper aún no había llegado, así que no estaba sirviendo a nadie.

Me paseé frente a la ventana, debatiendo si llamarla. O enviarle un mensaje ya que no tenía su número. O llamar a O'Kelley's en caso de que hubiera pasado algo.

Finalmente vi faros girar hacia la propiedad. El sol casi se había puesto y el brillo de las luces navideñas hacía más difícil ver si era el todoterreno de Piper hasta que estacionó enfrente.

Salió y luego volvió a inclinarse dentro para buscar algo. Abrí la puerta principal y me reí cuando vi el gran jarrón con flores rojas y blancas vibrantes.

—Pensé que la comida sería mala idea, pero no podía no traer algo —dijo Piper cuando se unió a mí en el porche.

—Estás intentando meterme en problemas, ¿verdad?

Se encogió de hombros. —Valdrá totalmente la pena.

Besé su mejilla, algo que se sintió totalmente natural a pesar de que no la conocía bien. Ambos nos quedamos inmóviles mientras mis labios permanecían en su mejilla. Inspiré hondo, inhalando su esencia y manteniéndola dentro de mí.

Tía Gina se aclaró la garganta, haciéndonos saltar y separarnos. —Hola. Tú debes ser Piper.

—Oh, um, hola. Señora Holbrook. Es un placer conocerla. —Se apresuró hacia tía Gina, dejándome en el frío. Literalmente.

—Lo mismo digo. Gavin no me ha contado ni de lejos suficiente sobre ti. Tendrás que contármelo todo durante la cena. Pasa.

Piper siguió a tía Gina. Las dos charlaban mientras Piper entregaba las flores que había traído. Las seguí, preguntándome cómo iba a sobrevivir a la noche si se aliaban contra mí.

Sebastian me entregó el cuchillo para trinchar y el afilador, apartándose cuando entré en el comedor. Piper estaba sentada en una mesa a un lado. Tía Gina no tenía una mesa grande porque quería que la gente pudiera sentarse con su propio grupo, pero mantenía todas las mesas en una habitación para que todos pudieran hablar y comer juntos.

Tía Gina puso un gran cuenco de patatas en la mesa frente a Piper. —Come, querida. He hecho un montón.

Los ojos de Piper eran tan grandes como platillos. Me miró mientras afilaba el cuchillo para trinchar el pavo. —Tía Gina no hace las cosas a medias.

Eso era quedarse corto. Era un martes por la noche. No había nada especial en la cena. Pero tía Gina insistía en que cada cena que compartíamos era especial y quiso cocinar un pavo para la ocasión.

Clavé el tenedor en la tierna carne y deslicé el afilado cuchillo a través de la piel crujiente. Tía Gina era una cocinera fenomenal. Se me hacía la boca agua solo de pensar en lo bueno que iba a estar el pavo.

Llenamos nuestros platos con más comida de la que debería ser posible comer de una sola vez y empezamos a comer.

—Estoy tan feliz de que pudieras acompañarnos, Piper —dijo tía Gina.

—Yo también —respondió Piper con una sonrisa.

—He estado deseando conocerte. Cuando Gavin me dijo que estabais saliendo, le dije que teníamos que invitarte.

Piper se atragantó con su bocado. Se cubrió la cara con la servilleta verde y me lanzó una mirada de pánico.

Le froté la espalda y dije: —Tía Gina, no se suponía que la pusieras en evidencia.

Tía Gina se encogió de hombros. —No quiero que piense que no estoy de acuerdo con que estéis juntos. Dirijo un hostal. Sé cómo van estas cosas. He limpiado más sábanas manchadas que la mayoría de la gente. No me asustan dos personas disfrutando el uno del otro. Y no soy tan anticuada como para pensar que tenéis que estar casados. En mi época, más personas se casaban antes de tener sexo, pero ahora es casi inaudito. Si Piper va a pasar la noche, no me ofenderá.

—Dios mío —suspiró Piper.

Sus mejillas estaban rojas brillantes. Sus ojos estaban fijos en su regazo. La pequeña mentira piadosa que le conté a tía Gina estaba mordiendo a Piper en el trasero en lugar de a mí. Nunca pensé que tía Gina le diría algo.

Abrí la boca para aclarar las cosas cuando Piper se acercó y me cogió la mano. La miré, con la mirada fija en nuestras manos entrelazadas.

Piper se volvió hacia tía Gina. —Gracias, señora Holbrook. Me aseguraré de que Gavin se ocupe de las sábanas manchadas para que no tenga que preocuparse por eso.

Tía Gina asintió y sonrió a nuestras manos unidas. —Bueno, él también ha cambiado su parte justa de sábanas. Y por favor, llámame Gina.

Miré entre ellas e intenté no dejar caer la boca al suelo. Entonces Piper me guiñó un ojo y le preguntó a tía Gina sobre la gestión del hostal.

Podría estar enamorado de ella.

8

PIPER

La cara de sorpresa de Gavin valía la pequeña frustración que sentía hacia él. En realidad, me parecía hilarante que dejara que Gina creyera que estábamos saliendo. Era aún más divertido que no me lo hubiera dicho y pensara que no me enteraría.

Claramente no sabía cómo funcionaban los pueblos pequeños. Ni las tías que querían ver a su sobrino asentado.

Mientras cenábamos, le lanzaba miradas dulces y exageraba la mentira de que estábamos juntos. No era gran cosa hasta que Gina preguntó cómo nos conocimos.

—Nos conocimos en O'Kelleys —dijo Gavin simplemente.

—Estaba trabajando hasta tarde el Día de Acción de Gracias —le conté—. Gavin se quedó y me preguntó si podía acompañarme a casa. Después de eso, fue como si nos conociéramos de toda la vida.

—¿Y no te importa que Gavin siga hablando de volver a Pittsburgh? —preguntó Gina.

Negué con la cabeza e incliné hacia Gina. —Las mujeres

tenemos una manera de conseguir lo que queremos de un hombre, ¿no es cierto?

Gina se rio y asintió. —Desde luego que sí. Estoy tan feliz de que vosotros dos hayáis conectado. Después de que le convenzas para que se quede, tendrás que convencerle para que se haga cargo de la posada y así no tendré que venderla.

—Oh, esa es una gran idea —le dije. Le lancé otra sonrisa a Gavin, esta vez dejándole saber que estaba perdido y que iba a exagerar como castigo.

—Se lo repito constantemente —dijo Gina—. Él dice que necesita volver a su empresa.

—Sí, pero puede trabajar en campañas publicitarias desde cualquier lugar. Dirigir una posada requiere que estés allí. Y dijo que tú quieres quedarte para cocinar, ¿verdad?

—Así es —dijo con alegría. Sus ojos se iluminaron—. Realmente quiero.

Asentí. —Creo que Gavin podría ser feliz aquí, si se permitiera intentarlo.

—Estoy de acuerdo.

Gavin gruñó y se enfurruñó en su asiento. Apenas dijo nada durante el resto de la cena, dejándonos a Gina y a mí charlar y conocernos. Cada vez que tuve oportunidad, añadí algo sobre que Gavin se quedara.

Cuando la cena terminó y los huéspedes habían abandonado el comedor, Gina preguntó si queríamos retirarnos a la sala de estar para tomar café.

—Suena maravilloso —le dije.

—Gavin, muéstrale a Piper dónde ir. Sebastian puede ayudarme con el café.

Gavin asintió y se puso de pie, siempre caballeroso. Le sonreí con suficiencia mientras pasaba a su lado y luego enlacé mi mano en su brazo para que pudiera conducirme a la habitación correcta.

Nunca había estado antes en la posada. Al menos no

dentro. Participaban en los eventos navideños cada año, pero la decoración de galletas nunca fue una actividad a la que me uniera. La madera oscura reluciente y las fotos que cubrían las paredes hacían que se sintiera como la vieja casa de alguien en lugar de una posada. Estaba bastante segura de que ese era el objetivo. Gina conocía a todos sus huéspedes por su nombre y les agradeció por estar allí durante la cena. Hizo todo lo posible para que todos se sintieran como si fueran sus invitados personales.

—¿Te estás divirtiendo? —preguntó Gavin suavemente cuando llegamos a la sala principal de la posada.

Sofás con estampados florales y sillones orejeros estaban orientados hacia la gran chimenea de piedra. Más fotos cubrían las paredes, todas en marcos a juego para que pareciera intencional y perfecto. Tengo debilidad por las casas antiguas, y esta me estaba poniendo eufórica.

—De hecho, sí. ¿Y tú?

Se rio. —Eres única.

—Y tú le estás mintiendo a tu tía —repliqué.

—Y tú lo has seguido completamente.

—¿Qué esperabas que hiciera? ¿Ella dice que le dijiste que estamos saliendo y yo simplemente me iba a marchar enfadada y llamarte mentiroso?

—En cierto modo esperaba eso.

—¿Es por eso que no me dijiste que le habías dicho que estamos saliendo?

—No le dije exactamente eso. Le dije que me llevaste a casa la otra noche y ella asumió que estábamos saliendo. Nunca me dio la oportunidad de corregirla. Y cuando quiso que vinieras a cenar, no pensé que te fuera a decir que yo dije que estábamos juntos. Pensé que cenaríamos y no sería gran cosa.

—Hasta que dijo algo sobre sábanas sucias —dije, luchando contra una risa.

Gavin gimió e intentó no reírse demasiado fuerte. —Quería meterme debajo de la mesa cuando dijo eso.

—¿Tú? ¿Y yo qué? Es la primera vez que conozco a esta mujer y piensa que soy yo con quien estás ensuciando las sábanas. Quizás debería preguntarte sobre eso, ya que estamos saliendo.

—No he pasado la noche con nadie. No ha habido sábanas sucias —dijo firmemente, sin rastro de risa en sus ojos o en su tono.

No era bueno que escuchar eso me hiciera tan feliz. Gavin no era mío, sin importar lo que pensara su tía. Y si estuviera ensuciando sábanas con alguien más, yo no tenía derecho a decirle que no lo hiciera.

—Lo siento. No debería haber preguntado.

Se acercó a mí y levantó mi barbilla hasta que nuestros ojos se encontraron. —Puedes preguntarme cualquier cosa, Piper.

Nuestros cuerpos estaban apenas a un suspiro de distancia. Nos miramos a los ojos. Cada latido de mi corazón me acercaba más a él. Mis manos se elevaron por sí solas, encontrándose con su pecho. Él inspiró bruscamente, levantando mis manos. Dio un paso más cerca de mí, su mano deslizándose alrededor de mi nuca.

Mis ojos se cerraron y mi cabeza se inclinó hacia un lado. Su aliento acarició mi cara. Me quedé inmóvil, esperando, necesitando, deseando. Entonces sus labios tocaron los míos.

Me besó suavemente al principio, como si no estuviera seguro si se le permitía. Nuestros labios permanecieron cerrados, el primer beso no más que un piquito como el que le darías a tu tía. Luego su mano se tensó en la parte posterior de mi cuello y mis manos se deslizaron alrededor del suyo.

Suspiré felizmente. Su mano libre rodeó mi cintura, poniendo nuestros cuerpos en pleno contacto. Él gimió y trazó la línea de mis labios con su lengua. Me abrí para él. Su lengua rozó la mía justo un segundo antes de que oyéramos:

—Oh. Lo siento mucho.

Gavin retrocedió tan rápido como yo lo hice. Gina y Sebastian estaban de pie cerca de la puerta, mirándonos.

Evité mirar a cualquiera de ellos mientras Gavin tomaba la bandeja que Gina llevaba. Se recuperó rápidamente, cayendo directamente en el papel de sobrino obediente. Sirvió café y repartió tazas a todos. Sebastian tomó una de las sillas después de que Gina tomara la otra, dejándonos a Gavin y a mí sentarnos uno al lado del otro en el sofá.

—¿Vas a venir a la decoración de galletas este fin de semana, Piper? —preguntó Gina.

—Oh, um, no estoy segura todavía. ¿Cuándo es?

—El sábado a las tres —dijo Gina.

Gavin bebió su café y su brazo rozó el mío. Me quedé quieta, el contacto casual sobresaltándome. Se apartó justo lo suficiente para que sintiera la pérdida.

—Um, necesito revisar mi horario. No estoy segura exactamente de cuándo trabajo este fin de semana —le dije con una sonrisa forzada. Sabía exactamente cuándo estaba programada para trabajar. Siempre lo sabía. Trabajaba los jueves por la noche, los viernes por la tarde y los sábados por la noche. Le pedí a Hudson que me diera esos turnos porque eran los más ocupados y ganaba muchas propinas. A los otros camareros les gustaba tener más tiempo libre los fines de semana para pasar con la familia y amigos, pero a mí me gustaba trabajar. Y nunca había tenido una razón para necesitar librar.

Cambié mi horario durante el verano para poder empezar a ir a la noche de chicas los domingos. El resto de mi horario siempre se mantenía igual. Pero Gavin y yo no habíamos hablado sobre la decoración de galletas. Ni sobre reunirnos por ninguna razón. Y desde luego nunca hablamos de besarnos.

—Deberías venir —dijo Gavin—. Si no estás trabajando. La tía Gina ha estado haciendo masa de galletas durante una semana. Tiene planes de hornear galletas todo el día del viernes para que haya muchas para el sábado por la tarde.

Le sonreí y asentí. —Eso suena como que será divertido.

—Lo es —dijo Gina—. Todos los niños locales vienen y decoran galletas, pero también lo hacen muchos adultos. Casi cada año alguien propone matrimonio. Es un gran evento. Abrimos el terreno para que la gente pasee, y lo hacemos al final de la tarde para que la gente pueda ver las luces. Es mágico.

—Todo este lugar lo es —le dije, esperando cambiar de tema—. ¿Cuánto tiempo hace que tienes la posada?

—Oh, mi marido y yo la compramos hace años. Nos encantaba estar aquí. La posada solía ser una casa familiar, pero los Robinson se fueron hace décadas. Este lugar estuvo vacante durante mucho tiempo antes de que lo compráramos. Las fotos muestran toda la historia de lo que hicimos para restaurarlo. Desafortunadamente, tenemos mucho trabajo que hacer de nuevo. Ha pasado mucho tiempo desde que hice alguna mejora importante. Tú y Zoey probablemente erais niñas, ¿no es así?

Gavin se encogió de hombros. —No recuerdo las renovaciones, así que es posible. O antes de que naciéramos.

—Zoey es la hermana menor de Gavin. Estamos tratando de conseguir que venga de visita para Navidad. Tiene dos niños, y deberían estar con la familia durante las fiestas.

—Tus padres están... um... —pregunté.

—Mis padres vivían en Pittsburgh cuando crecíamos, pero se mudaron a Oklahoma poco después de que terminara la universidad. Les encanta allí, pero es un viaje. A Zoey no le gusta volar, y volar sola con dos niños es especialmente difícil. Estamos planeando un viaje para ver a nuestros padres en primavera cuando los niños estén de vacaciones escolares. Intentamos que vinieran para Navidad, pero los vuelos son imposibles a estas alturas —explicó Gavin.

Asentí, agradecida de que entendiera la pregunta que me costaba formular. Puso su mano en mi rodilla y la apretó. Aspiré bruscamente y lo miré. Sus ojos se abrieron ante lo que sea que vio en los míos y su pulgar se deslizó sobre mi rodilla de manera tranquilizadora. Pensé que soltaría después de un segundo, pero su mano permaneció allí. Distrayéndome. Provocándome. Tocándome.

—Creo que quizás es hora de que me vaya a mi casa —dijo Gina después de un minuto—. Sebastian, ¿me ayudarás a llegar a casa?

—Por supuesto —dijo Sebastian, poniéndose de pie de un salto. Apenas había hablado durante la cena, pero parecía que se preocupaba profundamente por Gina. Sin su sobrina y sobrino alrededor, era bueno que tuviera a alguien como Sebastian que la ayudara.

—Buenas noches —dijo Gina, inclinándose para abrazarme y besar mi mejilla—. Tendrás que volver a cenar pronto. Y ven también para Navidad.

—Oh, no, no querría entrometerme —insistí.

—Ahora eres familia —dijo Gina—. No sería una intromisión.

—Normalmente paso la Navidad con mi compañera de piso. Ninguna de las dos tenemos familia cerca, así que pasamos el día juntas.

—Trae a tu compañera aquí. Ambas podéis uniros a nosotros. No aceptaré un no por respuesta —dijo Gina.

La miré durante un minuto y luego lancé mi mirada a los dos hombres. Gavin no fue de ayuda, pero Sebastian dijo: —Ella no aceptará un no por respuesta. No importa cuántas veces lo digas, te desgastará. Simplemente acepta y ve con ello.

Le sonreí. —Está bien. Entonces estaremos aquí. Gracias.

—Oh, bien. Será una Navidad maravillosa para mi última en la posada. —Gina sonrió y tomó el brazo de Sebastian y dejó que la guiara fuera.

—¿Su última? —le pregunté a Gavin.

—Ya que la está vendiendo —dijo.

—¡Oh! Pensé... Bien.

Sonrió. —Está tratando de darnos tiempo a solas.

Jugueteé con el asa de la taza y evité mirarlo de nuevo.

—Ese beso...

—Fue mi culpa —dije.

Se quedó quieto. —Iba a decir que fue increíble.

—¿De verdad?

Se rio de mi sonrisa. —Sí. Pero si no estás de acuerdo...

—Lo estoy. De acuerdo. Fue increíble.

—Bien, entonces tal vez podamos llevar adelante esta relación falsa y dar a mi tía la Navidad que espera tener. Sé que no buscas comprometerte...

—Y tú no buscas quedarte —dije.

Asintió. —Así que, pasamos las fiestas juntos. Dejas que mi loca tía te arrastre a todos estos eventos y cocine para ti, y fingimos que estamos locamente enamorados para que ella lo disfrute.

—¿Qué pasa cuando te vayas?

Suspiró. —Ella venderá la posada y nos separaremos como amigos.

—¿Estás seguro de que esta es la mejor idea? Quiero decir, es tan dulce. Y mentirle se siente como que está mal.

—Vale, entonces acordemos un arreglo diferente. Uno donde no estemos mintiendo completamente. Pasamos tiempo juntos. Compartimos más de esos fantásticos besos. Dejamos que las cosas sucedan. Me gustas, Piper. No voy a enamorarme de ti porque me voy, y tú no estás interesada, pero coincidimos en En Busca del Galán de Papel porque ambos buscamos algo.

Inspiré y consideré lo que estaba sugiriendo. —¿Amigos con beneficios?

—A falta de un término mejor.

—¿Tenemos reglas?

—No salir con otras personas.

—Suena como una buena primera regla.

—Sin juegos.

—De acuerdo. Y creo que necesitamos decir que no hay enamoramiento.

Asintió. —Eso no será un problema para ninguno de los dos.

—Bien, entonces estamos de acuerdo. Hasta que vuelvas a Pittsburgh, estamos juntos por lo que todos saben —dije.

—Sí. Ahora, vamos a dar un paseo para que pueda robarte algunos besos más.

Sonreí y mis mejillas se calentaron. Tenía el mismo pensamiento.

Cuando me levanté a la mañana siguiente, Sofia estaba fuera en una llamada. Le envié un mensaje preguntando si quería ir a almorzar, pero dijo que iba a tardar un rato y que fuera sin ella.

Sentí que debía premiarme después de mi noche con Gavin y su tía. Fue una noche divertida, y los besos que compartimos durante nuestro paseo definitivamente alejaron el frío, pero necesitaba mantener la cabeza despejada, lo que significaba evitar pensar demasiado en él.

Caminé por el pueblo, disfrutando de las guirnaldas envueltas en los postes de luz y los copos de nieve colgando en las ventanas de casi todas las tiendas del pueblo. Cala MacKellar definitivamente hacía las fiestas más festivas. El primer año que viví allí, pensé que había sido transportada al Polo Norte, pero con el tiempo me di cuenta de que era el lugar perfecto para estar. La gente se preocupaba por los demás, y pasar tiempo juntos durante las fiestas no solo significaba comprarse cosas entre sí, sino que significaba contribuir de gran manera.

Vi a Blake a través de la ventana en Cracked y decidí entrar para almorzar. Me saludó con la mano y señaló una mesa en la esquina. Miré y encontré a Karissa y Trinity saludándome.

—Hola, chicas. ¿Os importa si me uno a vosotras? —pregunté.

—Por supuesto que no —dijo Karissa. Movió su bolso de la silla a su lado—. Normalmente no te vemos fuera almorzando.

—Como en casa la mayor parte del tiempo. Sofia está trabajando, pero quería salir hoy. Disfrutar de la alegría que trae este pueblo —dije.

—¿Verdad? Normalmente salimos a almorzar una vez a la semana ya que ambas trabajamos desde casa y nos volvemos un poco locas después de un tiempo, pero podríamos tener que salir más en esta época del año —dijo Trinity.

—¡Sí! Simplemente me hace sonreír estar aquí —dije. Cogí el menú mientras Blake se acercaba.

—¿Sabes lo que quieres? Puedo pedirle a Earl que lo prepare ahora para que salga con su comida —me preguntó Blake.

Cerré el menú y asentí. —Tostadas francesas me suenan muy bien ahora. Con bacon de acompañamiento.

—Genial. Vuelvo enseguida. ¿Más café? ¿Agua?

—Agua para mí —dije.

Karissa y Trinity negaron con la cabeza.

—Así que el rumor dice que tú y Gavin Holbrook estáis liados —dijo Karissa.

Me reí de su franqueza y supe que nunca podría mantener las cosas en secreto en Cala MacKellar. —Somos amigos.

—¿De verdad? —preguntó Trinity—. Porque no tengo ningún amigo que me bese de la forma en que él te besó.

—¿Cómo sabes que me besó?

—James vio a Sebastian esta mañana. Juro que esos hombres son más chismosos que nosotras —dijo Trinity—. Me llamó justo después para preguntarme al respecto. Le encantó poder contarme algo que yo no sabía ya.

Karissa resopló. —Son hilarantes. Pero es cierto, ¿verdad?

Ambas giraron para mirarme. Suspiré y no pude contener mi sonrisa.

—Oh, Dios mío, es cierto —dijo Trinity—. Aún no le he conocido. ¿Es guapo?

—¿James no te contó esa parte? —bromeó Karissa.

Trinity se rio. —No, no lo hizo. Creo que se conocieron. ¿Noche de chicos?

Asentí. —Sí, Gavin fue la semana pasada.

—¿Oh, de verdad?

—Ian le invitó —dije.

—¿Ian invitó a quién y adónde? —dijo Blake, entregando nuestros platos. Los tenía todos equilibrados en una bandeja y los colocó frente a nosotras, luego puso otro plato en el asiento vacío y se sentó—. Me muero de hambre. No os importa que me una a vosotras, ¿verdad?

—Por supuesto que no —dijo Karissa—. Y estamos tratando de obtener información de Piper sobre Gavin. ¿Ian le invitó a la noche de chicos la semana pasada?

Blake asintió. —Sí. Dijo que era un buen tipo. Le recordaba de cuando éramos más jóvenes, pero no eran amigos. ¿Tú y Gavin seguís tonteando?

Gemí mientras todas se reían.

—Olvidé que conocías a Gavin —dijo Trinity con una sonrisa.

—Sí. ¿Por qué estamos hablando de él ahora? ¿Pasó algo más? —preguntó Blake. Se apartó un mechón de pelo de la cara y se comió un trozo de bacon.

—Se besaron anoche —informó Trinity.

—¿En serio? ¿Y? ¿Cómo fue? ¿Estáis juntos? —preguntó Blake.

—Fue a cenar a la posada. Gina la invitó —dijo Trinity.

—No estoy segura de que sea bueno que la invitara su tía y no Gavin —dijo Karissa.

Todas se giraron y me miraron, esperando a que lo explicara.

—No fue gran cosa. Le dijo que le llevé a casa el fin de semana pasado y ella decidió que eso significaba que estamos saliendo, así que le dijo que me invitara a cenar para conocerla. Acordamos ser amigos con beneficios o lo que sea y mantenerlo casual.

—¿Amigos con beneficios? —preguntó Blake con una sonrisa—. Sí, buena suerte con eso. Ian y yo hicimos lo mismo.

—James y yo nunca fuimos amigos. Éramos enemigos con beneficios, pero aun así terminó de la misma manera.

—Gavin va a volver a Pittsburgh en unos meses. No hay posibilidad de que se quede. Y yo no estoy interesada en una relación —insistí.

—Dios, ojalá no estuviera interesada en una relación —dijo Karissa—. Me encantaría encontrar un hombre que me frote la espalda después de un largo día o que se acurruque junto a mí en la cama o simplemente me haga saber que está ahí. Quiero a alguien con quien compartir mi vida. Como dijo Laura, me siento superficial o anti-feminista pensando eso, pero es verdad. Finley es genial, pero no es lo mismo.

—No, no es lo mismo —dijo Blake—. Y no creo que te haga anti-feminista ni nada. Estás siendo honesta. Sabes quién eres y lo que quieres. No estás diciendo que todas las mujeres necesitan un hombre en sus vidas. Eso sería diferente.

—No, no los necesitamos, pero sería agradable tener uno. Piper, tienes que contarme todo sobre las cosas con Gavin para que pueda vivir a través de ti. No escatimes en detalles —dijo Karissa.

—Yo... ¿vosotras no queréis escuchar todo, verdad? —pregunté.

Karissa miró a las otras, y todas asintieron. —Oh, sí que queremos. Empieza a hablar.

9

GAVIN

El trabajo en un sitio como Posada Cala MacKellar nunca terminaba. A veces casi echaba de menos el tiempo que solía pasar en mi oficina al teléfono y frente al ordenador, pero no del todo. Trabajar en la posada y estar al aire libre en el frío y fresco ambiente me proporcionaba un tipo de placer completamente diferente.

Justo como Piper.

Dios, era increíble. Después de la cena recorrimos la propiedad y cada beso me daban ganas de arrastrarla de vuelta a mi habitación en casa de la tía Gina y pasar más tiempo adorándola. Sabía que todo era solo por diversión, pero pasar tiempo con ella era lo más divertido que había hecho en mucho tiempo.

—¿Estás ayudando o soñando despierto? —preguntó Sebastian. Caminó por el sendero que yo estaba paleando hasta acercarse. Sopló en sus guantes negros y se frotó las manos.

—Estoy trabajando. ¿Y tú qué haces? ¿Saliste a dar un paseo?

—Preguntándome con qué me voy a encontrar la próxima vez.

—¿De qué estás hablando?

Sebastian se detuvo frente a mí y me miró con dureza. —¿Qué demonios estás haciendo con Piper?

—¿Por qué te importa eso a ti?

—Porque Piper es una buena persona. Siempre ha sido amable conmigo. No la conozco bien porque suelo mantenerme apartado, pero nunca me ha hecho sentir que no debería estar en O'Kelley's ni me ha preguntado nada. Es buena persona. Y tú estás jugando con ella.

No me gustaba que cuestionaran mi carácter, como tampoco me gustaba lo protector que era Sebastian con Piper. —Lo que pase entre Piper y yo es consentido y asunto nuestro. No tuyo. No puedes decirme con quién puedo relacionarme.

—¿Realmente estás con ella? Porque cuando le hablabas a Gina sobre ella, me daba la impresión de que solo erais amigos. Incluso durante la cena, sonaba como si apenas os conocierais y fuerais colegas, no amantes. Pero os pillamos besándoos como adolescentes. A menos que fuera para aparentar, no estás siendo justo con ella. Se merece algo mejor.

—¿Mejor que yo? —pregunté. ¿Cómo se atrevía?

—Solo digo que te vas a marchar. No tienes planes de quedarte. ¿Por qué te estás involucrando con ella?

—Ella sabe todo eso. Lo hemos hablado. No está interesada en una relación. Aunque no es asunto tuyo, pero estamos disfrutando de la compañía del otro durante las fiestas para hacer feliz a la tía Gina y después volveré a Pittsburgh. Piper lo sabe. Puedes venir conmigo esta noche a O'Kelley's y preguntárselo.

Sebastian me miró fijamente otra vez, examinándome

como si pudiera ver la verdad si observaba con suficiente atención. Entonces caí en la cuenta...

—Te gusta ella, ¿verdad? Mierda, no tenía ni idea. Lo siento. Si lo hubiera sabido...

—No me gusta. Apenas la conozco. Es guapa, pero estoy incluso menos interesado en una relación de lo que dices que está ella. Simplemente no me gusta ver a gente herida, y tu familia es realmente buena haciendo promesas y luego abandonando el pueblo.

Contuve la respiración ante sus duras palabras. No se equivocaba. Pero nunca había visto las cosas desde esa perspectiva. —Tienes razón, y lo siento. Piper y yo tenemos un acuerdo. No pensé que la tía Gina la pondría en esa situación como lo hizo, pero Piper se adaptó. Cuando le expliqué que realmente no tuve oportunidad de decirle a la tía Gina que solo somos amigos, Piper lo entendió. Dijo que seguiría el juego para darle a la tía Gina unas felices últimas fiestas aquí. Pero Piper entiende lo que esto es y lo que no es.

Sebastian mantuvo mi mirada otro minuto y finalmente asintió. —Solo... no le prometas cosas a menos que realmente las cumplas. Ese tipo de cosas pueden arruinar a alguien de por vida.

Sebastian se marchó, dejándome mirándole fijamente. Odiaba que mi hermana le hubiera hecho eso. Que la dulce, cariñosa y maravillosa Zoey, que lo daba todo a los demás, hubiera herido a alguien como había herido a Sebastian. Zoey apenas era adulta cuando acordó volver, pero su relación era mucho más seria de lo que me había dado cuenta.

Terminé de palear el camino desde la posada hasta la casa de la tía Gina y entré para calentarme unos minutos. La tía Gina usaba la cocina de la posada más que la suya propia, así que estaba casi impecable. Yo no cocinaba mucho, pero podía hacer un sándwich de queso a la plancha.

Me senté a la mesa en el pequeño comedor con mi sándwich y un vaso de agua y llamé a mi hermana. Zoey contestó al segundo tono.

—Hola —dijo, sonando exhausta.

—Hola a ti también. ¿Cómo estás?

—Bueno, Cameron tiene compras navideñas esta tarde y me ofrecí a ir a la escuela para ayudar. Alexis tiene un recital de baile este viernes por la noche y necesito terminar de añadir cosas a su traje. Estoy limpiando la casa e intentando hacer la cena y preguntándome cómo voy a poder permitirme quedarme en esta casa si no empiezo a trabajar a tiempo completo pronto.

—Así que, ¿estás muy bien?

Se rió. —Mierda, te echo de menos. Odio que no estés aquí ahora. Y odio que la persona que más echo de menos en el mundo sea mi hermano.

—Soy bastante genial —dije.

—Sí, lo eres. ¿Cómo está la posada? ¿Cómo está la tía Gina? ¿Y todos los demás?

—La posada está bien. Estamos haciendo una lista de todo lo que hay que hacer. Sebastian y yo nos encargamos de lo que podemos, pero hay mucho que no podemos hacer nosotros mismos. La tía Gina y todos los demás están bien. Sebastian está gruñón. Creo que mi presencia le está enojando.

—¿Por qué? ¿Porque estás ahí para ayudar? —preguntó Zoey. Su voz se elevó, como si intentara estar enfadada con él pero no pudiera.

—No, porque le recuerdo a ti. Hoy se ha desahogado conmigo. ¿Qué pasó realmente entre vosotros?

—Yo... Gav... yo... —Tomó una respiración entrecortada. El sofá crujió cuando se sentó. Respiró profundamente varias veces. Deseé estar allí para cogerle la mano o darle un abrazo, pero estaba sola.

—Soy yo. Puedes contarme cualquier cosa.

—Lo sé —dijo—. Pero me temo que me verás de otra manera si te cuento esto.

—Nunca, Zo.

Respiró hondo y dijo: —Sebastian estaba trabajando en la posada un verano. Rastrillando hojas o algo así. Ni siquiera lo recuerdo ahora. Durante las primeras semanas, yo decía hola y él respondía y eso era todo. Pensé que era guapo, pero podía notar que era mucho mayor que yo. Una vez me pidió agua. Luego me preguntó si quería ir al cine con él. Tú tenías una cita esa noche, así que dije que sí. Le dije a la tía Gina que iba con otras chicas del pueblo, pero éramos solo nosotros.

—¿Cuándo fue eso?

—Yo tenía quince años. Él fue dulce. Me cogía de la mano y me preguntó antes de intentar besarme. Durante todo ese verano, lo único que hizo fue besarme. Me gustaba. Mucho. Mantuvimos el contacto durante el año, y cuando volvimos el verano siguiente, continuamos donde lo habíamos dejado. Cada verano después de eso, pasamos tiempo juntos. Antes de irme a la universidad, nosotros... ya sabes.

—Sí, lo entiendo. —Me reí. No necesitaba oír hablar de su vida sexual.

—Durante la universidad, volví. El verano antes de mi último año, él acababa de empezar a trabajar en el faro. Vivía en la cabaña de al lado. Se colaba en mi habitación en casa de la tía Gina cada noche y por la mañana ya se había ido. Estábamos enamorados. Le dije que volvería el próximo verano. Que quería pasar el resto de mi vida con él. Que le amaba y no quería nada más que estar con él para siempre.

Dejó de hablar. Sus suaves sollozos casi me rompieron el corazón. Quería estar ahí para ella.

—¿Qué pasó, Zoey? ¿Por qué no volviste aquí?

—Cuando conocí a Trevor, nos hicimos amigos. Era dulce y encantador y me hacía sentir especial. Sebastian era el único hombre con el que había estado. El único al que había besado o con el que había dormido o amado. Pero con Trevor... todo era diferente. Era rápido y divertido y emocionante. No era un chico de un pequeño pueblo que quería una vida sencilla. Era un hombre de ciudad que quería todo lo que el mundo podía ofrecer. Era embriagador, y caí rendida. Podíamos estar juntos en público. Con Sebastian, escondíamos nuestra relación porque él era mucho mayor que yo.

—Cuando me gradué, me había enamorado de Trevor. Sabía que le debía a Sebastian contarle lo que había pasado, pero no podía enfrentarme a él. No sabía cómo decirle que estaba con otra persona y ya no le quería, así que simplemente dejé de comunicarme con él. Cambié mi dirección de correo electrónico y me dediqué a construir una vida con Trevor y olvidarme de Sebastian.

Respiré hondo y me pregunté por qué nunca me había contado todo eso antes. Sabía que ella y Sebastian habían tenido algo, pero no sabía que había durado siete años o que ella le había dejado de hablar sin más. No era de extrañar que estuviera tan enfadado.

—¿Nunca te pusiste en contacto con él? ¿Nunca le dijiste que no ibas a volver?

—No podía. Sabía que si hablaba con él o le veía, estaría dividida entre ambos. Amaba a Sebastian, pero también amaba a Trevor. Era más fácil simplemente quedarme en Pittsburgh. Tú estabas aquí y establecido, y no estaba segura de si podría vivir en Cala MacKellar para siempre. Así que tomé una decisión.

—Oh, Zoey. Te habría apoyado si te hubieras mudado. Te habría apoyado en cualquier cosa que hubieras querido hacer. Siento haberte hecho pensar que no lo habría hecho.

—No es eso. Quería vivir cerca de ti. Siempre lo quise. Siempre has sido mi mejor amigo, y vivir a horas de distancia no me atraía cuando tú estabas establecido en Pittsburgh. Fue una elección fácil en ese momento.

—¿Y ahora?

Se rió sin ganas. —Ahora... bueno, ahora sé que la vida no sale como planeamos.

—¿Te arrepientes de no haber venido aquí después de la universidad?

—No —dijo con firmeza—. Si lo hubiera hecho, no tendría a Cameron y Alexis. Las cosas no funcionaron con Trevor, pero nunca desearía que mis hijos no existieran. Y Sebastian... Has dicho que está soltero, pero estoy segura de que ha seguido adelante, ¿verdad? ¿Ha tenido una vida feliz?

Estaba tanteando el terreno. Me sorprendió que la tía Gina no la mantuviera al día de todo. No estaba seguro de cuánto quería saber realmente, pero no iba a endulzar las cosas para ella. —En realidad, no. Tengo la sensación de que no ha dejado entrar a mucha gente desde entonces. Creo que te odia y todavía te quiere.

—¿Se supone que esto es la charla motivacional diseñada para conseguir que vaya por Navidad? Porque si es así, se te da fatal.

Me reí. —No voy a mentirte. Sí, te quiero aquí. Quiero veros a todos. Pero si vienes, no vas a entrar al lugar más feliz de la tierra. No va a estar contento de verte.

Suspiró profundamente. —No le culparé. Y como dije antes, no estoy segura de si debería ir por él. No quiero que se sienta incómodo en su pueblo.

—Hablaré con él. Le preguntaré si está de acuerdo. Pero la tía Gina te quiere aquí. No para de hablar de sus últimas fiestas aquí, y sé que le encantaría teneros aquí también.

—Y así podría conocer a Piper.

Tosí y me reí. —¿Cómo sabes lo de Piper?

—Oh, tengo mis métodos. Escucha, tengo que ir a la escuela, pero seguiré pensando. Dime qué dice Sebastian.

—Vale. Hablamos pronto. Empieza a hacer las maletas.

—Ojalá pudiera. Te quiero.

—Te quiero, hermanita.

CASI HABÍA LLEGADO a mi coche cuando Sebastian me llamó.

—¡Eh, espera!

Me giré y esperé a que me alcanzara.

—¿Te vas ya?

—Sí. ¿Aún quieres venir?

—Quiero hablar con Piper, así que sí.

Me molestó un poco que estuviera tan preocupado de que yo estuviera aprovechándome de Piper, pero si eso significaba que me dejaba en paz, lo aceptaría. No me conocía. No tenía ni idea de quién era yo o lo que había hecho.

Me encogí de hombros. —Vamos.

—Yo conduzco —dijo, señalando su camioneta.

Puse los ojos en blanco y le seguí. La radio se encendió con alguien hablando de deportes. Lo ignoré parcialmente durante el corto trayecto al pueblo. Sebastian no dijo nada, se limitó a conducir e ignorarme.

Aparcó a unas manzanas de O'Kelley's y salió, caminando hacia el bar sin esperarme. Me reuní con él en la puerta y negué con la cabeza.

—Hola, chicos —dijo Piper, pasando junto a la puerta mientras entrábamos—. Me alegro de verte, Sebastian.

—A mí también. Necesitamos hablar —dijo él, señalando con la cabeza hacia un lado.

—¿De acuerdo? —dijo Piper, lanzándome una mirada confusa.

Negué con la cabeza y puse los ojos en blanco. Piper no parecía menos confusa con mi evidente irritación.

Me dirigí hacia la barra mientras Sebastian hablaba con Piper. Ramsey y Colin eran los únicos que estaban allí, ambos con bebidas frente a ellos.

—No es frecuente que Sebastian aparezca —dijo Hudson—. ¿Cómo lo has conseguido? ¿Y por qué está hablando con Piper?

—Cree que me estoy aprovechando de ella —le dije.

Hudson retrocedió la cerveza que estaba a punto de poner delante de mí. —¿Es eso cierto? Porque todos podemos patearte el culo ahora mismo si estás jugando con ella.

—No lo estoy haciendo. Sé que no me conocéis, pero no es así. Ella y yo hemos hablado. No le oculto nada ni finjo ser algo o alguien que no soy. ¿Y no es decisión de Piper si quiere relacionarse conmigo?

—Depende de si eres un capullo o no —dijo Ramsey.

Sebastian se sentó a mi lado y asintió a Hudson.

Hudson preguntó: —¿Le damos la cerveza o una paliza?

Sebastian me miró fijamente. —Cerveza por ahora. Dejaremos la paliza para cuando la cague.

—No hay nada que estropear. Somos amigos, y cualquier cosa más allá de eso es temporal. Estamos de acuerdo —les dije.

Hudson mantuvo mi mirada durante un largo minuto y finalmente puso la cerveza frente a mí. —Te estoy vigilando. Piper es como mi hermana. Que te quedaras hace unas semanas estaba bien, pero si él está preocupado por ti, yo también lo estoy.

—No hay nada de qué preocuparse —insistí.

—¿Qué está haciendo el nuevo? —preguntó Ian, uniéndose a nosotros. Me dio una palmada en la espalda y se sentó al lado de Sebastian—. Me alegro de que te unieras a nosotros.

Sebastian asintió y bebió un sorbo de mi cerveza.

—¡Eh!

—Puedes pedir otra —dijo Sebastian.

Suspiré profundamente. Hudson me dio otra cerveza y le

dijo a Ian: —Gavin está rondando a Piper. Sebastian le está vigilando.

—¿En serio? —preguntó Ian—. Pensé que te había rechazado.

Negué con la cabeza. —Con amigos como vosotros, ¿quién necesita enemigos?

—Solo estamos bromeando contigo —dijo Ian—. ¿Las cosas van bien? ¿O estás siendo un capullo?

—¡No lo soy! —dije—. ¿En serio?

—Muy bien, démosle un respiro —dijo Colin—. Dejémosle decir algo.

—Gracias —le dije—. Eres mi favorito.

Colin se rió. —Así que, ¿tú y Piper?

—¿Qué pasa conmigo? —preguntó Piper, pasando por allí. Se detuvo y miró a todos.

Todos se quedaron mudos.

Puse los ojos en blanco. —Todos quieren los detalles de nosotros. Son unos cotillas.

Piper sonrió y deslizó su mano por mi hombro. —¿Queréis que él os cuente todo sobre la noche que pasamos juntos y las cosas que me hizo? ¿Sobre lo buena que soy en la cama? ¿Sobre todo lo que hemos hecho? —Alzó una ceja y sonrió con picardía—. Vais a quedar todos muy decepcionados porque no hay mucho que contar. Dadle un respiro al pobre chico.

Me guiñó un ojo y negó con la cabeza mientras se alejaba.

—Creo que tenemos que invitarle a una copa —dijo Ian—. Creo que Piper podría ser demasiado para él.

Los otros se rieron a mi costa. Les hice un corte de mangas a todos, pero acepté encantado la cerveza que Hudson puso delante de mí. Piper no era demasiado para mí. Era justo lo que necesitaba.

Pero su voz sexy y el roce contra mí definitivamente hicieron que no pudiera levantarme e irme en ese momento.

10

PIPER

olví a la oficina y cerré la puerta tras de mí. Necesitaba un respiro. Había mucho movimiento, y sabía que debería estar allí fuera, pero necesitaba un minuto.

Estaba acostumbrada a vivir en las sombras. A ser alguien en quien nadie se fijaba dos veces. Tener el foco de atención sobre mí era difícil. Y no me gustaba demasiado.

No estaba enfadada, pero me mudé a Cala MacKellar para alejarme de la gente que se quedaba mirando, hacía preguntas y decidía que tenía derecho a saber cualquier cosa sobre mi vida. Vivir en un pueblo pequeño significaba que más personas creían que deberían estar informadas, pero nunca había sido alguien sobre quien ofrecieran opiniones.

Cuando Sebastian me llevó aparte, no tenía ni idea de lo que iba a decirme. Estaba dividida entre sentirme conmovida porque él y los otros chicos se preocupaban por mí y molesta porque pensaran que no podía manejar las cosas por mí misma.

La puerta de la oficina se abrió y suspiré para mis adentros mientras también esbozaba una sonrisa para quien fuera que estuviera invadiendo mi minuto a solas.

—¿Estás bien? —preguntó Hudson.

No me giré para mirarlo. Todavía necesitaba un minuto. Pero dije, —Por supuesto—, con voz animada.

—Menuda mentira. ¿Qué ocurre? ¿Él está haciendo algo que no puedes contarnos? Le echaré. Le patearé el culo. Le sacaré del pueblo ahora mismo —su voz aumentó en ira mientras hablaba.

—Gavin no ha hecho nada —dije, girándome para enfrentar a mi jefe. Hudson era un tipo grande, alto y ancho. Me contó que era delgado de joven, pero yo no usaría esa palabra para describir al hombre que conocía. Era feroz y leal, y el mejor jefe que había tenido nunca. Y un buen amigo.

—¿Por qué estás aquí? Nunca te tomas un descanso —dijo, acercándose a mí y mirándome a la cara.

—No estoy acostumbrada a ser el centro de atención —admití.

—Estamos preocupados por ti.

Asentí. —Lo sé. Y lo agradezco. Pero es raro. No sé cómo explicarlo.

—Inténtalo —dijo, reclinándose con los brazos cruzados sobre el pecho.

Suspiré y dije: —Me gusta Gavin, pero no estoy interesada en nada permanente. Los únicos chicos con los que he estado desde que me mudé aquí han sido incluso más temporales que él. No quiero una relación. No son para mí. Pero sé cómo sueno cuando digo eso, así que no se lo cuento a la gente.

—¿Cómo suenas? Para mí, suenas como una mujer que sabe lo que quiere. No tienes que desear una relación para ser buena persona. No tienen nada que ver lo uno con lo otro. A no ser que estés mintiendo al respecto, pero nunca te he conocido por mentir. —Suspiró y se acercó hacia mí—.

Mira, sé que tienes tus secretos. Nunca me has contado por qué te mudaste aquí. No estás huyendo de la ley, así que confío en ti. Gavin parece un buen tipo, pero eso no siempre significa que lo sean...

—Lo es —interrumpí.

—Bien. Entonces no te preocupes por todos los demás. Eres una de los nuestros. Nos importas. Así que interrogarle a él es nuestra forma de asegurarnos de que sabe lo mal que le irá si se mete contigo.

—Sabes que puedo cuidar de mí misma —le dije.

Se rio. —Créeme, lo sé. He visto a demasiados hombres derribados por ti para pensar que no puedes manejar cualquier cosa. Pero eso no significa que no vaya a estar justo detrás de ti, listo para aplicar mi propio tipo de castigo si un tío piensa que la paliza que tú le darías no es suficiente.

Sonreí. —Gracias. No creo que Gavin vaya a necesitar una, pero gracias.

—Por si acaso.

Me reí.

—¿Seguro que estarás bien? Les diré que se aparten y te dejen en paz.

Negué con la cabeza. —Eso definitivamente solo empeoraría las cosas.

Sonrió. —Probablemente sea cierto.

—Gracias, Hud. Estaré bien. Solo necesito un minuto.

Asintió y salió de la oficina, dejándome sola. Saqué mi teléfono y revisé mis acciones. Mis operaciones habían tenido éxito ese día y había ganado un poco de dinero extra. Ver eso me hizo sonreír. Era una locura, pero el trading diario me emocionaba. Y me relajaba. La mayoría de la gente lo encontraba estresante, pero a mí me encantaba. Un vestigio de mi vida anterior, y la razón por la que podía permitirme trabajar como camarera y poseer mi propio edificio.

Pero el edificio necesitaba algunas reparaciones importantes pronto, así que tenía que mejorar un poco mi juego. Lo que significaba algunas nuevas operaciones y un poco más de riesgo, porque el riesgo llevaba a la recompensa. Y necesitaba una recompensa.

Configuré algunas operaciones para la mañana para que mi día comenzara bien y volví a guardar el teléfono en mi bolsillo. Usé el baño rápidamente, luego me lavé las manos y volví al trabajo.

El resto de la noche pasó bastante rápido. La gente se iba a casa antes de lo habitual con la tormenta inminente que se acercaba. Se suponía que habría hielo y nieve en la zona alrededor de la medianoche, y nadie quería estar fuera cuando llegara. Sofia insistió en que condujera para no tener que caminar a casa con el horrible tiempo. Cuando el bar se vació y el viento aullaba fuera del edificio, supe que tenía razón en lo de conducir.

Estaba enviándole un mensaje a Sofia para hacerle saber que estábamos limpiando el bar y que estaría en casa en aproximadamente una hora cuando se abrió la puerta principal. Normalmente Hudson le diría a cualquiera que entrara tan tarde que estábamos cerrados, pero no dijo nada. Levanté la mirada y lo vi hablando con Gavin.

Mi corazón dio un salto al verlo. Se había ido antes en la noche sin decirme nada. Yo estaba trabajando, así que agradecí que no me interrumpiera, pero aún así deseé que hubiera dicho algo. Ahora, había vuelto.

—¿Necesitas ayuda? —preguntó, parándose junto a mí con un trapo.

—Puedo arreglármelas.

Asintió. —Lo sé, pero quería llevarte a casa. Hace un frío terrible ahí fuera.

—Gracias, pero he venido en coche.

—Vale, entonces quiero hablar contigo y quizás empañar

las ventanillas de tu coche antes de que te vayas a casa esta noche.

Mis mejillas se calentaron e intenté no reírme. —Podría estar abierta a eso. Pensé que te habías ido.

—Me fui, pero solo porque Sebastian y yo vinimos juntos. No me di cuenta de que estarías trabajando esta noche o habría traído mi propio vehículo la primera vez.

—No tenías por qué volver.

—Quería hacerlo, Piper.

Mantuve su mirada durante un largo minuto y dejé que la intensidad se filtrara en mí. Hacía mucho tiempo que un hombre no me miraba así. Los hombres que había conocido recientemente eran aventuras. Sexo casual que venía y se iba. Con algunos de ellos me había acostado más de una vez, pero ninguno era de los que se quedaban. Y yo no quería que lo hicieran. Pero Gavin era un desafío. Gavin era el tipo de hombre con el que no solo quería acostarme. Hablábamos y reíamos. Conocí a su tía. Pasábamos tiempo juntos, fuera del dormitorio.

Lo que solo me hacía querer pasar tiempo juntos en el dormitorio.

Me ayudó a limpiar, limpiando mesas y colocando sillas. Se rozaba contra mí cada vez que estaba cerca. Su mano se demoraba en mi cadera cuando se inclinaba detrás de mí. Su aliento me hacía cosquillas en la nuca cuando intentaba ayudar a barrer. Para cuando terminamos, yo estaba ardiendo y deseaba poder escurrir mis bragas.

—¿Todo listo? —preguntó Hudson después de que guardara la fregona.

Asentí. —Sí.

Hudson cerró con llave la puerta y se despidió, dirigiéndose en dirección opuesta hacia su camioneta.

—¿Tu coche o el mío? —preguntó Gavin, pasando un brazo a mi alrededor.

—Um, ¿por qué no me sigues a casa?

Se echó hacia atrás y me miró. —¿Estás segura?

Asentí.

—Estoy aparcado al otro lado de la calle. ¿Quieres que te lleve hasta tu coche?

—Claro —dije.

Cruzamos la calle corriendo mientras él desbloqueaba su coche. Era elegante, algo caro. No fue hasta que entramos que me di cuenta de que era un Subaru STI.

—Bonito coche —dije.

—Gracias. —Sonrió—. Fue mi regalo para mí mismo el año pasado. Es genial en la nieve y mortal en las curvas alrededor de Pittsburgh. Y es un cochazo.

Asentí. Sin duda era un coche impresionante. Nunca había estado muy interesada en los coches, pero mi ex sí. El STI era el coche de sus sueños.

—¿Dónde estás aparcada? —preguntó.

—Justo a la vuelta de la esquina. No muy lejos.

Dirigió las salidas de aire hacia mí y se incorporó suavemente a la carretera vacía. Nadie nos adelantó mientras conducía hasta mi coche. Se detuvo justo al lado y dijo: —Te seguiré.

Asentí y salí, desbloqueando mi todoterreno mientras abría la puerta. Hacía un frío terrible en mi coche, y poner la calefacción parecía un desperdicio para un trayecto tan corto, pero lo hice de todos modos. Cualquier calor era mejor que el viento helado de fuera.

Estuvimos frente a mi edificio en menos de tres minutos. Aparqué en mi sitio habitual y apagué el motor. Gavin aparcó justo detrás de mí, y me di cuenta de que nunca le había dicho a Sofia que traería a alguien a casa. A ella no le importaba, pero prefería avisarla porque no siempre se sentía cómoda con extraños.

Antes de salir, le envié un mensaje rápido diciéndole que

estaba a punto de entrar y que Gavin venía conmigo, si no le importaba. Aparecieron tres burbujas antes de que su texto apareciera.

Ya estoy en la cama. ¡Diviértete!

Sonreí, guardé el teléfono en el bolsillo y salí.

—¿Todo bien? —preguntó Gavin. Estaba de pie en la acera al otro lado de mi todoterreno.

—Sí. Solo le estaba avisando a Sofia de que estás aquí.

—Puedo irme si tú...

—No —dije rápidamente—. Ya está en la cama y no le importa.

Asintió, pero no parecía mucho más convencido. Me pregunté si quería preguntarme algo, pero no lo hizo.

Abrí la puerta principal y le guié hacia nuestro apartamento. Nos dejé entrar en silencio para molestar a Sofia lo menos posible. Ella había dejado la luz encendida cerca de la puerta, y como Gavin no se quedaba, no me molesté en apagarla.

—Mi habitación está por aquí —dije en voz baja, guiándolo más allá del comedor y la cocina hasta mi habitación. La habitación de Sofia estaba al otro lado del salón. Cada una teníamos nuestro propio baño en suite, lo que era agradable para nosotras pero un fastidio cuando teníamos invitados. Aunque eso no ocurría a menudo.

Cuando llegamos a mi habitación, cerré la puerta silenciosamente tras nosotros. Me giré para mirarlo y lo encontré sonriéndome con picardía.

—¿Qué?

—Estás tensa. ¿Qué crees que voy a hacer?

—No lo sé. Esto parecía una buena idea en O'Kelley's.

—No tiene por qué pasar nada, Piper. Dijimos que somos amigos primero. Vamos a tomar todo día a día. Nosotros hacemos las reglas. Nada de enamorarse, nada de juegos, y nada de salir con otras personas. El sexo no estaba entre nuestras reglas.

Le sonreí. —Me gustas. Es más fácil acostarme con chicos cuando no los conozco.

—Tú también me gustas. Pero ambos sabemos que esto es temporal. Hay mucho que todavía no sabemos el uno del otro. ¿Es ese el problema?

Negué con la cabeza. Tenía razón. No sabía su segundo nombre o cómo era su casa. No sabía el nombre de su empresa ni dónde trabajaba. No sabía si quería una familia algún día o si alguna vez había estado comprometido. Y no quería saberlo. Todo lo que quería saber era cómo se veía desnudo.

Sonrió con picardía cuando levanté la mirada hacia él. Extendió los brazos hacia mí al mismo tiempo que yo los extendía hacia él. Chocamos, luchando el uno con el otro, lenguas y manos y piernas entrelazadas mientras buscábamos mi cama.

Aterrizamos con él encima de mí. Mis piernas colgaban del borde de la cama. Empujó mis rodillas para separarlas mientras nos besábamos, acomodándose entre mis muslos. Su lengua lamió y saboreó la mía, el frenesí de hace un momento ralentizándose una vez tomada la decisión.

Levanté su camiseta para sentir el calor de su piel. Se echó hacia atrás y se la quitó, luego se agachó y levantó la mía. Besó y lamió mi piel desnuda con cada centímetro que exponía. Mis manos recorrieron sus hombros y su espalda. Cerré los ojos y disfruté del momento con él.

Se detuvo cuando llegó a mi sujetador, dejando mis pechos cubiertos, y se tumbó encima de mí otra vez. Me besó lentamente, su erección pulsando contra mi muslo. Enganché mi pierna alrededor de la suya y gemí suavemente cuando se frotó contra mi centro.

—Piper —dijo contra mis labios. Volvió a sumergirse, sellando nuestros labios. Sus manos se deslizaron bajo mi camiseta, sus pulgares frotando los lados de mis pechos.

Gemí suavemente, asegurándome de no hacer demasiado ruido por Sofia, y me incorporé. Él se apresuró a quitarme la camiseta y besó alrededor del borde de mi sujetador. Lamió bajo el tirante y empujó contra mí.

—Sí.

Bajó un tirante por mi brazo y liberó mi pecho en su boca. Su lengua rozó la punta erguida. Lo sujeté en su sitio, presionando mi pecho contra su boca. Él sonrió contra mí. Sus manos sujetaron mis caderas mientras intentaba moverme contra él.

Necesitaba más. Quería más. —Gavin.

—Dime qué necesitas —dijo.

—A ti. Dentro de mí. Te necesito.

Se echó hacia atrás y se puso de pie. Me miró fijamente, sus ojos recorriendo mi cuerpo como una mano. Cada centímetro de piel se encendió suplicando que volviera y me tocara o me saboreara.

Desabrochó sus vaqueros y los dejó caer al suelo junto con sus calzoncillos. Se agachó y cogió un condón de su bolsillo, luego se puso de pie y apartó su ropa de una patada.

Quería lamerlo. Todo él. Desde la punta de su grueso miembro hasta el borde de sus hombros. Era hermoso. Encontré su mirada y mi respiración se congeló en mi garganta por la forma en que me miraba. Sabía que lo estaba mirando y me estaba dejando. Permitiéndome la oportunidad de apreciarlo, de juzgarlo.

Me incorporé de la cama y me puse de pie frente a él. No se movió, ni siquiera respiró, simplemente se quedó allí, como si estuviera esperando a que yo decidiera si todavía quería seguir adelante.

Me puse de puntillas y presioné mi cuerpo contra el suyo.

Era más alto que yo, pero no tanto como para que no pudiera sellar mis labios con los suyos. Él gimió y me atrajo hacia sus brazos, separando mis labios con su lengua y tomando el control del beso.

Me llevó de vuelta a la cama, pero lo detuve antes de que nos tumbáramos de nuevo para poder quitarme el resto de la ropa. Se sentó en el borde de la cama y se puso el condón mientras me veía desnudarme.

Había algo extrañamente íntimo en que me observara y se acariciara al mismo tiempo. Algo que me hacía estar más húmeda y más preparada para él.

Se movió hacia atrás en la cama y me guió sobre él una vez que estuve desnuda. —Eres preciosa —susurró.

—Tú también lo eres —le dije.

Sonrió como si pensara que solo estaba diciendo eso, pero me besó antes de que pudiera discutir con él. Me hizo olvidar todo cuando me besaba. Nada más importaba aparte de Gavin y yo y nosotros estando allí.

Su mano presionó mis muslos para separarlos y me instó a sentarme sobre sus piernas. Rompí nuestro beso para hacerlo, luego gemí cuando deslizó un grueso dedo dentro de mí.

—Oh, sí —gimió. Su dedo entró más profundo la segunda vez, luego añadió un segundo—. Se siente tan bien, Piper.

—Creo que vas a hacer que me corra —admití.

Sonrió. —Ese es el plan.

Le devolví la sonrisa y me levanté más alto. Mientras él empujaba hacia dentro, yo bajaba sobre su mano.

—Toma lo que necesitas —dijo. Llevó mis manos a sus hombros. Lo usé como apoyo, follando su mano hasta que mi orgasmo me alcanzó.

—Oh, Dios —gemí. Mi cuerpo estaba tenso, listo para liberarse. Necesitaba dejarlo ir.

Él ahuecó mi pecho y pellizcó mi pezón, enviándome al

borde. Me incliné hacia delante y mordí su hombro para ahogar los ruidos. Me sentí mal en el instante en que lo hice, pero él solo gimió y siguió moviendo sus dedos profundamente dentro de mí, dejándome hacerle daño.

Me derrumbé sobre él, pero él no había terminado. Me acarició suavemente, su pulgar provocando mi clítoris mientras el resto de mí intentaba volver a la normalidad después de mi orgasmo.

—No sé... Oh, Dios —lloriqueé.

—Otro más, Piper. Muerde el otro hombro si lo necesitas.

Me reí suavemente, luego gemí cuando presionó su pulgar con fuerza contra mi clítoris. Me moví a su otro hombro y lamí su piel.

—Sabes bien.

—Tú se sientes bien —dijo.

Aceleró, llevándome más y más alto rápidamente. No fui capaz de seguir el ritmo y estaba a punto de gritar cuando el orgasmo me golpeó con fuerza. —Sí —gemí mientras mordía su hombro.

Él se sacudió ligeramente. Intenté apartarme, pero él frotó mi clítoris otra vez y me mantuvo contra él. No tenía orgasmos así con otros hombres.

Deslizó su mano arriba y abajo por mi espalda mientras provocaba perezosamente la carne hipersensible entre mis muslos. Apoyé mi cabeza contra su hombro y me sentí horrible cuando vi las marcas de dientes coincidentes en ambos.

—¿Estás bien? —le pregunté.

—Totalmente merecido —dijo con un guiño.

Sonreí y besé sus hombros. Sus dedos jugaban conmigo, acariciando mi piel húmeda mientras lamía y besaba sus hombros. Fui recorriendo hasta cruzarlos y me detuve para besar sus labios también.

Se apoyó contra el cabecero y me guió más cerca de él. La pérdida de sus dedos dentro de mí me hizo gemir hasta que sentí su miembro alineado con mi entrada.

—¿Estás segura de esto? —preguntó, echándose hacia atrás para mirarme.

Asentí y me bajé sobre él, gimiendo con él mientras me llenaba y estiraba mi cuerpo.

—Joder, qué demonios —dijo con un susurro áspero—. Se siente tan bien, Piper.

—Joder, sí —gemí. Ya sabía que no iba a poder contenerme de correrme otra vez. Encajaba dentro de mí como si estuviera hecho para mí, frotando mi clítoris al mismo tiempo que me frotaba profundamente en mi interior.

Sus manos guiaron mis caderas hacia arriba, luego me bajaron de nuevo. Empujó hacia arriba dentro de mí, ambos estableciendo el mismo ritmo en pocas embestidas.

—Puede que necesite morder tu hombro —gruñó—. Dios, Piper. Tan bueno.

Gruñí mi acuerdo, sabiendo que no podría durar más que él. Cada embestida me enviaba al borde hasta que volé por encima.

Mi cuerpo se apretó alrededor de su miembro. Él tomó mi mandíbula y llevó mis labios a los suyos bruscamente, tragándose mis gritos mientras me corría. Bombeó hacia arriba dentro de mí y siguió mi liberación con la suya, gimiendo mientras se corría y sujetándome firmemente contra él.

Nos quedamos allí, abrazándonos, hasta que nuestros cuerpos se enfriaron y nuestros pulsos se ralentizaron. Todavía palpitaba dentro de mí cuando me levanté y me moví para bajar de la cama.

—Maldita sea, estoy muy contento de que hiciéramos este acuerdo —dijo, con voz ronca y áspera.

—¿Por qué? —le pregunté con una sonrisa.

—Porque ha sido increíble.

Sonreí. —Sí, lo ha sido. Creo que tendremos que hacerlo de nuevo alguna vez.

Se rio. —Me gusta cómo piensas.

Gavin finalmente se marchó muy, muy tarde aquella noche, y ambos estuvimos de acuerdo en que era el mejor arreglo que habíamos hecho jamás. No podía dejar de sonreír al día siguiente y aún mostraba una sonrisa de tonta cuando llegué al Posada Cala MacKellar para la decoración de galletas del sábado.

Sofia y yo entramos y gemimos. —Vaya, huele increíblemente bien aquí —dijo ella.

—¿Verdad? Eso es más que solo galletas. Te dije que huele maravilloso aquí. Me dan ganas de aprender a cocinar.

Sofia resopló. —Es mejor que pagues a alguien para que lo haga por ti.

Me reí y la empujé. —No tiene gracia. Pero es totalmente cierto.

Sofia sonrió y entrelazó su brazo con el mío. —Sabes que es verdad. Entonces, ¿dónde está ese Gavin? Necesito conocer al hombre que te ha hecho sonreír durante dos días.

—Seguro que anda por aquí, en alguna parte. Vamos a buscar algunas galletas.

—Ya encontradas —dijo Gavin, apareciendo detrás de

nosotras cuando nos giramos—. Hola, soy Gavin. —Ofreció su mano a Sofia.

—Es un placer conocerte por fin. Soy Sofia.

—Me lo imaginaba, pero no conozco a mucha gente aquí. ¿Quieres una visita guiada por el hotel?

—Me encantaría —dijo Sofia—. Es precioso aquí. El edificio donde vivimos es antiguo como este lugar. Me encantan los edificios antiguos. Hay tanta historia en ellos. Tanta belleza y encanto. Y tanto trabajo para alguien como yo.

—¿Trabajo? —preguntó Gavin.

—Sofia es la encargada de mantenimiento de nuestro edificio. Ella se asegura de que todo funcione —le expliqué.

—Eso es un trabajo importante. Solo llevo aquí unas semanas y sé lo ocupado que puede ser mantener un lugar como este. Pero es precioso. Mi tía no está deseando venderlo. Sabe que la mayoría de la gente modernizará todo el lugar y arruinará el encanto que tiene —dijo Gavin.

—Piper, deberías comp...

—Oh, ¿estos son los detalles para todos? —pregunté, interrumpiendo la sugerencia de Sofia. Le lancé una mirada que hizo que apretara los labios. Gavin no sabía que yo era dueña de nuestro edificio, y no tenía intención de decírselo. Sofia le sonrió a Gavin como si no hubiera pasado nada raro.

Gavin nos miró alternativamente y luego asintió. —Em, sí. Lo son. Han tenido mucho éxito.

—Eso es genial. Me encanta que tengamos un pequeño detalle para las personas que vienen a tantos eventos por el pueblo. Lo siento, me distraje. ¿Decías algo de una visita?

—Sí, claro. Em, no puedo enseñaros las habitaciones de huéspedes, pero podemos ver el resto del lugar.

—Suena genial —dijo Sofia.

Sofia caminó junto a Gavin mientras yo les seguía por detrás. Él le mostró las fotos en las paredes de cómo era el hotel antes de las renovaciones y hablaron sobre las mejoras que se habían hecho. Gavin entró en detalles sobre algunos de los cambios que esperaban hacer, y Sofia intervino con algunas sugerencias propias.

—Este lugar es tan hermoso que cambiarlo parece un crimen —dijo Sofia.

—¿Verdad? Tanta gente piensa que necesita una renovación completa, pero es impresionante. Yo tenía esa idea cuando llegué aquí, pero cuanto más tiempo estoy, más lo aprecio. Vivo en un lugar más moderno, pero veo el atractivo de una casa más antigua. Y la historia aquí es simplemente increíble —dijo Gavin, pasando su mano por las molduras talladas alrededor de la puerta de la sala de estar.

—No me puedo imaginar viviendo en algún sitio que sea nuevo. Nuestro edificio me mantiene ocupada, pero incluso si no trabajara allí, seguiría queriendo vivir allí. Por eso tampoco me gustan muchas ciudades o suburbios alrededor de las ciudades. Demasiada construcción nueva —dijo Sofia.

—El edificio donde vivo tiene unos tres años. Me encanta la comodidad que ofrece. Tenemos gimnasio y piscina y todo de última generación. No puedo decir que preferiría vivir en uno de esos edificios que tienen una lavandería compartida que nunca funciona o tener que ir a otro lugar para hacer ejercicio. Pero esa soy yo —dijo Gavin.

Me lanzó una sonrisa. Se la devolví, preguntándome sobre lo que había dicho. ¿No estaba haciendo lo suficiente por mis inquilinos al no tener esas comodidades?

—Voy a salir fuera unos minutos —les dije.

Continuaron su conversación como si nunca hubiera estado allí.

Me dirigí hacia la puerta trasera del hotel y salí para enfrentarme al agua. El lugar se veía diferente durante el día, pero no era menos impresionante. Encajaba con Cala

MacKellar. La historia del pueblo, el estilo antiguo de las casas. Funcionaba.

Y pensé que mi edificio también. Estaba orgullosa de proporcionar un hogar seguro y asequible para mis inquilinos. Aunque no sabían que yo era la propietaria del edificio, le decían a menudo a Sofia lo mucho que les gustaba vivir allí. ¿Podría ella haber estado mintiendo sobre eso? ¿Realmente deseaban vivir en un lugar con más comodidades en el edificio?

Tenía el dinero para hacer mejoras, pero nunca pensé que fueran necesarias. Desde que compré el edificio, reemplacé todo el cableado y los sistemas de calefacción y aire acondicionado de todas las unidades. Añadí más y mejores lavadoras. Remodelé todas las cocinas y baños y añadí ventiladores de techo a las salas de estar y dormitorios.

Sabía que había mucho más por hacer, pero pensaba que lo que hice era suficiente.

Durante todo ese proceso, pagué las mejoras con mi propio dinero. No aumenté el alquiler a mis inquilinos. Cobraba lo que consideraba justo. No compré el edificio para ganar muchísimo dinero. Lo compré porque el último lugar donde viví no era mío. Pertenecía a mi ex. Y cuando las cosas terminaron con él, me quedé sin hogar.

No estaba dispuesta a dejar que eso me volviera a pasar. Necesitaba saber que donde viviera no se me pudiera arrebatar. Fui inteligente con mis inversiones. Sabía cómo asumir riesgos que dieran resultados. Lo disfrutaba, por eso era tan buena en ello.

Pero, ¿estaba siendo tacaña? ¿No estaba dando a mis inquilinos lo que necesitaban?

Nunca me lo había cuestionado antes. ¿Por qué Gavin me hacía cuestionármelo?

—Aquí estás —dijo Gavin desde detrás de mí.

Me giré y lo vi a él y a Sofia acercándose. Sofia me lanzó

una mirada de preocupación. Negué con la cabeza lo suficiente para que supiera que no había hecho nada malo.

—Solo estoy disfrutando de las vistas —le dije a Gavin.

—Es increíble aquí fuera —dijo Sofia—. Vaya.

—¿Es la primera vez que vienes aquí? —preguntó Gavin.

Sofia negó con la cabeza. —No, pero hace mucho tiempo. Realmente no tengo motivos para venir hasta aquí.

—Me alegro de que hayas venido hoy para las galletas. Hablando de las cuales, ¿deberíamos volver dentro y decorarlas? —preguntó Gavin.

Sofia y yo asentimos y entramos con él. Gina tenía todo preparado en el comedor principal. Los niños rodeaban la mesa, de pie donde pudieran encontrar un espacio para alcanzar los suministros. Los padres estaban alrededor de los bordes de la habitación.

—¿Dónde están las sillas? —le pregunté a Gavin.

—La tía Gina dijo que es mejor dejar que los niños estén de pie. Hay otra habitación con galletas que podemos decorar —dijo.

Sofia y yo le seguimos a través del caos. Saludé con la mano a Melody y Ramsey en nuestro camino por la habitación. Melody sonrió y me guiñó un ojo. Yo solo negué con la cabeza.

—Aquí está un poco más tranquilo —dijo Gavin mientras entraba en el segundo comedor. Cuando estuve allí para cenar, Gina me dijo que era donde preparaba aperitivos durante el día para que los huéspedes los cogieran de camino a explorar la zona. Había algunas mesas pequeñas y la chimenea crepitaba con una cálida llama que daba a la habitación una sensación relajante.

—Hola, nos preguntábamos si ibais a venir —dijo Finley desde una de las mesas—. Puedes tomar mi asiento. Voy a comerme mi galleta.

Finley se levantó, dejando un asiento libre en la mesa con Karissa y Blake. Ian estrechó la mano de Gavin.

—Venid a sentaros —dijo Blake.

Sofia y yo nos colocamos en los bordes del asiento para que ambas pudiéramos decorar galletas.

—Estas galletas están tan buenas —dijo Karissa—. Creo que podría comerme todas.

—¿Cuántas has decorado? —pregunté.

—Tres —dijo con una sonrisa.

—Bueno, si saben la mitad de bien de lo que huelen, no te culpo en absoluto.

—Están aún mejor —dijo Karissa con un gemido—. Necesito más de estas galletas —le dijo a Gavin.

Él asintió. —Veré qué puedo hacer.

Gavin se alejó, dejándonos al resto decorando.

—Es tan mono —dijo Karissa—. Y no puede quitarte los ojos de encima.

—Oh, venga ya. Solo somos amigos —dije.

—Con beneficios —añadió Sofia.

Jadeé mirándola.

—¿Qué? El hecho de que estuviera dormida cuando vino la otra noche no significa que no sepa por qué has estado sonriendo durante dos días —dijo Sofia.

Karissa y Blake estallaron en carcajadas. —Bien por ti — dijo Blake.

Mis mejillas ardían, pero no tenía razón para avergonzarme. —¿En serio? —le dije a Sofia, mientras mi sonrisa ya curvaba mis labios.

Ella se encogió de hombros. —No me equivoco.

Resoplé. —No, no te equivocas.

—Qué bien —dijo Karissa—. Yo quiero un tío que me haga sonreír durante días.

—Creo que debo irme durante esta conversación — dijo Ian.

—Oh, por favor —dijo Finley—, ¿sabes cuántas veces he tenido que escuchar a Blake hablar de vosotros dos? Puedes soportarlo. Toma nota.

Ian sonrió con suficiencia a su hermana y luego se inclinó sobre Blake y la besó.

—¿Ves? —dijo Finley, metiéndose en la boca el último trozo de su galleta—. Oh, más galletas. —Extendió la mano hacia el plato que sostenía Gavin.

Él se rio. —Mi tía está muy contenta de saber que disfrutáis de sus galletas. Y de la decoración.

—Esta es mi actividad favorita de cada año —dijo Karissa—. ¿Cómo no te va a gustar decorar galletas? Mira a estos pequeñines.

Sostuvo en alto el muñeco de jengibre que acababa de terminar. Le había puesto un feo jersey navideño y pantalones negros. Luego le arrancó la cabeza de un mordisco.

—Me da pena cualquier hombre que vaya a intentar salir contigo —bromeó Ian.

—Debería —dijo Karissa—. Soy demasiado para la mayoría de los hombres, por eso sigo soltera.

—Es que no saben cómo tratar a mujeres fuertes como nosotras —dijo Finley.

—Eso seguro. Pero nos tenemos las unas a las otras —estuvo de acuerdo Karissa.

—Y al resto de nosotros —dijo Blake.

—Sí —dijo Finley—. Todos nos tenemos los unos a los otros. Incluso si algunos de nosotros estamos un poco menos fríos durante los meses de invierno.

Blake sonrió, pero parecía estar triste.

—Sabes que no cambiaríamos tu felicidad por la nuestra —le aseguró Finley—. Estoy encantada de que seas mi cuñada.

—Todas estuvimos solteras durante tanto tiempo que es casi raro no estarlo —admitió Blake.

—No estuviste soltera tanto tiempo —dijo Ian—. Créeme, lo recuerdo. Estaba esperando.

Blake sonrió. —Realmente no cuento lo de William. Nunca fuimos el uno para el otro.

—Pero seguías con él durante cinco años dolorosamente largos —dijo Ian.

Blake asintió. —Siempre supe que no era el indicado para mí.

—Bueno, ojalá lo hubieras descubierto años antes. Más tiempo que podría haber pasado queriéndote —dijo Ian, besando a Blake de nuevo. Se susurraron algo que no pudimos oír, pero la mirada de amor que pasó entre ellos lo decía todo.

Aparté la mirada rápidamente. Estar cerca de parejas como ellos me hacía pensar en cosas que dije que nunca quería de nuevo. Aunque como dijo Blake, sabía que las cosas no iban bien con Frederick. Nunca pude decir qué era, pero siempre hubo una parte de mí que se retenía con él. Que mantenía partes de mí en privado.

Terminé la galleta que estaba decorando y levanté la mirada, encontrándome con la de Gavin. Estaba haciendo lo mismo con él. Se marchaba, así que tenía sentido no contarle todo sobre mí, pero era diferente. Tenía la sensación de que no me juzgaría. Le ocultaba cosas porque no eran importantes. Le ocultaba cosas a Frederick porque no creía que pudiera confiar en él.

Gavin era... diferente.

Él me sonrió y señaló con la cabeza mi galleta. La levanté y su sonrisa se ensanchó. Mi galleta no estaba decorada artísticamente. La única manera de saber que se suponía que era una persona era por la forma. Por lo demás, parecía una mancha. Una mancha deliciosa, eso sí. Una a la que estaba feliz de arrancarle la pierna de un mordisco.

Gavin se rio y negó con la cabeza. Le mostré la galleta, y él se acercó y le arrancó la otra pierna de un mordisco. Ambos nos reímos.

—Está realmente buena, aunque parece un poco como si viniera de la otra habitación —dijo Gavin.

—¡Eh! ¿Estás diciendo que mi galleta parece decorada por un niño? —pregunté.

Se encogió de hombros. —Uno de los más pequeños. Que no puede sostener un cuchillo correctamente.

—¡Eh! —exclamé con falsa indignación. Todos mis amigos se rieron.

—Tiene algo de razón —dijo Finley—. Creo que vi mejores en la otra habitación.

—Definitivamente —estuvo de acuerdo Karissa.

—Las habilidades de Piper nunca han incluido la repostería —les dijo Sofia.

—Tengo muchas otras habilidades —dije.

—Sí, las tienes —dijo Gavin.

—Muy bien —susurró Finley—. Tienes que compartir mañana. Necesito detalles.

—¿Detalles? —preguntó Gavin.

Negué con la cabeza. —No te preocupes por eso.

Gavin miró a los demás, pero solo Ian respondió a su pregunta. —Te acostumbrarás a saber que los detalles íntimos de tu vida sexual se comparten con el grupo. Lo siento, tío.

—¿En serio? —preguntó Gavin—. ¿Hacéis, como, críticas?

—Solo si es malo —le dijo Finley—. No cuando la haces sonreír durante días después. Entonces solo queremos vivir a través de vosotros.

Gavin me miró y una lenta y sexy sonrisa curvó sus labios cuando se dio cuenta de que no podía dejar de sonreír. Asintió lentamente y no pudo reprimir su propia sonrisa.

—Deja de sonreír —le dije.

—Deja de hacerlo tú —dijo él.

Puse los ojos en blanco, pero mi sonrisa no desapareció.

Sofia y yo pedimos cena para llevar después de nuestra decoración de galletas. Necesitábamos comida real en lugar de solo galletas, aunque estaban deliciosas.

Nos sentamos en el sofá y pusimos una película navideña para poder ver a otras personas enamorarse durante las fiestas.

—¿Gavin no sabe que eres propietaria del edificio? —me preguntó Sofia durante un anuncio.

Negué con la cabeza. —Supuse que no es realmente importante.

—Quieres decir que te preocupaba que quisiera algo de ti si supiera cuánto dinero tienes —dijo.

Me encogí de hombros. —No lo sé. Es difícil saber cómo reaccionará la gente al saberlo todo. Con Frederick, creo que descubrir que yo ganaba más que él fue parte de lo que le empujó a serme infiel. No es que sea una excusa, pero ya sabes cómo son los hombres.

Sofia resopló. —Soy una manitas. Mi título laboral literalmente me llama hombre. Sí, estoy familiarizada con el frágil ego de los hombres. Pero no todos son así.

—Lo sé, pero no conozco a Gavin tan bien. No sé si él es así o no.

—Y no estás dispuesta a arriesgarte y descubrirlo —dijo.

Suspiré. —No lo sé. Nos estamos divirtiendo. Me gusta. El sexo fue increíble. Es divertido y mono, y disfruto pasando tiempo con él, pero sé que es temporal. Y estoy bien con eso.

—Porque abrirte a alguien nuevo es aterrador.

Sonreí y asentí. Sofia lo entendía. Me entendía. Ella comprendía lo que era ser vulnerable con alguien que no era digno de esa parte de ti.

Terminamos la cena y no nos movimos para elegir otra cosa cuando otra película navideña siguió a la primera.

—Desearía que fuera tan fácil dejar entrar a alguien —dijo Sofia en un momento—. Estar dispuesta a arriesgarse a sufrir de nuevo.

—Yo también.

—¿Crees que las cosas serían diferentes con Gavin si no se marchara?

Resoplé. —Sí. No estaríamos saliendo. Sería un cliente, y no me acercaría a él.

—¿De verdad? ¿No intentarías que las cosas funcionaran?

Me encogí de hombros y negué con la cabeza. —No creo. Sé que las cosas siempre terminan. Para mí. He visto a otras personas tener buenas relaciones, pero hay tantas cosas que pueden hacer que una persona cambie de opinión, o muestre su verdadera cara.

—No todos los hombres son como Frederick.

—Lo sé. Pero no sabía que él era así hasta que supe que lo era. Nunca pensé que encontraría a mi novio, el hombre con el que vivía y que creía que amaba, con otra persona.

—Lo siento —dijo Sofia tristemente—. Todavía no entiendo por qué alguien piensa que ser infiel está bien.

—Yo tampoco. Pero por eso me gustan estas películas. Nadie engaña, nadie manipula. Al menos no los personajes principales. Las personas que acaban juntas siempre son buenas el uno para el otro. Esa no ha sido mi realidad.

Sofia asintió y se acurrucó junto a mí. Extendimos la manta de copos de nieve sobre nuestras piernas y nos reímos de nuestros pijamas a juego. Los compramos la una para la otra la Navidad pasada sin saber que ambas habíamos comprado lo mismo para la otra.

No necesitaba a un hombre cuando tenía una amiga como Sofia. Uno temporal estaba bien de vez en cuando, pero no quería que todo en mi vida cambiara de nuevo. Me gustaba tal y como estaba.

GAVIN

Pittsburgh era mi hogar. Lo había sido desde siempre. Me encantaba la ciudad y su bullicio, estar rodeado de agua. Era mi hogar.

Pero había algo en Cala MacKellar que me atraía y me hacía empezar a pensar en todas las cosas que me gustaban de niño. Pasábamos todos nuestros veranos allí, lo que me dio una visión idealizada del pueblo, pero estar de vuelta en invierno y vivir allí como adulto era diferente y me hacía pensar que quizás mis recuerdos de la infancia no estaban tan distorsionados como me había convencido.

Caminé por las aceras llenas de nieve derretida y saludé a la mayoría de las personas que pasaban junto a mí. Me sorprendió darme cuenta de que reconocía a la mayoría. Solo llevaba unas semanas en el pueblo, pero ya formaba parte de él.

—Gavin, ¿cómo van las cosas en la posada? —me preguntó un hombre, deteniéndome en la calle.

—Bien. Estamos teniendo un buen invierno hasta ahora.

—Esas son buenas noticias. Nos preocupamos por Gina. Mi mujer y ella son buenas amigas, ¿sabes? Carrie siempre intenta que Gina se una a nosotros para cenar, pero ya conoces a Gina. Está casada con ese lugar. Es bueno para ella tenerte para que la ayudes. Le hará todo mucho más fácil.

Asentí. —Solo estoy aquí por unos meses, pero estoy haciendo lo que puedo.

—Lo conseguirás. Hazme saber si necesitas ayuda con suministros o contactos. Tengo una agenda —dijo.

Asentí de nuevo. —Definitivamente lo haré. Gracias.

Me estrechó la mano y siguió caminando. Era típico de Cala MacKellar. Y de alguna manera me encantaba.

Entré en la Boutique de Kerri para buscar un regalo de Navidad para la tía Gina. Sabía que tenía todo lo que podría necesitar, pero no podía no regalarle algo para Navidad.

Después de deambular un poco por la tienda, vi a una mujer que parecía ser de la edad de Piper. Llevaba un delantal y estaba mirando una vitrina de joyas.

—¿Puedo hacerte una pregunta? —le pregunté.

Ella se giró y me sonrió. —Claro, ¿qué puedo hacer por ti?

Miré su etiqueta con el nombre. —Willow, hola. Estoy buscando algo único. Algo que sea bonito para una mujer. Pareces alguien que tiene buen gusto.

Resopló y luego lo disimuló con una sonrisa. —Claro, puedo mostrarte algunas cosas. No vives aquí, ¿verdad?

—Por ahora sí. Mi tía es la dueña de Posada Cala MacKe-llar. Soy Gavin.

—Ah, sí, sé quién eres. Vale, entonces, ¿este regalo es para una amiga, un familiar o una novia?

—Um, digamos que para una amiga.

—¿Me lo estás preguntando o me lo estás diciendo?

—Es complicado —admití.

Ella asintió. —Entiendo. Así que, nada demasiado personal, pero algo que diga que te fijas en ella y te importa. ¿Es eso más o menos?

Me reí. —Sabía que podrías ayudar.

—Bueno, tenemos todo tipo de cosas aquí, pero parece que te inclinas por las joyas. ¿Qué suele llevar?

Negué con la cabeza e intenté pensar. —Es sencilla. Le he visto un collar, pero creo que eso es todo.

—Ser sencilla no es algo malo. Si ese es su estilo, me ceñiría a un collar, quizás algo con una cadena corta, o pendientes tipo botón si estás pensando en pendientes. Las pulseras no gustan a mucha gente, así que si ella no las lleva, yo las evitaría.

—Buena idea. Estoy de acuerdo.

—Vamos a echar un vistazo a algunas cosas —dijo Willow.

Examiné cada pieza que me mostró, pero ninguna era la adecuada para Piper. Cuando sugirió que miráramos otra vitrina, la seguí hacia el mostrador. Y entonces lo vi. Era perfecto para ella.

—¿Puedo ver ese? —le pregunté a Willow, señalando un collar de luna como nunca había visto.

Asintió y lo sacó. —¿Es ese?

Asentí. —Definitivamente es este. Es perfecto.

—Es precioso, eso seguro.

Sonreí. —Como ella. Ahora, ¿tienes alguna idea para mi hermana?

Willow se rio y dijo: —Si realmente es tu hermana, será mucho más fácil comprarle.

Resoplé. —Realmente es mi hermana. También tengo que comprar para mi tía, mi sobrina y mi sobrino, si tienes alguna otra idea para mí.

—Estoy segura de que puedo encontrar algo —dijo.

DESPUÉS DE MI maratón de compras con Willow, estaba hambriento. Ella me recomendó Cracked si me gustaba la comida de desayuno. Definitivamente era fan, así que caminé calle abajo y entré en el pequeño restaurante.

—Hey, Gavin —escuché tan pronto como crucé la puerta.

Levanté la mirada y encontré a Blake a unos metros de distancia. —Blake, hola. ¿Trabajas aquí?

Asintió. —Sí. ¿No lo sabías?

Negué con la cabeza. —No. Me dijeron que este lugar tiene una comida estupenda y pensé que no podía perdérmelo.

—Bueno, genial. Tenemos comida estupenda porque tenemos al mejor chef del pueblo como propietario. Earl es increíble. Siéntate en una mesa. Parece que has estado de compras.

Asentí. —Lo estaba. Creo que he tenido un buen comienzo.

—¿Un buen comienzo? Vaya, te lo tomas en serio lo de la Navidad.

Sonreí y empecé a descargar mis bolsas en una silla. —Por mi sobrina y mi sobrino sí. Sus padres acaban de divorciarse y trato de mimarlos para que sepan que los quiero. Su padre no siempre ha estado cerca, así que soy su tío favorito.

—¿Eres también su único tío? —preguntó Blake.

Me reí. —No se suponía que lo adivinaras tan rápido.

Sonrió. —¿Un café para empezar? ¿Mientras miras el menú?

Asentí mientras me sentaba. —Eso suena genial. Gracias.

Blake se ocupó de las otras mesas después de servirme una taza de café recién hecho. Añadí crema y azúcar y luego cogí un menú. Willow tenía razón, a juzgar por el menú. Todo sonaba bien.

Me decidí por los huevos Benedict con una guarnición de salchichas y tostadas de masa fermentada. Blake puso mi pedido y dijo que volvería en breve para ver cómo estaba. Saqué el móvil para ver si me había perdido algo, sabiendo que necesitaba ponerme en contacto con Chad pronto. Había estado descuidando el trabajo mientras estaba en Cala MacKellar y me sentía culpable por abandonarlo.

Le envié un mensaje sobre uno de los correos electrónicos de clientes que me había reenviado y le aseguré que le enviaría algo esa misma tarde. Diciembre era tranquilo para la mayoría de nuestros clientes, pero siempre había algunos que querían adelantarse a los planes para el año nuevo.

Estaba a punto de guardar el teléfono cuando sonó con una llamada de Zoey.

—Buenos días. ¿Cómo estás?

—Uf, frustrada. Necesito largarme de aquí.

—¿Qué ha pasado? —le pregunté.

—A Trevor no le interesa ir al concierto del Festival de Invierno de Alexis, así que lleva días llorando. Adora a su papá y ahora la está dejando plantada. Estoy tan enfadada con él.

—Oh, mierda, Zoey. Lo siento mucho. Puedo volver y ver el concierto. ¿Cuándo es?

—No, no hace falta que hagas eso —dijo—. No estoy buscando que me soluciones esto. Solo necesito desahogarme sobre lo cabrón que es mi ex marido.

—Desahógate. Sabes que siempre te escucharé y estaré totalmente de acuerdo con todo lo que digas.

Se rio y suspiró. —Te echo de menos. Sé que es una tontería porque solo llevas fuera unas semanas, pero estoy empezando a darme cuenta de que la única razón por la que he conservado la poca cordura que me queda es gracias a ti.

—Ven por Navidad. Siempre te encantó este lugar. Y este pueblo hace bien la Navidad —le dije mientras Blake ponía mi plato—. Gracias —le dije a Blake.

—Por supuesto. ¿Hay algo más que pueda traerte?

—¿Quién es? —preguntó Zoey.

Puse el teléfono en altavoz. —Zoey, esta es Blake. Blake,

mi hermana Zoey. Estoy tratando de convencer a Zoey para que pase la Navidad aquí con nosotros. Quizás puedas convencerla. —Levanté la mirada hacia Blake. Sonrió y se sentó frente a mí.

—Hola, Zoey. No creo que nos conozcamos, pero creo que sería genial que vinieras aquí para Navidad. La posada es preciosa y tenemos tantos eventos diferentes. Gavin dijo que tienes niños, ¿verdad?

—Sí. Un niño y una niña. Tienen siete y cinco años.

—Una de mis amigas tiene una hija de seis años. Están ocupados durante todas las vacaciones de invierno. A tus hijos les encantará. Y te dará un pequeño cambio. Y si te apetece, puedes venir a la noche de chicas conmigo y mis amigas. Nos encantaría que te unieras a nosotras.

Le articulé un gracias con la boca y Blake asintió.

—¿Conoces a Piper? —preguntó Zoey.

Blake me lanzó una sonrisa pícara. —Sí, la conozco. Es una de mis amigas. Viene a la noche de chicas.

—¿Es buena persona?

Blake sonrió. —Piper es increíble. Es amable, inteligente y divertida. Si tuviera un hermano, estaría encantada de que saliera con ella.

—Gracias, Blake. Te lo agradezco mucho. Y gracias por la sugerencia. Necesito alejarme de aquí, aunque solo sea por un tiempo.

—Bien. Bueno, espero verte pronto —dijo Blake.

—Yo también —dijo Zoey.

Blake saludó con la mano y fue a atender otras mesas. Quité el altavoz del teléfono y dije: —¿Vas a hacerle caso a Blake?

—Lo has hecho para que no fuera a contarle a Piper que estabas hablando con otra mujer, ¿verdad?

Suspiré. —Se me pasó por la cabeza, pero también porque quiero que vengas de visita. Será bueno para todos vosotros.

Tomó aire profundamente y lo soltó de golpe. —Hablaré con los niños esta noche. Si les apetece, vendremos.

—Bien. Será genial para ellos. Y para ti.

Corté mis huevos y di un mordisco. Gemí.

—¿Qué estás haciendo?

—Comiendo. Esta comida es increíble. Tráete pantalones elásticos cuando vengas. Entre la cocina de la tía Gina y restaurantes como este, vas a pesar cinco kilos más cuando te vayas.

—No me digas eso. Podría no venir. Lo último que necesito es engordar.

Gemí. —Créeme, vale la pena. Te dejo para poder devorar esta comida. Hablaremos pronto. Dime qué dicen los niños. Y dile a Trevor que se vaya al infierno de mi parte.

Ella soltó una risita. —Encantada. Te quiero, Gavin.

—Yo también te quiero, Zo.

Colgamos y me puse a comer. Cuando Blake volvió para recoger mis platos y traerme la cuenta, me preguntó por Zoey.

—¿Está divorciada?

Asentí. —Se finalizó el mes pasado.

—No debe ser fácil. Especialmente con niños en esta época del año.

—No lo es, pero no sería fácil independientemente de cuándo pasara. Sigue siendo lo mejor. No es un gran padre y nunca fue un gran marido.

—Zoey tiene suerte de tenerte.

—Yo también tengo suerte. Ella me mantiene centrado y en el buen camino. Me conoce mejor que nadie en el mundo.

—Sois muy cercanos.

Asentí. —Lo somos. Haría cualquier cosa por ella, como debe ser con una hermana. Gracias por invitarla a unirse a vosotras. Siempre ha tenido dificultades para hacer amigas. Siente que otras mujeres la juzgan por una cosa u otra.

—Todas nos sentimos así —dijo Blake con una risa—. Pero nuestro grupo no es así. Lo sabes por Piper.

—Es bastante increíble. Y gracias por eso también. Zoey se preocupa por mí.

—Sois cercanos. Debería. Lo entiendo. Mi marido es el hermano de mi mejor amiga.

Me reí. —Entonces entiendes totalmente la dinámica fraternal.

—Definitivamente la entiendo. —Entraron más clientes y les saludó con la mano—. Avísame si necesitas algo más.

—Estoy bien. Gracias. Sin duda volveré pronto.

Blake sonrió. —El mejor cumplido que podemos recibir.

Asentí, pagué la cuenta y salí de nuevo al frío. Volví a donde había aparcado mi STI y cargué los regalos en el maletero. Había sido un buen día. Uno de muchos desde que estaba en Cala MacKellar. No podía quejarme.

—¿DE qué demonios estás hablando? —le pregunté a Chad. Caminaba de un lado a otro en el pequeño dormitorio que llamaba mío e intentaba no perder más la paciencia con él.

—Era un buen trato, y no podía perderme la reunión. ¿Por qué expandirse es una mala idea? —preguntó Chad.

Solté el aire que estaba conteniendo e intenté recuperar la paciencia, pero no lo conseguí. El miedo me tenía agarrado por la garganta y no me soltaba.

—Siempre dijimos que queríamos seguir siendo pequeños. Volar bajo el radar. Crecer y expandirse siempre lleva al fracaso. Eso es lo que hemos dicho durante años.

—No —dijo Chad lentamente—, eso es lo que tú has dicho. Yo nunca estuve de acuerdo con eso.

—¿Qué quieres decir? —exigí.

—Gavin, ¿cuál es el problema con esto? Es un contrato

enorme que significa un montón de dinero y mucha más exposición. ¿Cómo puede ser malo?

Suspiré. Chad no conocía mi pasado. No sabía que era reacio al riesgo. No sabía que me gustaba que nuestra empresa fuera pequeña porque pequeña significaba segura. Fuimos a la universidad juntos, a la pequeña universidad local de las afueras de Pittsburgh. Pensé que él era igual.

—No me gusta, Chad. No quiero ser grande. Quiero que mantengamos el control de nuestro negocio y que conozcamos a las personas con las que trabajamos. Asociarse con corporaciones significa que estamos renunciando a parte de lo que nos ha hecho tan exitosos. El toque personal no estará ahí.

—¿Por qué no? Seguimos siendo nosotros.

—Pero si aceptamos clientes como este, vamos a necesitar contratar a más gente. Vamos a tener que traspasar los contratos a nuestros empleados. Vamos a perder el contacto con todo lo que hacemos.

—No vamos a traspasar esto. Nosotros trabajaríamos en esto —insistió Chad.

—¿Y qué pasa con la señora Hampton? —pregunté.

—¿Quién?

—La señora Hampton. La mujer que es dueña de Totally Pitt. La hemos estado ayudando durante una década. Su tienda es pequeña y local. Si dejamos su negocio en manos de un empleado, perdemos ese contacto. Ella nos ha traído otros negocios. No vale la pena el riesgo.

—Oh, vamos, Gavin. La vida es un riesgo. Todo es un riesgo. No podemos rechazar este contrato.

—Tenemos que hacerlo, Chad. No es lo que somos. Hacemos B2C, no B2B.

Suspiró. —Piénsalo, Gavin. Solo tómate unos días y piénsalo. No tienes que decir que sí ahora mismo, pero quiero que lo consideres. Te enviaré todo lo que tengo sobre Pearson Ultimate. Hablaremos pronto. ¿Vale?

Contuve la respiración, y las palabras que querían salir. No era fácil. No era lo que quería decir. No tenía ningún interés en hacer crecer nuestra empresa. Era perfecta tal como estaba. Teníamos suficientes clientes para estar cómodos. Trabajábamos a jornada completa pero seguíamos teniendo tiempo para una vida fuera del trabajo. Teníamos personal, pero no éramos tan grandes como para necesitar más de los veinte empleados que teníamos. ¿Por qué estábamos intentando crecer?

—Gavin, por favor. Creo que esto será realmente bueno para nosotros, y creo que cuando te tomes un minuto y lo pienses realmente, estarás de acuerdo.

—Lo pensaré. No creo que vaya a estar de acuerdo, pero lo pensaré.

—Sí, vale, bien. Hablaremos en unos días. Todo estará bien, Gavin. Ya verás.

—Sí —dije. Colgamos y solté un suspiro. No estaba seguro de que fuera a estar de acuerdo con él. No quería eso. No me gustaba la idea de cambiar todo. ¿Por qué deberíamos?

Caminé de un lado a otro de mi habitación y supe que necesitaba salir de allí. Estaba inquieto. Estaba ansioso. Y necesitaba irme.

A ver a Piper.

El pensamiento cruzó por mi cabeza, y me quedé helado. Respiré hondo y me admití a mí mismo que era ella con quien quería hablar. Con la mayoría de las cosas, hablaba con Zoey. Ella siempre había sido mi roca, mi confidente. Pero quería ver a Piper. Quería hablar con ella.

Agarré mi chaqueta y salí. Corrí por el sendero hacia la posada para hacerle saber a la tía Gina que iba a salir. Tan pronto como abrí la puerta, mi estómago rugió y me di cuenta de que había olvidado por completo la cena.

—Ahí estás —dijo la tía Gina con una sonrisa—. Me preguntaba cuándo ibas a llegar.

—Lo siento, tía Gina. Estaba... yo... te dije que te ayudaría.

—No pasa nada. ¿Necesitas irte? Tengo ayuda si hay algo que necesites atender.

—¿Está aquí Sebastian?

—No, está trabajando.

—¿Quién te está ayudando?

—Oh, hola —dijo Piper detrás de mí.

Entró desde el comedor sosteniendo una bandeja. Se dirigió directamente al mostrador donde la tía Gina tenía platos listos para salir. Piper dejó su bandeja y comenzó a cargarla de nuevo.

—Piper me está ayudando.

Piper me dedicó una sonrisa y, maldita sea, si eso no estuvo a punto de matarme.

PIPER

Tenía que admitir que me gustaba verlo desconcertado. Suponía que él sabía que yo iba a estar allí, pero era obvio que Gina nunca le dijo que me había invitado a cenar.

—¿Necesitas irte? —le preguntó Gina.

Miré hacia atrás en su dirección. Él me observaba maravillado. Negó con la cabeza y, finalmente, una sonrisa le curvó las comisuras de los labios.

—No, estoy bien. ¿En qué puedo ayudar?

Se quitó el abrigo y lo colgó en el perchero. Llevaba un jersey azul con vaqueros oscuros y casi perdí el control de la bandeja al levantarla porque estaba imaginando poner mis manos sobre él en lugar de mantenerlas en la bandeja.

Me recuperé y salí de la cocina antes de arruinar la cena que Gina había preparado.

Los huéspedes comenzaban a entrar al comedor y a buscar asientos. Les saludé y les pregunté cómo iba su estancia. Muchos dijeron que era maravillosa y me pidieron recomendaciones sobre cosas que hacer durante el resto de su tiempo en Cala MacKellar.

—Bueno, este fin de semana hay paseos en trineo en la Granja de Arce de la Familia Jones. Está un poco a las afueras del pueblo, pero merece la pena el trayecto de menos de diez minutos. Los paseos en trineo recorren parte de los terrenos y te hacen sentir como si estuvieras realmente en un país de las maravillas invernal —les conté.

—Eso suena increíble —dijo una mujer—. Por eso nos encanta venir aquí. Es un lugar tan especial.

—¿De dónde sois?

—De Filadelfia. Venimos aquí todos los años. Nos encanta la ciudad, pero si no tuviéramos que estar allí por nuestros trabajos, hemos hablado de mudarnos a un pueblo como este. ¿Te gusta vivir aquí?

Asentí e intenté que mi rostro no mostrara mi incomodidad al hablar con personas que vivían en mi antigua ciudad natal. —Me encanta vivir aquí. Nunca volvería a una ciudad después de haber vivido aquí. Es la mejor decisión que he tomado jamás.

—¿De verdad? ¿De dónde eras...

—Lo siento mucho. Disculpadme —dije, levantando un dedo cuando se abrió la puerta de la cocina. Me apresuré y cogí uno de los platos que Gavin sostenía.

—Gracias —suspiró—. Parece que no tengo las mismas habilidades que tú.

Le sonreí y decidí dejarle creer que lo hacía por él y no para evitar tener que decirle a los huéspedes que solía vivir en Filadelfia. —Años de práctica —le dije a Gavin.

—Bueno, me alegro mucho de verte, pero no sabía que ibas a estar aquí. ¿Cómo ha ocurrido esto?

—Tu tía me llamó y me invitó a cenar. Supuse que tú lo sabías hasta que entraste. ¿Debería haberle dicho que no?

Negó con la cabeza. —No. Por supuesto que no. Estoy... estoy muy contento de que estés aquí.

Le miré y sonreí. —Yo también.

Ayudamos a Gina a sacar el resto del festín que había preparado y nos sentamos a una mesa mientras Gina daba las gracias a todos por compartir las fiestas con ella y les invitaba a empezar a comer.

Esta cena era tipo bufet ya que la mayoría de lo que había preparado estaba en grandes fuentes. Gina hablaba con los huéspedes mientras se acercaban a servirse, y Gavin y yo nos sonreíamos.

—Iba a verte —dijo en voz baja.

Incliné la cabeza hacia un lado. Mi pelo cayó sobre mi hombro y me lo aparté. —¿Ibas a verme?

Asintió. —Cuando entré en la posada. Iba a decirle a la tía Gina que me marchaba porque quería encontrarte.

—Oh, pues ha salido bien.

Sonrió y asintió. Cuando extendió la mano hacia la mía, la giré y sostuve la suya. Nos miramos, perdidos en nuestro pequeño mundo durante un minuto.

—¿Está todo bien? —le pregunté finalmente.

Hizo una pausa durante un minuto y luego asintió. —Sí, ahora lo está.

—Eso suena críptico.

Se rio. —No pretendo que lo sea. Te lo contaré más tarde si quieres saberlo.

—Quiero saberlo. Si tú quieres hablar de ello. Solo dime una cosa...

—¿Sí?

—¿Se trata de una ex o de una novia actual de la que debería preocuparme?

Sonrió. —Ninguna de las dos.

Asentí. —De acuerdo, entonces.

—De acuerdo, entonces.

Gina se acercó y nos dijo que podíamos servirnos la cena. Gavin esperó a que me levantara y puso su mano en la parte baja de mi espalda para guiarme al bufet. Siempre me había preguntado sobre los hombres que hacían eso y si era algo controlador. Con Frederick, se sentía controlador. Diciéndome que era suya. Pero con Gavin, se sentía como si estuviera diciéndole a todos los demás que yo era suya. Como si estuviera orgulloso de que yo fuera suya.

Cuando volvimos a la mesa con los platos llenos, Gina se unió a nosotros y preguntó qué tal estaba todo.

—Delicioso, como siempre —le dijo Gavin.

—Bien. ¿Piper?

—Tiene razón. Está increíble. Yo no cocino así. Nunca he conocido a nadie que cocine así.

—¿Te gusta cocinar? —me preguntó Gina.

Negué con la cabeza. —No realmente. Me gusta comer, pero mis padres no eran muy aficionados a cocinar, así que comíamos mucha comida para llevar cuando crecía. Mi padre nunca cocinaba, pero algunas de sus novias sí. Siempre tenía todo lo imaginable para hacer comidas sofisticadas, pero nunca supo cómo utilizar nada de ello. Mi madre sentía que cocinar estaba por debajo de ella. Pedía comida para cenar y siempre me hacía comprar el almuerzo en el colegio.

—Lo siento por ti —dijo Gina—. Cocinar es una de las mayores alegrías de la vida. Poder crear algo de la nada, servir a las personas que te importan. Me encanta. ¿Tienes algo así?

Asentí. —De hecho, sí. Entiendo lo que quieres decir, pero nunca he sido exigente con mi comida. Esto está increíble, no me malinterpretes, y es mejor que cualquier cosa que haya comido nunca, pero no disfruto del proceso de crearlo.

—El mundo nos necesita a todos, Piper. No hay nada de qué avergonzarse en aquello que te apasiona. Si a todo el mundo le gustara cocinar así, no sería un placer tan especial —dijo Gina. Me dio unas palmaditas en la mano y me sonrió.

Tenía razón. Me sentía culpable de que mi pasión fuera ganar dinero, pero esa pasión me permitía crear un hogar seguro y confortable para muchas personas. Estaba devolviendo a mi manera. Sirviendo a las personas que me importaban.

Terminamos de cenar y Gavin insistió en que Gina fuera a sentarse frente al fuego mientras nosotros recogíamos. Le dije lo mismo y empecé a llevar los platos a la cocina mientras Gavin discutía con ella para que se relajara mientras nosotros nos encargábamos de todo.

Estaba con los brazos metidos hasta los codos en agua jabonosa cuando Gavin entró en la cocina con una pila de platos.

—¿No cocinas, pero limpias? —preguntó.

Me encogí de hombros. —No siempre teníamos lavavajillas. Mi madre insistía en sacar la comida de los envases para llevar y presentarla como si la hubiera hecho ella, así que siempre había muchos platos que lavar. Si creía que era demasiado buena para cocinar, ya te puedes imaginar que pensaba que era demasiado buena para limpiar.

—Parece que era todo un desafío —dijo Gavin con cautela.

—Lo era. Todavía lo es. Pero ahora es el desafío de otra persona.

—¿Tienes hermanos?

—Gracias a Dios, no. No creo que hubiera podido soportarlo si hubiera tenido más hijos. Limpiar tras ella ya era un trabajo bastante duro.

Gavin se rio. —¿Viviste con ella la mayor parte del tiempo?

Asentí y enjuagué la fuente que estaba limpiando. La coloqué sobre el paño junto al fregadero y Gavin la cogió para secarla. —Mi padre valoraba más sus cosas que a las personas en su vida. Compró un ático elegante después de divorciarse de mi madre. Cuando era pequeña, era demasiado desordenada para estar allí mucho tiempo. Se frustraba conmigo por todo. Cuando fui mayor, me quedé con él un poco más, pero sobre todo cuando estaba de viaje de negocios y podía estar sola.

—¿Qué edad tenías?

—Adolescente. Desde los catorce. Le decía a mi madre que me quedaba con mi padre y me iba. A ninguno de los dos les importaba realmente lo que hiciera siempre que no interfiriera en sus vidas.

—¿En serio?

Me encogí de hombros. Era tan normal para mí que olvidaba que no era normal para la mayoría de las personas crecer como yo lo hice. —Aprendí muy joven a ser independiente. Podía hacer gachas en el microondas cuando tenía ocho años. Sabía cómo hervir agua y cocinar pasta cuando tenía diez. Mis padres siempre se ocupaban de la cena, pero yo me las arreglaba sola para el desayuno y el almuerzo la mayor parte del tiempo. Puedo hacer sándwiches o tostar bagels o preparar cereales, pero mis habilidades culinarias son más o menos las de una niña de diez años.

—La mayoría de los niños de diez años no tienen habilidades culinarias.

—Supongo que una niña de diez años avanzada entonces.

Asintió y guardó la fuente, luego cogió la siguiente. Trabajamos uno al lado del otro en silencio hasta que todos los platos estuvieron limpios, las sobras en la nevera, y el lavavajillas funcionando con los platos y los utensilios que habían usado los huéspedes.

—¿Quieres dar un paseo? —preguntó.

—¿Deberíamos ver cómo está Gina? Me siento mal porque me invitó a cenar y nos estamos escapando.

—Tengo la sensación de que te invitó porque cree que vas a convencerme de que me quede.

Sonreí y negué con la cabeza. —No nos conoce muy bien. Nunca haría eso. Acordamos que esto es temporal, y aunque es divertido, no voy a pedirte que hagas algo que no quieres hacer.

Me rodeó con sus brazos y me estrechó contra él. Apoyó su rostro junto al mío y respiró profundamente. —Gracias.

Le abracé fuerte y me pregunté qué estaría pasando.

—Vamos a ver a la tía Gina y luego podemos ir a dar un paseo.

Asentí contra su pecho. —Suena bien.

Gina dijo que estaría bien volviendo sola a su casa y que planeaba quedarse en la posada un rato más de todos modos. Gavin y yo salimos y nos dirigimos inmediatamente hacia el agua.

—Siempre me ha encantado estar aquí —dijo Gavin suavemente. Sujetaba mi mano con la suya enguantada—. Cuando crecía, soñaba con vivir en un lugar como este, tal vez incluso aquí.

—¿Por qué no te mudaste aquí?

Se encogió de hombros. —No creía que pudiera soportarlo.

—Eso lo entiendo. Venir de una gran ciudad a un pequeño pueblo como Cala MacKellar no es fácil. Es un cambio enorme.

—Pero tú lo hiciste.

Asentí. —Lo hice. Pero para mí... —Respiré profundamente y miré hacia el agua—. Pillé a mi ex con una compañera de trabajo. Vivía con él, y cuando los encontré juntos, ella de rodillas delante de él, tuve que largarme de allí.

—Joder, Piper. Lo siento. Qué cabrón.

—Sí, lo era. Pero simplemente... me dolió y me enfadé, pero más que nada, me hizo darme cuenta de que realmente no estaba viviendo mi vida. Estaba siguiendo la corriente y haciendo lo que pensaba que debía hacer para no acabar como mis padres.

—¿Divorciados?

Me encogí de hombros. Nos sentamos en el banco helado con vistas a la cala. El agua golpeaba suavemente el suelo a diez pies de nosotros. Gavin guardó silencio mientras buscaba las palabras que quería decir.

—Nunca he tenido miedo al divorcio. A veces te enamoras de alguien que no es adecuado para ti. El divorcio da a las personas una manera de salir de situaciones que no son adecuadas para ellas. Pero mis padres se precipitaron en todo. Mi madre se quedó embarazada de mí cuando solo habían empezado a salir, así que se casaron. No pasó mucho tiempo antes de que se dieran cuenta de que se odiaban. Ninguno de los dos quería hijos, así que acabé siendo el blanco de gran parte de su frustración. Si no fuera por mí, podrían haberse separado y no haberse visto nunca más.

—Eso no es culpa tuya —dijo Gavin con firmeza.

Asentí. —Lo sé. Pero nunca quise casarme con alguien de quien no estuviera segura, así que tomé las cosas con calma con Frederick. Salimos durante casi un año antes de que me mudara con él. Trabajábamos juntos. Teníamos los mismos amigos. No pensé que tuviéramos secretos el uno del otro. Estaba intentando ser inteligente, y me estalló en la cara.

—Mi socio... es diferente, pero cuando empezamos nuestro negocio, hablamos de ser una pequeña empresa publicitaria. Aceptar clientes que fueran locales y necesitaran ayuda para encontrar nuevos clientes. Personas para las que realmente veríamos la diferencia. Esta semana, aceptó un contrato con una gran corporación.

—Supongo que eso es malo.

Asintió. —Significa mucho dinero, pero es mucha presión. Tenemos que aprender un aspecto completamente nuevo de la publicidad. Significa entregar nuestros clientes más pequeños, que nos ayudaron a construir nuestro negocio, a los empleados en lugar de manejarlos nosotros mismos.

—Y sientes que les estás engañando.

—En cierto modo, sí. También estoy... aterrorizado.

—¿De qué?

Respiró hondo y se inclinó hacia delante. —Siempre he sido el mejor o uno de los mejores en todo. Era un atleta estrella en el instituto, el mejor estudiante y un buen tipo. Tenía amigos y no había nada que no pudiera hacer. Hasta la universidad. Fui a Carnegie Mellon mi primer año y suspendí. Tuve que ir a una pequeña universidad que nadie ha oído nombrar nunca para terminar mi carrera. Era una buena escuela, pero...

—No era donde querías estar.

Asintió y me miró. —Exacto.

—Y que te pongan de nuevo al frente de la clase te hace preguntarte si volverás a fracasar.

Sonrió. —Exactamente. Pero esta vez, si fracaso, no soy solo yo. Son mi socio y nuestros empleados y todos nuestros clientes los que sufrirán.

—Lo entiendo. Yo soy igual con las relaciones. Por eso esto me funciona. No quiero arriesgarme a pillar a otro con su polla en la garganta de alguien que conozco. En Filadelfia, era anónima. Nadie fuera de mi pequeño círculo sabía o le importaba lo que pasaba. Pero todos los que conocía estaban en ese círculo. No podía volver al trabajo, no tenía dónde vivir, y todos mis amigos eran sus amigos. Aquí es lo mismo porque todos conocen a todos.

—Y no quieres irte.

Asentí. —Exacto. La idea de irme de aquí me hace entrar en pánico. Este es mi hogar.

—Bueno, si fracaso estrepitosamente con este nuevo cliente, tal vez huya aquí. Entonces podremos escondernos juntos.

Me reí. —No vas a fracasar estrepitosamente. Vas a ser genial.

—Ojalá tuviera tu confianza. Todo lo que siento es miedo. Por eso nunca me mudé aquí antes. Hace años, la tía Gina mencionó que Zoey y yo nos hiciéramos cargo de la posada, pero si viniera aquí y fracasara con este lugar... este es el trabajo de su vida. No podría hacerlo.

Asentí y odié que Gavin no tuviera más fe en sí mismo. Aunque no nos conocíamos bien, sabía que era capaz de hacer cualquier cosa que se propusiera. Todos teníamos que decidir qué era realmente importante para nosotros, y...

—¿Estás seguro de que tienes miedo y no es simplemente que sabes lo que quieres hacer pero piensas que es demasiado pequeño? Cuando dejé mi trabajo, yo... me encantaba mi trabajo. Nadie sabe realmente esto, pero era asesora de inversiones. Me encantaba calcular las mejores inversiones para mis clientes y ver crecer el dinero. Odiaba la presión que mis jefes nos ponían y la competitividad de la oficina donde trabajaba. Cuando me fui, dejé de invertir durante un tiempo, pero no pasó mucho antes de que empezara a jugar con el mercado. Ahora invierto para mí y, eh, soy propietaria de mi edificio.

—¿Lo eres? —preguntó con una risa—. Eso es impresionante.

Asentí. —Lo sé, pero no se lo digo a la gente porque no es asunto de nadie. Pero, de todos modos, sé lo que me importa. Quiero ayudar a la gente. Las partes de mi trabajo que disfrutaba eran ayudar a personas que buscaban jubilarse o ayudar a otros. Odiaba trabajar para las corporaciones que intentaban exprimir hasta el último céntimo de sus ingresos o los ricos capullos que solo querían acumular más dinero. Pero ahora, sigo ayudando a la gente. Poseo un edificio que ofrece un buen lugar para vivir a un precio justo. Trabajo en un bar y escucho a las personas que necesitan a alguien con quien hablar. E incluso empleo a mi mejor amiga en un trabajo que le encanta para que no tenga que salir de su zona de confort.

Estoy haciendo algo completamente diferente de lo que había planeado originalmente, pero soy más feliz porque sigo haciendo lo que realmente quería hacer, pero es en mis propios términos.

Se quedó callado durante un largo momento y me preocupé haberle ofendido o enfadado de alguna manera. Demasiados hombres no les gustaba saber que yo tenía dinero. Les intimidaba y les hacía sentir que eran de alguna manera menos porque yo era buena con el dinero. Pasó con Frederick. Lo pillé con Rachel menos de dos semanas después de que supiera que yo conseguía clientes más importantes y ganaba más dinero que él.

No pensaba que Gavin fuera así, pero tampoco pensé que Frederick lo fuera.

—Nunca lo había pensado así. Pero tienes razón. No me he detenido durante mucho tiempo a pensar en lo que quiero. Ni he hablado con Chad sobre lo que él quiere. Empezamos el negocio porque nos gustaba trabajar juntos y funcionábamos bien, pero simplemente nos lanzamos sin hablar de planes a largo plazo. Ahora, ha pasado más de una década y seguimos actuando por inercia.

—Quizás es hora de parar y pensar un poco.

Asintió. —También es hora de salir de este frío. No sé tú, pero mi trasero está a punto de congelarse en el banco.

Me reí mientras se ponía de pie. —Me alegro de no llevar vestido.

Gimió. —Oh, eso sí que sería divertido en verano.

Sonreí. —Creo que podemos encontrar formas de que sea divertido ahora sin el vestido ni el tiempo cálido.

Se volvió hacia la casa de Gina. —La tía Gina sigue en la posada. Se me ocurren algunas formas de que sea divertido ahora mismo.

Me atrajo a sus brazos y empezó a calentarme allí mismo en el paseo.

14

Gavin me besó mientras tropezábamos por el sendero y cuando nos abríamos paso torpemente por la casa. Me guió escaleras arriba hasta un pequeño dormitorio en la parte trasera de la casa y cerró la puerta. No encendimos las luces mientras nos quitábamos la ropa mutuamente y caíamos juntos en la cama.

Se apartó de mí y me besó descendiendo por mi garganta. Rodeó mis pezones con su lengua y se metió uno en la boca. Arrastró su lengua sobre mi piel y sopló sobre el rastro húmedo que dejó.

La piel se me puso de gallina por todas partes. Entrelacé mis manos en su pelo y me arqueé contra él. No podía tener suficiente de él.

—¿Está bien esto? —preguntó mientras se acomodaba entre mis muslos.

Lo miré, las luces navideñas del exterior lo hacían brillar. La Navidad era una época de alegría e inocencia. Un tiempo para celebrar la familia. Y yo me estaba excitando mientras las luces navideñas lo hacían brillar antes de que me hiciera llegar con su lengua.

Una risita burbujeó y salió de mi boca.

—Qué... um... ¿debería preocuparme?

Me reí de nuevo.

—Solo pensaba en cómo las luces navideñas de fuera te hacen brillar y luego me sentí muy sucia porque la Navidad no debería ser erótica.

—Puedo disfrazarme de Papá Noel travieso para ti.

Otra risa brotó de mí.

—¿El nieto de Papá Noel?

Él se rio y me mordisqueó el interior del muslo.

—Eres mala —luego me lamió el interior del muslo.

Gemí y abrí más las piernas. Presionó contra mis muslos con sus manos y besó mi monte de Venus. Su lengua trazó los bordes de mi abertura y me provocó.

—Oh, Dios —susurré. Hacía demasiado tiempo que nadie pasaba tiempo ahí abajo. Siempre había sido una gran fan del sexo oral, pero Frederick era más de recibir que de dar. Lo hacía cuando se lo pedía, pero nunca sin un acuerdo de que recibiría algo a cambio. Debería haber sido una señal de alarma. Tantas cosas deberían haber sido señales de alarma con él.

—Sí —gemí cuando Gavin lamió mi clítoris. Mi espalda se arqueó y mis ojos se cerraron. Quería mirarlo, pero el placer era demasiado intenso. Me mordí el labio y temblé.

Su mano se deslizó por mi cuerpo, buscando el camino hacia mi pecho. Jugueteó con mi pezón durante un minuto, enviando descargas de placer por todo mi cuerpo. Todo estaba vivo, pulsando con necesidad y centrado en cada uno de sus movimientos. Lamió, chupó y me provocó hasta que mi cuerpo estuvo tenso por la necesidad y listo para perder el control.

Entonces se echó hacia atrás. Redujo su ritmo, alargando el orgasmo que se precipitaba hacia mí. Dibujó círculos perezosos en mi muslo con sus dedos. Besó mi centro en lugar de lamerlo y chuparlo. Incluso abandonó mi pezón en favor de la parte inferior de mi pecho.

—Ugh —gruñí.

Sonrió, literalmente sonrió, contra mi centro.

—¿Frustrada?

—¿Por qué has parado?

—No he parado. Solo quiero asegurarme de que estás lista.

—Estoy lista, créeme.

—¿Ah, sí? Estás lista para correrte en mi lengua. Y estás lista para que esté dentro de ti. Y estás lista para dejarte llevar. ¿Todo eso, Piper?

¿Todo eso? ¿Dejarme llevar? No, no estaba lista para ninguna de esas cosas. Sabía que él no lo decía de la manera en que mi cerebro lo escuchaba, pero no, no estaba lista. No creía que alguna vez lo estaría. Intenté ambas cosas una vez. Intenté confiar. Fracasé.

—No te metas en tu cabeza, Piper. No desaparezcas conmigo. Somos nosotros. Tú y yo. Estamos en esto juntos. Estamos bien.

Lo miré, el extraño resplandor rojo y verde de las luces navideñas en su rostro destacaba al hombre que había estado conociendo. Inclinó la cabeza hacia un lado y me sonrió.

—Estoy en esto, Piper. Pero si tú no, podemos parar. Somos amigos por encima de cualquier otra cosa.

Lentamente negué con la cabeza.

—No quiero que pares.

Sonrió lentamente y se puso de pie. Se inclinó sobre mí, dejando que su peso me presionara contra el colchón abultado. Sus labios sellaron los míos, dándome una probada de mí misma en su lengua. La succioné con fuerza en mi boca, y él gimió. Pulsó contra mi muslo interno, y me moví, alineándolo con mi entrada.

—Condón, Piper —gimió, retrocediendo lo justo para decir las palabras.

—Lo sé. Solo quería sentirte contra mí.

—Definitivamente vas a volverme loco —dijo con una sonrisa. Dejó que su peso presionara con más fuerza contra mí y me hundiera más profundamente en el colchón. Su lengua se clavó en mi boca, llevándolo todo a alta velocidad.

Un segundo después se había ido, su peso deslizándose del mío mientras se hundía de nuevo de rodillas y enterraba su rostro entre mis muslos. Esta vez no hubo retirada. Ni cuestionamiento de si estaba en ello. Era solo Gavin y yo, perdiendo la cabeza juntos mientras me llevaba al límite de mi cordura.

Acarició mi clítoris con su lengua y metió dos dedos dentro de mí. Bombeó sus dedos dentro y fuera mientras chupaba y lamía mi clítoris hasta que no pude contenerme más.

Agarré la manta, retorciéndola entre mis dedos hasta que me dolieron. Intenté contener mis gemidos, pero después de que el primer orgasmo me atravesara, supe que no era posible detener los ruidos que estaba haciendo.

—No hay nadie aquí, Piper. Déjame oírte —gimió Gavin. Volvió a sumergirse. Añadió un tercer dedo y chupó con fuerza mi clítoris, enviándome de nuevo al límite.

—Oh, Dios, Gavin. ¡Sí! —gemí, más fuerte de lo que pretendía.

—Más —gruñó.

—Sí, joder, sí. Gavin. ¡Oh, Dios!

—Joder —gruñó.

Mi cuerpo convulsionó con mis orgasmos mientras uno tras otro perdía la cabeza. Las réplicas sacudieron mi cuerpo.

Gavin se echó hacia atrás y me miró fijamente, besando mi entrada como si no pudiera tener suficiente. Abrió un cajón y luego rasgó el envoltorio de un condón. Se puso de pie y se lo puso mientras yo estaba allí, incapaz de moverme.

Lo deseaba. Más de lo que había deseado a otra persona en mi vida. La magnitud de mi deseo me abrumaba y por primera vez en mi vida, entendí por qué la gente lloraba durante el sexo. Cuando se inclinó sobre mí y su erección se encajó entre mis muslos, estaba tan agradecida de que estuviera allí que casi perdí el control.

Me besó de nuevo, llevándose toda la emoción mientras yo daba la bienvenida a sus besos. Se alineó entre mis muslos y se deslizó dentro de mí mientras nos besábamos, conectando nuestros cuerpos.

Se movió dentro de mí, sus embestidas lentas y superficiales. Sentí como si no quisiera retirarse más de lo que yo quería dejarlo salir.

Levanté mis piernas y las envolví alrededor de su espalda, abriéndome para que se hundiera más profundamente. Él gimió y se quedó quieto en su siguiente embestida.

—Te sientes tan condenadamente bien, Piper. Sé que esto son solo amigos con beneficios, pero esto es tan bueno. Tan bueno.

Asentí, todas esas emociones surgieron de nuevo por una razón diferente. Sí, sabía cuál era nuestro acuerdo. Yo insistí en ello. No quería más. Pero... maldita sea.

Me gustaba. Y no solo porque pensaba que era un buen chico. Era un chico por el que me perdería. Era un chico del que huiría mudándome lejos. Era un chico del que me enamoraría y por el que lo renunciaría todo.

No quería que lo fuera. Y obviamente él no quería serlo. Y mientras entraba y salía de mí, odié que las cosas no pudieran ser diferentes. Una sola lágrima se deslizó desde la esquina de mi ojo y desapareció en mi pelo. Cerré los ojos con fuerza antes de que siguieran más.

Gavin era solo sexo. Éramos amigos. Amigos que tenían

sexo. Buen sexo. Sexo increíble. Pero sexo temporal. Y tenía que estar bien con eso.

—Piper —gruñó. Se acercó más a mí, todo su cuerpo rozando el mío con cada embestida—. Oh, Dios, Piper.

Forcé mis ojos a abrirse y lo miré. Me estaba observando, sus ojos vidriosos y desenfocados pero mirándome directamente.

Le aparté el pelo de la frente y él se frotó contra mi palma.

—Piper —gimió suavemente. Empujó profundamente una vez más y luego se quedó quieto dentro de mí. Pulsó y gimió, luego se derrumbó sobre mí.

Todo su cuerpo temblaba mientras me abrazaba. Lo rodeé con mis brazos y lo mantuve junto a mí, asustada por lo fuerte que sentía por él. No se suponía que me gustara tanto. No cuando él tenía una vida en Pittsburgh y yo tenía una vida en Cala MacKellar. No quería irme de nuevo. No quería huir. Y no quería volver a una ciudad donde la presión, el estrés y la ansiedad de vivir en algún lugar significaba perder la parte de mí misma que había encontrado en Cala MacKellar.

No debería haber empezado esto con él. Lo supe cuando lo conocí, que no podía manejar involucrarme con él. Era por eso que solo me enrollaba con hombres que no eran locales. Que estaban en la ciudad por unos días. Nunca me permitía encariñarme con hombres que vivían en la ciudad. Solo podía terminar mal para mí.

Gavin finalmente se movió y se apartó de mí. Me besó rápidamente y luego abrió la puerta del dormitorio y se escabulló por el oscuro pasillo. Otra puerta se cerró un segundo después, y supe que necesitaba largarme de allí.

Busqué mi ropa en la habitación oscura y estaba casi vestida cuando Gavin volvió a entrar en la habitación, todavía desnudo.

—¿Tienes que irte?

Asentí y me puse la camisa por la cabeza.

—Um, sí, pensé que era lo mejor. Quiero decir, tu tía volverá pronto, estoy segura.

Asintió.

—Lo hará. Solo pensé que te quedarías un poco más.

—Debería irme. No estoy segura de poder mirarla a los ojos después de ensuciar las sábanas.

Gavin soltó una carcajada y negó con la cabeza.

—Nuestro trato era que yo me encargaría de cualquier sábana sucia.

Sonreí.

—¿Estás segura de que ella es la única a la que no puedes mirar a los ojos? Porque no me estás mirando.

Tomé una respiración profunda y finalmente encontré su mirada. Él levantó una ceja hacia mí. Sonreí.

—¿Qué pasó?

Negué con la cabeza.

—Nada. Solo creo que es mejor que me vaya a casa.

—¿Estamos bien?

Asentí y forcé una sonrisa.

—Por supuesto.

Me observó de cerca mientras se vestía. Insistió en acompañarme hasta mi coche. Quería enterrarme en él y simplemente quedarme allí con él, pero sabía que tomar distancia era lo mejor.

Caminamos uno al lado del otro por el frío, sin hablar mientras avanzábamos desde la casa alrededor del hostal hasta el aparcamiento delantero. Cuando llegamos a mi coche, lo desbloqueé y me volví hacia él.

—Siento haber invadido tu noche.

Negó con la cabeza y me atrajo hacia él para abrazarme. Me permití disfrutarlo y lo rodeé con mis brazos. Me abrazó con fuerza y besó la parte superior de mi cabeza.

—Fuiste la mejor parte de mi noche. Gracias por dejarme desahogarme contigo sobre mi socio.

—Descubrirás lo que quieres hacer.

Asintió.

—Lo haré. Pero siempre es bueno tener una perspectiva externa. ¿Te veré pronto?

Asentí y sonreí mientras me soltaba.

—Sabes dónde encontrarme.

Me devolvió la sonrisa, pero no llegó a sus ojos. Sabía que algo andaba mal, pero no insistió para que se lo dijera. Y no lo dije.

Me subí a mi coche y saludé antes de alejarme. Lo observé en el espejo mientras él se quedaba allí, observándome hasta que desapareció de vista.

Al menos esta vez elegí a uno bueno.

—¿Por qué estás en casa tan temprano? —preguntó Sofia cuando entré por la puerta. Pausó su película y se volvió para mirarme—. ¿Qué pasa? ¿Qué ha ocurrido? ¿Estás bien? —Se levantó del sofá y caminó hacia mí en segundos.

—Estoy bien. No ha pasado nada. Gavin no sabía que iba a cenar. Gina me invitó sin decírselo.

—¿Y se enfadó?

Negué con la cabeza y colgué mi abrigo.

—No. Estaba feliz de verme. Fue bien.

—Entonces, ¿por qué pareces disgustada? ¿Qué pasó?

Suspiré y cerré los ojos.

—Déjame tomar algo de beber.

Sofia retrocedió, pero me siguió hasta la cocina. Se quedó allí mientras mezclaba una bebida y tomaba un sorbo, luego me siguió hasta el sofá. No puso en marcha la película de inmediato, solo me miró.

—Dame un minuto —dije.

Asintió y comenzó la película, entendiendo mejor que nadie que había conocido que tenía que procesar antes de poder hablar.

La película se reprodujo, pero ninguna de las dos la vimos realmente. Intenté averiguar cómo decirle lo que había sucedido sin sonar como si estuviera loca, pero realmente no había manera. Estaba loca.

—Creo que me gusta Gavin.

—Vale —dijo lentamente, arrastrando la palabra—. No me di cuenta de que no lo sabías.

La miré, dándole la mirada que lo decía todo.

—Oh —respondió—. No solo te gusta, te gusta mucho.

Asentí y dejé caer la cabeza contra el sofá.

—No quiero que sea así. Se va, y no quiero involucrarme con nadie otra vez.

—Entiendo eso, pero no todos los hombres son como Frederick.

—Lo sé —dije con un suspiro—. Y sé que Gavin es un buen tipo. Pero no quiero involucrarme. No quiero enamorarme de él.

—Entonces no lo hagas —dijo Sofia.

Me reí entre dientes.

—Si solo fuera tan fácil.

—¿Por qué no lo es? Es un amigo, ¿verdad? Es alguien con quien disfrutas pasar el tiempo. ¿Por qué tienes que enamorarte de él solo porque estáis pasando tiempo juntos? Quiero decir, es un buen tipo. No voy a decir que no lo es, pero ¿eso significa que lo amas? ¿O es que estás tan fuera de práctica con los hombres que crees que te estás enamorando de él?

—Yo... ¿Qué quieres decir?

Sofia se volvió hacia mí, apoyando su rodilla en el sofá entre nosotras. Cubrió su piel expuesta con la manta azul bajo la que estaba acurrucada y echó su cabello rubio detrás de sus hombros.

—Desde Frederick, no te has permitido encariñarte con hombres. Sabes que hay buenos, como Hudson, pero los pones en una parte diferente de tu cerebro. Los tipos que conoces que son geniales no están disponibles en lo que a ti respecta. Hasta Gavin. Inmediatamente decidiste que Gavin no era realmente una opción porque sabías que podía gustarte. Es el primer tipo en mucho tiempo al que te has permitido ver como alguien que no está fuera de límites, pero que también está disponible. Es como enamorarse de alguien cuando estás en una situación estresante juntos, como cuando estás en un atraco a un banco o algo así. Te vinculas porque compartisteis la misma experiencia, pero no significa que realmente debáis estar juntos.

—Entonces, ¿crees que me gusta Gavin porque está aquí?

—En cierto modo, sí. Sé que has estado con otros hombres, pero después de un día o dos, se han ido. No tienes idea si habrías pensado que te habías enamorado de cualquiera de esos otros tipos si se hubieran quedado.

—Pero Gavin es bastante genial.

—Sí, y eso solo hace que sea más fácil enamorarse de él. Pero eso no significa que realmente lo estés. Veo esto como algo bueno. Significa que aún eres capaz de enamorarte. Esas son buenas noticias.

—¿Lo son? ¿Son realmente buenas noticias?

Sofia resopló.

—Creo que sí. Porque eres una persona increíble y no quiero que estés sola cuando conozca al amor de mi vida y me mude.

—¿Me harías eso? Pensé que cuando conocieras a alguien, él simplemente se mudaría aquí con nosotras. Yo podría ayudar a criar a tus hijos y ser la tía Piper, la señora extraña que vive contigo.

Sofia resopló.

—Mátame ahora.

—Qué maleducada.

—Me quieres igual.

Asentí.

—Sí. Y tienes razón. No amo a Gavin. Solo amo el espectacular sexo que tenemos.

—¿Ves? ¿Todo mejor? Ahora cuéntame sobre el sexo.

Me reí y le conté cada detalle.

15

GAVIN

Pasé el resto de la semana debatiendo conmigo mismo sobre Chad y preguntándome qué ocurría con Piper. La forma en que se marchó apresuradamente me hizo pensar que algo pasaba, pero ella insistía cada vez que hablábamos que todo estaba bien.

El sábado fue un día perfecto para los paseos en trineo en la Granja de Arce de la Familia Jones. La tía Gina estaba entusiasmada con el evento, y yo también. Colin dijo que era su evento más importante del año fuera de la temporada de arce. Y en cuanto llegamos, pude ver por qué.

La granja estaba cubierta de luces. Pensaba que en la posada nos habíamos excedido, pero la granja explotaba de ellas. Algunas de las luces bordeaban los senderos del bosque, otras decoraban la extensión del terreno, y otras parecían estar simplemente ahí porque sobraban luces.

—Vaya —dijo la tía Gina. El anochecer estaba cayendo y las luces resplandecían fuera de las ventanas mientras conducíamos por el camino para aparcar—. Esto es increíble.

Asentí con la cabeza.

—Sí, realmente lo es. Nunca he visto nada parecido.

—Ni yo. Esto va a ser muy divertido. Pero asegúrate de decirme que me pierda cuando tú y Piper necesitéis algo de tiempo a solas.

—Tía Gina, estás bien. No te preocupes por Piper y por mí.

—Bueno, sé que te desconcertó cuando la invité la otra noche. No quiero volver a entrometerme.

—No te entrometiste.

—Vale —dijo. Volvió la mirada hacia la ventana, contemplando las luces como si nunca hubiera visto luces navideñas.

Finalmente llegamos al granero y encontramos un sitio en el ya abarrotado aparcamiento. La tía Gina salió y añadió su gorro forrado de piel a su conjunto de abrigo y guantes forrados de piel. Sus botas crujían en la nieve mientras caminábamos. Le pregunté por qué no tenían también piel, y me dijo que no pudo encontrar unas cómodas con piel.

Me pregunté si iba demasiado ligero de ropa cuando la vi, pero seguí adelante. Llevaba camiseta térmica bajo mis vaqueros y una camiseta Henley de manga larga bajo mi jersey. Y, por supuesto, mi abrigo pesado, un gorro y guantes.

—¿Llevas un gorro de Papá Noel? —preguntó alguien detrás de mí.

Me giré y sonreí a Sofía y Piper.

—Así es. ¿Os gusta?

Sofía se rio de mí, y Piper solo negó con la cabeza. Sofía le susurró algo a Piper, quien le lanzó una mirada que decía que se callara.

—Gina, esta es mi amiga, Sofía. Sofía, esta es Gina Holbrook —dijo Piper.

—Es un placer conocerla. Lamento haberme perdido la decoración de galletas —dijo Sofía con una sonrisa—. Me encanta la posada.

—Gracias, cariño. Estoy emocionada de que nos acompañes en Navidad. He oído que te gustan los edificios antiguos. Puedo darte un tour tras bastidores.

Sofía se iluminó.

—Eso sería maravilloso. Gracias.

Piper me miró y sonrió cuando me pilló observándola. Bajó la barbilla y luego me miró de nuevo a través de sus pestañas.

—¿Estamos bien? —le pregunté en voz baja.

Asintió.

—Estamos bien.

—Bien —dije suavemente. Quería estrecharla entre mis brazos, convencerme de que decía la verdad, pero me resistí. No sabía si ella quería que hiciera eso, y no iba a presionarla.

—Bueno, ¿qué queremos hacer primero? —preguntó la tía Gina.

—Paseo en trineo —dijeron Piper y Sofía al unísono.

—Oh, yo también —dijo la tía Gina. Entrelazó sus brazos con los de Piper y Sofía, dejándome seguir detrás de las tres.

La chaqueta negra de Piper le cubría el trasero, pero sus pantalones abrazaban sus piernas y me daban una buena vista. No tan buena como cuando estaba entre sus curvas piernas volviéndonos locos a ambos, pero buena. Piper llevaba botas negras que le llegaban hasta las rodillas. Sus guantes eran rojos, y su gorro tenía rayas rojas y blancas. Parecía un duende reticente.

Mientras esperábamos en la cola para los paseos en trineo, Piper y Sofía hablaban con la tía Gina sobre planes navideños, vida y trabajo. Dejé que mi mente divagara hacia HQA y Chad.

Revisé toda la información que me envió sobre el nuevo cliente. Era un gran acuerdo con ingresos garantizados. Nos permitiría contratar a nuevas personas y expandir el negocio. Pero no podía quitarme el miedo que suponía crecer tanto y tan rápido en una parte del mercado que no conocíamos. Las empresas que crecían así, de golpe gracias a un solo cliente, solían fracasar al final. Si perdiéramos a ese cliente, perderíamos más de la mitad de nuestro negocio. Y atraer a más clientes como ellos requeriría más personal y estaríamos en la misma situación una y otra vez.

Entendía el deseo de Chad de pasar a las grandes ligas, de tener más estabilidad, pero para mí se sentía como menos estabilidad, incluso con los ingresos garantizados. Nada está nunca garantizado. Aprendí eso por las malas.

—¿Vienes? —me preguntó Piper.

No me había dado cuenta de que estábamos al frente de la cola. Ya estaban sentados en el trineo, esperando a que me uniera a ellos. La tía Gina y Sofía estaban en un lado, y Piper tenía una manta levantada, esperando que me uniera a ella en el otro.

Sonreí y subí al trineo. Piper extendió la manta sobre mi regazo. La rodeé con un brazo y la acerqué a mí, sintiendo que podía respirar por primera vez en días.

El trineo se sacudió hacia adelante al comenzar a moverse. Piper rebotó contra el asiento y me miró con luz en sus ojos. Sí, definitivamente me sentía mejor.

—Esto es precioso —dijo Sofía.

Sosteniendo la mirada de Piper, asentí.

—Sí, lo es.

Me sonrió tímidamente y bajó la barbilla. Le besé la parte superior de la cabeza. Se acercó más a mí. La abracé con más fuerza, necesitando sentirla.

Pasamos el resto del viaje así, sentados juntos, tan cerca que la única forma de estar más cerca sería si ella se sentara en mi regazo. No me oponía a eso en absoluto, pero no estábamos solos. Me pregunté si podría convencerla para otro paseo a solas. O tal vez un tipo diferente de paseo en interiores.

Las luces y la música pasaban por encima de mi cabeza mientras recorríamos el bosque. Deseé que Alexis y Cameron estuvieran allí para verlo. Habrían adorado toda la experiencia. No podía pensar en nada ni remotamente parecido en Pittsburgh. El próximo año, necesitábamos hacer algo nuevo con los niños. Algo que les recordara que eran especiales.

—¿En qué estás pensando? —preguntó Piper en voz baja.

La tía Gina y Sofía estaban hablando y no nos prestaban atención.

—En mi sobrina y mi sobrino. Les encantaría esto.

—Me lo imagino. ¿Tenéis algo así por vuestra zona?

Negué con la cabeza.

—Este es el primer año en mucho tiempo que lo hacen. La abuela de Colin falleció el año pasado, y en los últimos años no podía organizar esto, así que no lo intentó. Él decidió recuperarlo.

—Me alegro de estar aquí para verlo —le dije. Más que eso, me alegraba estar allí con ella.

—Yo también.

Me agarró la mano y se aferró con fuerza a través de nuestros guantes. Le besé la parte superior de la cabeza de nuevo y respiré su aroma. Nos quedamos así hasta que terminó el paseo y tuvimos que bajarnos del trineo.

—Eso fue divertido, pero creo que necesito chocolate caliente —dijo la tía Gina—. ¿Quién viene conmigo?

—¡Yo! —dijo Sofía, girándose para alejarse con la tía Gina.

Piper enlazó su mano por mi brazo y me tiró en la misma dirección.

—Parece que se llevan bien.

Asentí.

—La tía Gina puede encantar a casi cualquiera, y Sofía parece una gran persona. No puedo decir que me sorprenda que se lleven tan bien.

Piper soltó una risita.

—Muy cierto.

Saludó a alguien que conocía y dijo hola a otra persona, pero mantuvo su brazo enlazado con el mío todo el tiempo.

Chocolate caliente, kits de s'mores, pretzels blandos y palomitas salían de la pequeña tienda cerca del granero. Las hogueras estratégicamente colocadas en el área abierta permitían a los invitados hacer sus propios s'mores. Conseguimos algunos kits y chocolate caliente, y Sofía quiso un pretzel. Encontramos una mesa cerca de una de las hogueras y nos organizamos.

—Me quedaré en la mesa —dijo la tía Gina—. Gavin, ¿tostarás mi malvavisco por mí?

—Por supuesto. ¿Cómo te gusta?

—Quemado —dijo la tía Gina con una sonrisa—. Sabe mejor así. Tráemelo en llamas y lo apagaré cuando llegues aquí.

Me reí y negué con la cabeza.

—Si insistes.

Ensarté un malvavisco e hice lo que me pidió, prendiéndole fuego y regresándolo a la tía Gina. Ella lo apagó y lo aplastó sobre su chocolate y galleta graham. Dio un bocado y gimió.

—Tan bueno. Durante el verano, tenemos noches de s'mores en la posada. Tenemos una hoguera junto al agua e invitamos a todos los huéspedes cada viernes por la noche a comer s'mores y disfrutar de la vista. Es una gran manera de terminar la semana.

—No puedo creer que eso no volverá a suceder —dijo Sofía—. Ojalá alguien local la comprara y te mantuviera para dirigir el lugar.

La mirada no tan sutil de Sofía a Piper me desconcertó por un minuto. Hasta que recordé que Piper me dijo que era propietaria de su edificio. Sofía quería que Piper comprara la posada.

—¿Estás pensando en comprarla? —solté de repente.

Piper se volvió y me miró. Me dio una sonrisa falsa.

—Eh, no. No es algo que pudiera hacer.

—¿Por qué le preguntarías eso a Piper? —preguntó la tía Gina.

—Yo... no lo sé. Solo espero que alguien la compre, como dijo Sofía.

Piper y Sofía estaban teniendo una conversación silenciosa, una donde Sofía sentía que había traicionado a Piper, y Piper no estaba muy contenta.

—Veo a alguien a quien debo saludar —dijo Piper con otra sonrisa falsa. Se alejó, dejándonos mirarla asombrados.

—La has hecho sentir mal por no tener suficiente dinero para comprar mi posada —me reprendió la tía Gina—. A una mujer se le debe permitir hacer lo que quiera con su dinero.

—Lo siento —dijo Sofía—. No quería dar a entender que Piper iba a comprar la posada. O que pudiera.

—Está bien, querida —dijo la tía Gina—. Mi sobrino no está interesado en ella y espera que alguien llegue y la robe para que él pueda volver a casa.

—Eso no es cierto —dije.

—¿No? Entonces, ¿por qué estás molesto por seguir aquí?

—Nunca dije que lo estuviera. Sí, espero que alguien compre la posada, pero tiene que ser la persona adecuada.

La tía Gina asintió.

—Bueno, no es justo poner ese tipo de presión sobre Piper, o sobre cualquiera. Encontraremos un comprador eventualmente.

Asentí mientras el nudo en mi estómago crecía.

Odiaba la idea de que alguien más se hiciera cargo de la Posada Cala MacKellar. Siempre fue el lugar de la tía Gina y el tío Rob. Desde antes de que pudiera recordar, ellos eran los dueños y la posada era mi patio de juegos.

Incluso ahora, como adulto, todavía sentía una propiedad irracional sobre la posada. No me gustaba la idea de que alguien más estuviera a cargo. De que alguien más decidiera qué se debía hacer. Sabía que era probable que la compraran y arruinaran la historia del lugar. La posada era especial. Era única, histórica y hermosa. Perderla sería difícil de ver, por eso también sabía que cuando dejara Cala MacKellar, nunca volvería. No podría ver lo que le harían.

Observé a Piper mientras hablaba con una joven pareja. La mujer me resultaba familiar, pero todos empezaban a serlo después de tanto tiempo en el pueblo. Ella era otra razón por la que nunca iba a regresar a Cala MacKellar. Dijo que no estaba interesada en nada a largo plazo, pero eventualmente cambiaría de opinión. Quienquiera que decidiera amar sería un hijo de puta afortunado, y no creía ser lo suficientemente hombre para estrecharle la mano y fingir que no estaba celoso.

Aparté la mirada, molesto conmigo mismo por estar celoso de alguien que ni siquiera existía todavía. Pero sucedería. Quería que ella fuera feliz, y no tenía derecho a impedírselo. Por eso nuestra relación funcionaba. Me gustaba Piper, pero ninguno de los dos se estaba enamorando. Era lo mejor.

Piper regresó a nuestro grupo y sonrió.

—Disculpad por eso.

—No te preocupes por hablar con amigos. Me dio la oportunidad de aclarar las cosas con Gavin. Siento que te haya hecho sentir incómoda por mi posada. Nunca abordaría a alguien sobre la compra del lugar. Gestionarla requiere una persona especial. No es que tú no seas especial, pero no es fácil y tienes que amarla de verdad. No quiero poner a nadie en la posición de decir que no.

—Gracias. Y está bien. Yo... La posada es impresionante, pero...

—No digas ni una palabra más, Piper. No hay presión aquí. Excepto para Gavin para que me haga otro s'more. Uno nunca es suficiente.

Piper se rio y asintió con la cabeza. Pareció relajarse un poco mientras la tía Gina llevaba la conversación y le aseguraba que no había presión.

Realmente no se me había ocurrido antes que Piper podría permitirse comprar la posada. Ella respetaría la historia, pero seguía sin soportar la idea de volver y ver a alguien más viviendo allí y cuidando del lugar.

—Deberíamos recorrer los senderos y ver las luces —sugirió la tía Gina cuando terminamos nuestros s'mores. Piper y Sofía estuvieron de acuerdo, así que nos dirigimos al primer sendero.

La tía Gina, no tan sutilmente, le hizo una pregunta a Sofía sobre el trabajo que hace y comenzó a caminar con ella, dejándonos a Piper y a mí caminar uno al lado del otro por el estrecho sendero.

—Lo siento —dije en voz baja.

—¿Por qué?

—No pretendía hacerte sentir incómoda con lo de la posada. No intentaba decir que deberías o no comprarla.

—Está bien. Es solo que... no le digo a la gente que soy propietaria de mi edificio porque me miran diferente. Gina no lo sabe.

—Ella nunca...

—Lo sé —dijo Piper—. Pero si lo sabe, podría decírselo a alguien más. Y ya sabes cómo son las cosas por aquí. Incluso si es un rumor, la gente piensa que es cierto hasta que tienen pruebas de que no lo es. Soy camarera en un bar. Estoy rodeada de gente todo el tiempo. No puedo dejar que piensen que no necesitan darme propina porque soy propietaria de un edificio o que los estoy juzgando por lo que piden.

—¿Crees que la gente haría eso?

Asintió.

—Sí. Odio decirlo, pero la gente es diferente cuando hay dinero de por medio.

Inspiré hondo y admití que tenía razón. El dinero hacía que la gente hiciera locuras.

—Lo siento. De verdad no quería ponerte en una situación incómoda.

—Está bien.

—¿Quieres oír algo gracioso?

—Claro.

—Creo que la tía Gina está intentando juntar a Sebastian y a Sofía.

—¿En serio?

Asentí.

—¿No está él colgado por tu hermana?

—Por eso es gracioso. Solo espero que no le dé falsas esperanzas a Sofía. Deberías advertirle que Sebastian realmente no sale con nadie y todavía está enamorado de mi hermana.

—¿Estás seguro de que lo está?

Asentí.

—Desafortunadamente, sí. Ojalá no lo estuviera. Él y Sofía probablemente se llevarían bien. O se odiarían porque son demasiado similares.

Piper resopló.

—Eso es probablemente cierto. Realmente son similares.

—Sí. Creo que podrían estar bien juntos, pero sé que es un desastre esperando a suceder con él colgado por Zoey. No sería justo para Sofía.

—No creo que ella esté muy interesada en salir con alguien ahora mismo, pero hablaré con ella. Ya he mencionado lo de él y Zoey antes, así que no es probable que se lance.

—¿Por qué lo has mencionado?

—Navidad. Preguntó quién estaría allí.

—Oh, eso tiene sentido. Lo siento. Solo estoy...

—Muy protector con tu hermana. Eso es algo bueno. Tiene suerte de tenerte.

—Yo tengo suerte de tenerla a ella también. Y a los niños. Realmente hacen la vida mucho más divertida.

—¿Qué les has comprado para Navidad este año?

—A Cameron le encantan los camiones ahora mismo. Cualquier tipo de camiones. Encontré un juego de monster trucks con los que puede jugar y otro que se desmonta. Así que puede chocarlo y realmente se romperá, luego puede reconstruirlo. Le gusta construir cosas.

—¿Un futuro ingeniero o persona de mantenimiento? —preguntó Piper.

—Eso es lo que pienso. Es muy creativo. Alexis es una artista, así que le compré un montón de cosas que puede usar para el arte. Lápices de colores, pinturas, lienzos, todo tipo de cosas. Se lo va a pasar en grande.

—Y tu hermana te va a odiar.

Me reí.

—No. Lo consulté todo con ella. Dijo que tiene una mesa vieja que puede instalar en el sótano para que trabaje Alexis. Mucho espacio y sin preocupaciones por estropear algo bueno.

—Inteligente —dijo Piper apreciativamente.

—Pues gracias. Lo intento.

Sonrió.

—Esta ha sido una temporada navideña divertida para mí. La mejor que he tenido en mucho tiempo. Gracias a ti.

Sonreí y la detuve en medio del paseo.

—Definitivamente estoy de acuerdo con eso. Y dado que

estamos bajo el muérdago, creo que necesitamos divertirnos un poco más.

Miró hacia las luces de muérdago que colgaban sobre el paseo y sonrió.

—Creo que necesitamos toda la diversión que podamos conseguir.

Se levantó de puntillas y me encontró a medio camino. La diversión era solo la mitad. El resto era toda ella.

—¿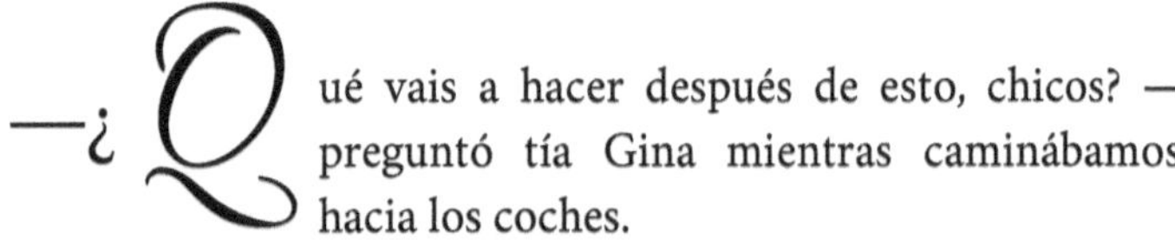ué vais a hacer después de esto, chicos? —preguntó tía Gina mientras caminábamos hacia los coches.

Piper acabó aparcada a mi lado. Hizo girar las llaves alrededor de su dedo y miró a Sofia.

—Realmente no tenemos ningún plan.

—Normalmente Piper trabaja los sábados, pero pidió librar este fin de semana para que pudiéramos venir a los paseos en trineo. Nunca había venido —dijo Sofia.

—¿De verdad? Bueno, ha sido un regalo extra especial estar aquí para tu primer paseo en trineo —dijo tía Gina—. Deberías habérnoslo dicho.

—Ha sido divertido. Me alegro de haberme tomado la noche libre. Normalmente no cambio mi horario, pero quería pasar tiempo con todos —dijo Piper. Mantuvo mi mirada, y me sentí como si midiera tres metros. Y como si mi miembro midiera veinticinco centímetros.

—Trabaja demasiado —dijo Sofia.

—¿Libras algo por Navidad? El bar debe cerrar para las fiestas —dijo tía Gina.

Piper asintió.

—Sí. Hudson quiere que todos libremos durante las fiestas, pero creo que él preferiría trabajar. Le hemos invitado a venir todos los años, pero siempre declina.

—A mí no me dirá que no. Debería venir a cenar. Siempre tenemos un montón de comida. Y nadie debería estar solo en Navidad —declaró tía Gina.

Hudson estaba definitivamente en problemas. Una vez que tía Gina se decidía por algo, era tan bueno como hecho. Del mismo modo que Sebastian no tenía más remedio que asistir a la cena de Navidad, estuviera Zoey o no.

—Creo que prefiere estar solo —dijo Piper—. Perdió a su esposa y dice que las fiestas siempre le hacen pensar en ella. Le encantaba la Navidad.

—Razón de más para asegurarse de que no esté solo. Necesita estar rodeado de gente. Ahora bien, vosotros dos no estáis juntos, ¿verdad? Sé que las relaciones hoy en día son diferentes a cuando yo era joven. No es que la gente nunca estuviese involucrada con más de una persona, pero no se hablaba de ello en aquella época. Ahora, creo que a la gente no le importa —dijo tía Gina.

Piper se ahogó con una risa y negó con la cabeza.

—No, Hudson y yo no estamos juntos. Nunca lo hemos estado. Es como un hermano mayor para mí. Él me protege y yo le molesto.

—Suena como Gavin y Zoey. Ella estará aquí en Nochebuena con sus hijos. Esperaba que estuvieran aquí antes, pero estoy feliz de que vengan. Será bonito tener tanta gente en el hostal para mi última Navidad allí.

Ese dolor me atravesó de nuevo al pensar en otra persona haciéndose cargo del hostal. No podía hacer nada al respecto, pero eso no significaba que tuviera que gustarme.

—Será un placer conocerlos —dijo Piper—. Gavin está muy emocionado.

—Yo también. Todos mis niños juntos bajo un mismo techo —dijo tía Gina con una palmada y una amplia sonrisa.

—Realmente te agradezco que nos hayas invitado —dijo Sofia—. No he tenido unas verdaderas fiestas familiares desde hace mucho tiempo.

—Ojalá lo hubiera sabido. Os habría invitado a las chicas desde siempre si os hubiera conocido. Por eso necesito que Gavin y Zoey me visiten. Para asegurarme de mantenerme joven y moderna y conocer a todos los jóvenes —dijo tía Gina.

—Lo único moderno en ti es la cadera que necesitas que te reemplacen —bromeé con ella.

Me dio una palmada en el brazo y me miró con el ceño fruncido.

—Puede ser, pero he vivido mi vida y la he disfrutado. Ya no necesito ser moderna. Hubo un tiempo en que lo fui.

—No me lo creo —le dije, totalmente serio.

Me miró con el ceño fruncido otra vez.

—Chico cruel.

Le sonreí.

—Pero me quieres de todos modos —la abracé.

—Sabes que sí. Por eso estoy feliz de verte con una mujer tan agradable como Piper. Sofia dijo que no está interesada en Sebastian, pero espero poder hacerla cambiar de opinión cuando lo conozca en la cena de Navidad —dijo tía Gina.

Solté una carcajada.

—No estoy seguro de que sea un buen plan, tía Gina. Creo que Sebastian va a estar lo suficientemente incómodo.

—¿Por qué?

Me di cuenta de lo que dije y me quedé paralizado. Necesitaba una excusa, pero no podía pensar en una tan rápidamente.

—Porque le avergoncé —dijo Piper—. Lo vi en O'Kelley's una noche e intenté presentarle a otra amiga mía, y se tropezó consigo mismo. Dijo que es muy tímido con las mujeres y prefiere ser él quien inicie una conversación en lugar de que le preparen una cita. Una cita concertada le hace sentir incómodo.

—Oh, bueno, no querría eso —dijo tía Gina—. No me había dado cuenta. Pensé que Sebastian simplemente no estaba dispuesto a dejar a esta vieja y encontrar una joven para él.

—Bueno, eres bastante encantadora —dijo Piper con una sonrisa.

Tía Gina se sonrojó.

—Eres mi nueva favorita.

Piper se rio.

—Tú eres mi vieja favorita.

Tía Gina estalló en carcajadas y tomó las mejillas de Piper entre sus manos.

—Oh, estoy tan feliz de que Gavin y tú os tengáis el uno al otro. La vida es mucho mejor cuando estás con alguien que te entiende y te hace reír.

Piper me lanzó una mirada que no pude interpretar. Sonrió y asintió.

—Somos muy afortunados.

—Bueno, creo que tal vez deberías llevarme a casa —dijo tía Gina—. Y luego quizás puedas pasar algo de tiempo a solas con Piper esta noche. O quizás tú y Sebastian podéis ir a su apartamento para que Sofia no se sienta como una tercera rueda.

—Oh, estoy bien. No me molestarán en absoluto —dijo Sofia.

Piper se sonrojó de la manera más adorable y bajó la barbilla.

—¿Qué tal si te llevo a casa y decidimos cualquier otra cosa para la noche desde allí? —sugerí.

—De acuerdo —dijo tía Gina.

Besó las mejillas de Piper y Sofia y les dijo a ambas que estaba feliz de que hubieran pasado la noche juntos, luego se subió al lado del pasajero de mi coche. Gimió y dijo:

—Necesitas un vehículo más grande.

—Me encanta mi coche, tía Gina.

Ella negó con la cabeza y cerró la puerta.

Me volví hacia Piper y Sofia.

—No dejéis que os presione. No estoy ocupado el resto de la noche, pero si queréis ver una película en pijama, no voy a aparecer de improviso.

—No, deberías venir —dijo Sofia—. Puedes ver una película con nosotras si quieres, o puedo hacerme la desaparecida y vosotros dos podéis tener algo de tiempo para vosotros. No me molesta en absoluto.

Miré a Piper, que se estaba mordiendo el labio.

—¿Piper?

—Um, sí, suena bien.

—¿Qué parte? ¿Que me mantenga alejado o que vaya?

Ella miró a Sofia. Sofia levantó una ceja.

—Que vengas —dijo Piper.

—De acuerdo. Si estás segura. Llevaré a tía Gina a casa y luego iré a verte.

Piper asintió.

—Hasta pronto.

Sofia se llevó a Piper, y yo me subí al coche con tía Gina.

—¿Estáis por fin juntos?

Me reí.

—¿Crees que eres una casamentera, verdad?

—Simplemente me gusta ver a la gente feliz. Llevo años diciéndole a Sebastian que necesita seguir adelante, pero nunca lo ha hecho. Desearía que saliera con una chica agradable como Sofia y se olvidara de Zoey. Quiero a mi sobrina, pero le hizo mucho daño a ese joven.

—Espera, ¿sabes lo de Sebastian y Zoey? —pregunté.

Se encogió de hombros.

—Por supuesto. Lo supe hace mucho tiempo. Cuando acababan de empezar a pasar tiempo juntos. Él fue el primero de ella, supuse. No lo sabía con certeza, pero esa era mi suposición. Pensé que sería el último, pero esa serpiente de su ex-marido lo arruinó. Ahora, ambos están sufriendo y ninguno de los dos sabe cómo arreglarlo.

—¿Cómo sabes todo esto?

Negó con la cabeza y me dio una palmadita en la mano.

—Los hombres son tan despistados.

—¿Esa es tu explicación?

Se encogió de hombros.

—Si no fueras un hombre, entenderías exactamente cómo lo sé, pero lo eres, así que... sí.

Hice una pausa por un segundo y luego me reí. De acuerdo, entonces.

Dejé a tía Gina en casa y luego di media vuelta y fui a casa de Piper. No estaba muy seguro de pasar la noche con Piper y Sofia, pero no es como si Piper y yo estuviéramos saliendo. No realmente. Éramos amigos que teníamos sexo cuando nos apetecía. Podía ver películas con ellas.

Sofia me dejó entrar cuando toqué el timbre. Dijo que Piper se estaba cambiando y me llevó a la cocina.

—Vale, le dije a Piper que puedo desaparecer, pero ella insistió en que no es gran cosa. Hablamos de ver algunas películas navideñas esta noche. Pero puedo irme totalmente a mi habitación y...

—No —le dije—. Estás bien. Piper y yo somos amigos...

—Que tienen sexo —dijo Sofia con los brazos cruzados.

—Sí, pero somos amigos primero. No voy a insistir en que te vayas para poder acostarme con ella. Tú eres la persona más importante en su mundo. Yo soy temporal.

Sofia inclinó la cabeza y me miró durante un largo momento.

—Realmente eres un chico tan agradable, ¿verdad? Esto no es una actuación para mí o tu tía o incluso para Piper. Es simplemente quien eres.

—He estado al margen durante años mientras el marido de mi hermana se olvidaba de ella, elegía el trabajo por encima de ella y los niños, y hacía todo lo posible excepto abusar de ella o engañarla. Al menos, por lo que sé. Si hubiera hecho alguna de esas cosas, lo mataría. Pero incluso sin eso, no la trataba bien. Constantemente la hacía sentir como si no fuera suficiente para él. Yo era el que estaba allí recogiendo los pedazos y diciéndole que merecía algo mejor. A través de todo, me prometí a mí mismo que nunca iba a ser ese tipo que hiciera sentir así a una mujer. Así que, si eso me convierte en un buen chico, supongo que lo aceptaré. Me entristece que ser un ser humano decente sea tan raro que sea una sorpresa. Los hombres son una mierda.

—Maldita sea, claro que sí —dijo Sofia con una risita—. No, no puedo decir eso. No he tenido malas experiencias, es solo que... los hombres no me miran y piensan inmediatamente en material para salir. Soy curvilínea, soy una persona de mantenimiento y soy callada. No soy el tipo de mujer que entra en un bar y hace que todo el mundo se gire o el tipo de mujer que consigue un montón de conexiones en una aplicación de citas. Soy bastante ordinaria.

—Y esas son las mujeres que son más especiales. No querría una mujer que pensara que su aspecto es más importante que quién es por dentro, o que pensara eso de mí. No soy ni de lejos perfecto, y nunca esperaría que una mujer lo fuera tampoco.

—Maldita sea, realmente desearía que tuvieras un hermano. Oh, ¿qué tal un primo? —preguntó Sofia.

Me reí.

—No, no tengo uno de esos tampoco.

—Bueno, mierda. ¿Qué tal un amigo que sea exactamente como tú?

Sonreí.

—Mi mejor amigo, Chad, es similar, pero vive en Pittsburgh.

Sofia arrugó la nariz.

—No. No estoy interesada en dejar Cala MacKellar. Supongo que tendré que lidiar con seguir soltera.

—Si los hombres fueran inteligentes, definitivamente te elegirían a ti.

Ella sonrió y un leve rubor apareció en sus mejillas.

—Gracias.

—¿De qué estamos hablando? —preguntó Piper, uniéndose a nosotros.

Casi perdí todo el hilo de mis pensamientos. Llevaba una camiseta negra que tenía casillas para *traviesa* y *buena* con la de traviesa marcada. Sus pantalones eran de felpa con aspecto de bastones de caramelo. Y definitivamente no llevaba sujetador.

¿Qué seguía diciendo sobre ser amigos primero?

—Gavin me estaba diciendo que todos deberíamos ver la película juntos —dijo Sofia.

Asentí y me forcé a mirarla.

—Sí, exacto, eso hacía. Y le dije que los hombres de por aquí son estúpidos como el demonio por el hecho de que siga soltera, porque no hay razón para que no la elijan.

El rosa volvió a aparecer en sus mejillas.

—Tiene toda la razón —coincidió Piper—. Se lo digo constantemente, pero ella dice que mi opinión no cuenta porque soy su mejor amiga y tengo que decir eso.

—No, ella tiene razón. Deberías confiar totalmente en ella.

—Vale, ¿cuándo se ha convertido esto en la noche de atacar a Sofia? —preguntó Sofia.

—Lo siento, tienes razón. Lo dejaremos —dijo Piper.

—Sí. Lo siento. Oh, y creo que tía Gina va a dejar de insistir contigo y Sebastian, aunque podría estar equivocado.

—¿Qué te hace decir eso? —preguntó Piper. Puso una bolsa de palomitas en el microondas y programó el temporizador.

—Me dijo que sabe lo de Sebastian y Zoey.

—¿Qué? —chilló Piper—. ¿Hablas en serio?

—Eso es lo que dijo. Siempre lo ha sabido. Y creo que quiere que vuelvan a estar juntos, pero más que eso, quiere que ambos sean felices.

—Pobre Sebastian —dijo Piper.

—¿Qué quieres decir?

Piper y Sofia intercambiaron una sonrisa.

—Si Gina está decidida a hacerlos felices, no se detendrá ante nada para verlo con alguien. Está en problemas.

—¿Tú crees?

—La primera vez que conocí a Gina, me dijo que no me preocupara por las sábanas manchadas porque tú sabes lavarlas. ¿Realmente crees que va a tomarse las cosas con calma con Sebastian?

—Oh, mierda. Pobre tipo —dije.

—Sí. Y si Hudson no tiene cuidado, probablemente también intentará su magia vudú con él. ¿No es por eso que me pediste que siguiera la farsa de que estamos juntos?

—Sí, pero ahora vosotros dos lo estáis —dijo Sofia—. Así que funcionó.

—Pero no estamos juntos para siempre. Él volverá a Pittsburgh —dijo Piper.

Asentí cuando ella me miró. Tenía razón. Pero no estaba preparado para empezar a pensar en eso ahora mismo.

—Así que, solo somos amigos que tienen sexo a veces. No es gran cosa.

De nuevo, mantuvieron una conversación silenciosa de la

que no fui partícipe. Cuando terminó, ambas sonrieron y Sofia preguntó si estábamos listos para empezar la película.

¿Eh, seguro?

UNA PELÍCULA se convirtió en dos y mi cabeza comenzó a caer hacia atrás contra el sofá. Su apartamento era cálido y acogedor. Su sofá estaba muy relleno y era cómodo, y la manta que Piper y yo compartíamos era suave y lo suficientemente grande como para acurrucarnos debajo.

Su mano descansaba sobre mi muslo y la mía estaba encajada entre las suyas. Nos provocamos un poco, pero ninguno de los dos insistió con Sofia en la habitación. Claro que cuando la segunda película estaba llegando a su fin y la pareja estaba declarando su amor el uno por el otro, apenas era consciente de nadie en la habitación.

—Está dormido —susurró Sofia.

—No, no lo estoy —dije soñoliento—. Solo descanso los ojos.

Piper resopló.

—Ya he oído esa antes.

Me reí.

—Estoy bien. Este sofá es muy cómodo.

—Nos encanta. Las dos hemos pasado muchas noches en él.

—Mm hmm —dije. No podía abrir los ojos. No quería.

—Quédate aquí. No necesitas arriesgarte a conducir cuando estás tan cansado —dijo Piper.

Negué con la cabeza.

—No, no quiero haceros eso.

—Yo me voy a mi habitación con mi cama yo sola —dijo Sofia—. No te preocupes por mí.

El sofá se movió cuando ella se levantó. Sus pasos fueron suaves mientras salía de la habitación.

—No seas tonto —dijo Piper—. Quédate aquí. No ocupo mucho espacio.

Abrí un ojo.

—¿Vas a dormir en el sofá conmigo?

Ella retrocedió.

—Oh. Pensé que dormirías en mi habitación. Pero está bien. Si prefieres estar...

—No, Piper, no lo prefiero —dije, con la voz áspera y profunda. Juraría que se estremeció.

—Está bien, vamos —dijo, poniéndose de pie. Me tomé un minuto mientras ella apagaba la televisión, apagaba todas las luces y cerraba la puerta principal.

Me levanté del sofá y la seguí hasta su habitación. Compartir una cama con una mujer no era algo que hiciera a menudo. No había tenido una relación seria en años, e incluso entonces, ambos teníamos nuestros propios lugares y no nos quedábamos en el lugar del otro con frecuencia.

Mi cuerpo estaba más despierto que el resto de mí. Mi miembro estaba erguido y listo para la acción cuando Piper cerró la puerta detrás de nosotros.

—Creo que tengo un cepillo de dientes extra que puedes usar. Probablemente pueda encontrar unos pantalones cortos o una camiseta para ti si quieres.

Negué con la cabeza.

—Normalmente duermo en calzoncillos si eso no te molesta.

—Oh, um, vale —su mirada bajó hacia mi miembro y se ensanchó cuando lo vio presionado contra mi cremallera. Se lamió los labios y se mordió uno de ellos.

—Piper —gemí.

—Lo siento —dijo. Apartó la mirada y fue directamente al baño, cerrando la puerta.

Miré alrededor de su habitación mientras la esperaba. Tenía fotos de ella y Sofia, pero poco más que me dijera quién era. Un portátil estaba en un pequeño escritorio en la esquina de la habitación. El escritorio estaba ordenado pero tenía pilas de papeles esparcidos por la superficie. Podía imaginarla allí, dominando el mundo financiero.

La puerta del baño se abrió y la miré. Se mordía la uña y sonrió. Parecía nerviosa y adorable.

—Um, así que dejé un cepillo de dientes en el mostrador para ti. Siéntete libre de usar mi pasta de dientes y lo que necesites. Yo me voy a meter en la cama.

—Puedo irme si te estoy incomodando —le dije.

Ella negó con la cabeza.

—No. Es que no he compartido una cama con nadie más que con Sofia desde que me mudé aquí.

—Cuéntame más —bromeé.

Ella se rio.

—No podrías manejarlo.

Me reí.

—Probablemente tengas razón —ella miró la cama otra vez—. Puedo irme, Piper.

Ella negó con la cabeza.

—Ve a lavarte los dientes. Yo, um, normalmente duermo sin pantalones. ¿Está bien? Tengo calor.

—Siempre estás caliente —ella sonrió—. Está bien. Ponte cómoda. Tan cómoda como puedas estar conmigo en tu cama.

Ella asintió.

—Vale. Gracias.

—Gracias por dejarme quedar.

Ella asintió y me dio una palmadita en el pecho. Le sonreí y luego fue mi turno en el baño.

Cuando salí, ella ya estaba bajo las sábanas. La luz del techo estaba apagada y una pequeña lámpara estaba encendida. Se estiró para alcanzarla y esperó hasta que me acosté para apagar la luz.

Inmediatamente extendí mis brazos hacia ella. Vino voluntariamente a mis brazos. Froté mi nariz contra su cuello y presioné todo mi cuerpo contra su espalda, disfrutando de la sensación de sus piernas desnudas contra las mías.

—Um, Gavin —dijo suavemente. Mi miembro estaba presionado contra su trasero y palpitando.

—Solo ignóralo. Se irá.

—¿Y si no quiero ignorarlo?

17

PIPER

imió y presionó su miembro contra mi trasero. Me retorcí contra él. Pasar toda la noche con él, sentarme a su lado durante las películas y tenerlo en mi cama... Me había quedado sin resistencia.

Su mano se deslizó desde mi cintura hasta mi pecho, por debajo de mi camiseta, y apretó. Me besó la nuca, luego la lamió y movió su mano hacia mi otro pecho, provocando ambos mientras alternaba entre ellos.

Mi cuerpo ya estaba tenso y necesitaba liberarse. Nunca había sido así con ningún otro hombre. Gavin se apretó contra mí y abandonó mis pechos para deslizar su mano por todo mi cuerpo. Metió la mano en mis bragas y se dio cuenta de que no podía alcanzar bien. Sacó la mano y levantó mi pierna sobre la suya, separando ampliamente mis muslos.

Ambos gemimos cuando su mano encontró mi húmedo centro.

—Joder, Piper —dijo con un gemido. Me mordisqueó el hombro e introdujo dos gruesos dedos dentro de mí.

Enganchó su brazo bajo mi cuello para poder jugar con

uno de mis pechos mientras bombeaba sus dedos dentro y fuera de mi interior.

Lloriqueé mientras mi orgasmo se acercaba. Añadió un tercer dedo y deslizó su pulgar sobre mi clítoris. Mis caderas se movían por sí solas, pero él me sujetó con fuerza, sin dejarme moverme demasiado.

La resistencia me descolocó, permitiendo que mi orgasmo se construyera aún más. Necesitaba liberarme, romper esa barrera. —Oh, Dios.

Aflojó su agarre lo suficiente para que mi cuerpo recibiera el mensaje de que era hora de soltarse. Mi orgasmo emergió a la superficie y estalló por cada poro. Gemí con la liberación, mis caderas exigiendo más de un muy dispuesto Gavin. Me tenía lista para caer de nuevo antes de que bajara del primero.

—Otra vez, Piper —gimió en mi oído. Lamió el contorno de mi oreja y sacó sus dedos de mi interior hacia mi clítoris. Frotó tres dedos empapados sobre mi carne sensible y no podría haberme contenido aunque lo intentara.

Temblé durante mi orgasmo, liberándolo todo mientras él me susurraba: —Sí, preciosa. Eso es. Tan hermosa. Dios, sí, Piper.

Mi cerebro alcanzó a mi cuerpo y suspiré feliz. Satisfecha, complacida y lista para tenerlo dentro de mí.

—Eres impresionante —susurró Gavin.

—Tú eres increíble —le dije.

Sonrió contra mi hombro, y me giré para quedar boca arriba y poder verlo. Levanté mi mano hacia su mejilla. Él mantuvo mi mirada durante un minuto y luego se inclinó sobre mí y me besó. Suavemente, lentamente, de una manera en la que nunca me habían besado.

De una manera en la que quería que me besaran para siempre.

Le devolví el beso, intentando decirle con mi beso cómo

me sentía. Intentando que fuera aceptable que quería cambiar nuestro acuerdo. Que ya había cambiado. Que lo quería, no solo por unas semanas, sino para siempre.

Me daba pánico, pero era la verdad. Sofia tenía razón en que fue la proximidad forzada lo que me involucró con él en primer lugar, pero eso no era por lo que me enamoré de él. Me enamoré de él por cómo trata a su tía y cómo habla de su hermana. Por cómo habla con Sofia y por cómo siempre me pone a mí primero. Por el hombre que es y el hombre que siempre ha sido.

Lo amaba. No quería hacerlo, pero estaba bastante segura de que así era.

Se apartó del beso y me abrazó. Después de un minuto, pensé que estaba dormido, pero levantó la cabeza. —Necesito un minuto o ni siquiera voy a ser capaz de ponerme un condón sin perder la cabeza.

Asentí y me quedé allí, sonriendo como una tonta porque él no podía contenerse. Cuando me pilló, se rio y negó con la cabeza.

—Sí, estoy deseando estar dentro de ti y puede que me corra antes de llegar. No tienes que reírte de mí por ello.

Solté una risita. —No me estoy riendo. Es... nunca he... gracias.

Se puso serio y se inclinó sobre mí de nuevo. —Gracias a ti. —Me besó suavemente, solo una vez, y luego se levantó.

Observé cómo se ponía el condón. Inspiró temblorosamente y volvió a encontrarse con mi mirada.

—Estás... guau —dijo. Se quedó de pie junto a la cama mientras yo me quitaba la camiseta y las bragas. Él gimió y luego subió a la cama, colocándose entre mis muslos.

—Ojalá pudiera decirte que esto va a ser bueno, pero apenas puedo contenerme ahora mismo.

—No te contengas conmigo —dije—. Te deseo, Gavin.

Sus ojos se cerraron y su cuerpo se tensó. Levanté mi

mano hacia su pecho y recorrí su cuerpo con mis dedos. No estaba cubierto de músculos voluminosos ni decorado con tatuajes. Tenía un solo tatuaje en el costado, y era fuerte pero no perfecto. Eso lo hacía perfecto a mis ojos.

Embistió dentro de mí de una sola vez mientras lo tocaba. Gimió y no perdió tiempo en retirarse y entrar de nuevo. Duro, rápido y profundo.

Curvé mis dedos contra su pecho, arrastrando mis uñas sobre su piel. Gruñó y me embistió más fuerte, llevándome más alto y más rápido que antes.

—Oh, Dios —gemí.

—¿Otra vez?

Asentí y me mordí el labio. No podía detenerlo.

Gruñó de nuevo. Miré su mandíbula tensa y sus músculos tensos. Estaba esperándome.

—Más fuerte —supliqué.

Me escuchó, embistiéndome con fuerza y fragmentando mi cuerpo solo una embestida antes de que él también perdiera el control y me siguiera con un gemido de mi nombre.

Se desplomó sobre mí al instante, y lo rodeé con mis brazos. Nuestros corazones latían con fuerza, y nuestra respiración nos abandonaba en jadeos que no parecíamos poder controlar. Nunca me había sentido mejor en mi vida.

Esperé a que Gavin se diera la vuelta o se apartara de mí, pero seguía allí después de unos minutos. Le di un codazo en el hombro y roncó.

—¿Qué demonios? —siseé.

Se rio y se movió. —Lo siento, tenía que hacerlo.

Me reí con él y negué con la cabeza. Nunca había reído tanto antes, durante o después del sexo como lo hacía con Gavin. Todo era nuevo y diferente con Gavin. Estaba en problemas.

ME QUEDÉ DESPIERTA PENSANDO en Gavin. Oscilaba entre pensar que Sofia tenía razón, otra vez, y saber que realmente lo amaba. Para cuando me quedé dormida, todavía no estaba segura.

A la mañana siguiente, él salió y compró el desayuno para Sofia y para mí, un agradecimiento por dejarlo pasar la noche, y luego se fue a casa. A la posada. No a su casa. Tenía que recordarme eso.

Sofia me dio espacio el resto del día, como si supiera que necesitaba resolver todo en mi mente. Probablemente lo sabía, conociéndola. Agradecí el espacio y estuve feliz por ello. Hasta que llegué a la noche de chicas.

—¿Qué tal el paseo en trineo? —preguntó Elise mientras me entregaba un trozo de tarta de terciopelo rojo.

—Bien. Todo fue increíble.

—¿Sí? Pensé que sería raro tener a su tía y a Sofia en el trineo —dijo.

Bufé. —Nada ocurrió en el trineo. Incluso si hubiéramos estado solos, estábamos en público con un desconocido llevándonos.

—Créeme, no habríais sido los únicos poniéndose juguetones en un trineo —dijo Elise con una mirada significativa a Blake.

—¿Qué? No puedo mantener las manos alejadas de mi marido. Demándame.

—Mi madre ha amenazado con separarlos en la cena antes. Créeme, hasta que tu madre no les diga a tu hermano y a tu mejor amiga que mantengan sus manos quietas, nada en tu vida está jodido —dijo Finley.

Blake se rio. —Sí, eso fue un poco vergonzoso. No pensé que tuviera idea.

—¿Qué? ¿Que vosotros dos estabais provocándoos bajo la mesa? Todos lo sabíamos.

—Oh, Dios —dijo Blake.

—Mantened las manos quietas —dijo Finley.

Blake rio y se estremeció. —Lo intentaremos.

—Entonces, ¿las cosas siguen calientes con el sexy desconocido? —me preguntó Elise.

—Gavin no es un desconocido —dije.

—Lo es para el resto de nosotras. Y estás esquivando la pregunta —dijo Elise.

—Cree que está enamorada de él —informó Sofia—. Está confundida. Creo que es porque están pasando mucho tiempo juntos, pero él es realmente un buen tipo, así que tal vez sí se esté enamorando de él. Necesita ayuda.

Miré boquiabierta a mi *antigua* mejor amiga y no podía creer que les hubiera contado todo eso.

—¿Qué? —preguntó, con la boca llena de terciopelo rojo —. Soy inútil. Nunca he estado enamorada. Necesitas ayuda, y estas mujeres son increíbles, amables y serviciales, y te quieren y desean verte feliz. Así que puedes enfadarte conmigo por contarles todo eso, o puedes aceptar el hecho de que tienen opiniones diferentes y pueden arrojar algo de luz sobre lo que está pasando y cómo afrontarlo.

Abrí y cerré la boca, incapaz de encontrar las palabras adecuadas. No había palabras. Tenía razón, pero no me encantaba.

—Cuéntanos todo —dijo Elise—. Necesitamos todos los detalles.

Miré alrededor al grupo de mujeres y supe que estaba segura con ellas. Ninguna iba a robarme el novio. Ninguna iba a juzgarme. Ninguna iba a herirme intencionadamente. Nunca había tenido amigas así.

Rompí a llorar porque estaba muy agradecida.

—Oh, oh —dijo Finley—. La hemos roto.

Me reí y negué con la cabeza. —No, estoy bien. Pero gracias. Yo... vosotras sois geniales.

—Tú también, Piper. Ahora, cuéntanos qué ha pasado. Qué te tiene tan disgustada —dijo Laura.

Suspiré y tomé aire. Trinity me dio una servilleta para secar mis lágrimas, y me lancé a contar todo lo que había pasado con Gavin. Hasta lo de anoche.

Cuando terminé, todas parecían un poco conmocionadas.

—Enamorarse es tan estresante —dijo Finley—. No voy a hacerlo.

—Sí, pero vale la pena —argumentó Blake—. Despertar junto al hombre que amas todos los días por el resto de tu vida es increíble. No hay nada como eso.

—Excepto el flujo interminable de sexo —dijo Elise—. Soy una gran fan del hecho de que todo lo que tengo que hacer es darme la vuelta y mirar a Colin y ya está listo.

—Me gusta saber que no estoy sola —dijo Trinity—. Que él siempre está ahí para mí, incluso si no está en la habitación, dejaría cualquier cosa y estaría ahí si lo necesitara.

—Está bien, entonces, ¿cómo te hace sentir, Piper? —preguntó Melody—. ¿Es seguro y reconfortante o como si siempre estuvieras tratando de llamar su atención o como si fuera tu mejor amigo en el mundo, sin ofender Sofia, y la persona más importante para ti?

—Sí —suspiré—. Es así. Nunca me he sentido así por un hombre. Una mejor amiga, como Sofia, es fácil. Ella es increíble, y sé que no va a abandonarme. Está ahí. Me ayudaría a esconder un cadáver si lo necesitara.

—Totalmente lo haría —dijo Sofia con un gesto afirmativo.

—Es tan bueno tener amigas así —dijo Elise—. Si alguna vez lo necesitas, tengo acceso a una granja y nadie lo sabrá nunca.

Me reí y asentí. —Gracias. Es bueno saberlo.

—Vale, basta de matar gente —dijo Blake—. Volvamos a Gavin.

Me reí. —Sí, entonces, yo... —Miré a Sofia. Ella sonrió—. Mi ex me engañó con una compañera de trabajo. Sofia es la única que lo sabía hasta que se lo conté a Gavin, y ahora vosotras. Tengo problemas de confianza por eso. No dejo que la gente se acerque.

—¿Pero se lo contaste a Gavin? —preguntó Melody.

Asentí. —Sí.

—¿Qué dijo él? —preguntó Blake.

—Que lo sentía.

—Cásate con él —dijo Finley.

El resto de nosotras nos reímos.

Negó con la cabeza. —Hablo en serio. He conocido a hombres que pensaban que eso era una señal de que no eras apta para salir con ellos. O hombres que pensaban que te lo merecías si te engañaban. Un tipo que se disculpa por la cagada de otro hombre es uno con el que definitivamente deberías casarte.

—Todavía no estoy ahí —dije con una risa.

—Pero te gusta mucho, quizás lo amas —dijo Laura—. Y él siente lo mismo. Tienes suerte.

—Pero se va. No se va a quedar en Cala MacKellar —les dije.

—Solo tú sabes si eso es un obstáculo insuperable o no —dijo Karissa—. Si estás bien con irte, no dejes que nadie te detenga. Si no lo estás, no dejes que él te fuerce.

—Ni siquiera sé cómo se siente. Si está pensando algo remotamente parecido a lo mismo.

—Pregúntale —dijo Finley.

—¡No! —dijeron el resto de ellas.

Finley se rio. —Soy directa. No me gustan los juegos. Quiero saber dónde estoy con una persona, y no tengo miedo de preguntárselo.

—No creo que pueda hacer eso —admití.

—No tienes que hacerlo. Lo que necesitas averiguar primero es cómo te sientes. Si lo amas —dijo Blake—. No estaba dispuesta a admitir ante mí misma que amaba a Ian durante mucho tiempo. Me dijo que me amaba y yo le dije que no era así.

—¿Qué hiciste qué? —pregunté.

Blake asintió. —No fue mi mejor momento. Pero se quedó el tiempo suficiente para que lo descubriera. Si Gavin es como yo, tienes que saber lo que quieres. Tienes que saber cómo te sientes. Si no estás segura, podrías perderte algo increíble si no estás dispuesta a luchar por ello. Yo casi lo hice.

—Ian nunca te habría dejado ir —dijo Finley.

—James me alejó de él —dijo Trinity—. Las relaciones no son fáciles. Iba a irme para no tener que verlo todos los días.

—Así es como llegué aquí. No quería volver a ver a mi ex nunca más —les dije.

—¿Estás segura de que lo has superado? —preguntó Melody suavemente.

Asentí. —Sí. Creo que nunca lo amé. Me avergonzaba que sintiera la necesidad de engañarme, pero él no era el adecuado para mí. No podía soportar que yo fuera mejor en nuestro trabajo que él y esa fue su forma de vengarse.

—Definitivamente estás mejor sin él —dijo Karissa.

—Sí, lo estoy.

—Cuando piensas en la vida sin Gavin, ¿cómo te sientes? —preguntó Elise.

Inspiré bruscamente y me detuve.

—Está enamorada —dijeron todas.

—¿Qué? ¿Por qué decís eso?

—Porque físicamente te duele imaginar no tenerlo en tu vida —dijo Blake—. Así fue como finalmente saqué la cabeza de mi trasero y admití que amaba a Ian. Perderlo era más doloroso de imaginar que arriesgar mi corazón para estar con él.

—Perder a Ramsey fue más doloroso que perder a nuestro hijo —dijo Melody—. Perder un hijo no es fácil, pero sobreviví a eso porque sabía que tenía a Ramsey y a Amber. Perder a Ramsey era inconcebible para mí. Cuando se fue, supe que nunca volvería a estar bien. Pero me llevó meses decirle que lo quería de vuelta.

—No hagas eso —dijo Karissa—. Dejé escapar al hombre con quien podría haber construido una vida. Me he arrepentido desde entonces. No tengo idea de qué pasó con él, y no quiero saberlo porque lo estropeé. No estaba dispuesta a dejarle cumplir sus sueños. Podría haber trabajado en cualquier lugar, pero quería estar aquí. Sé que me dio tiempo con mi madre que no habría tenido de otra manera, pero significa que me perdí una vida con un hombre que amaba. Necesitas elegir lo que es correcto para ti, pero también quiero que sepas qué pasa si nunca le dices cómo te sientes y lo dejas volver. Los hombres no siempre son lo suficientemente valientes para admitir sus sentimientos. A veces tenemos que hacerlo primero.

Admitir cómo me sentía era una opción aterradora. No estaba segura de poder hacerlo. Pero saber que la alternativa era perder a Gavin para siempre... no había buenas opciones. Nada que garantizara que todo saldría bien.

Todo lo que aprendí al hablar con ellas fue que definitivamente estaba enamorada de él. Debería haber estado feliz por eso. Debería haber estado emocionada y saltando por las paredes. En cambio, solo quería otro trozo de tarta, mi pijama afelpado y una película con Sofia.

Esconderse era una buena opción, ¿verdad?

18

GAVIN

Los pasos entusiasmados que resonaban en el porche fueron la primera señal de que Zoey y los niños habían llegado. La tía Gina y yo nos miramos y sonreímos. Los habíamos estado esperando, casi tan emocionados como los niños por su llegada.

La puerta se abrió de golpe antes de que pudiéramos llegar y los diablillos entraron volando. Un torbellino de rizos oscuros y una melena rubia atravesaron la habitación como un rayo.

—¿Qué creéis que estáis haciendo? —bramó la tía Gina.

Los niños se quedaron paralizados y la miraron con los ojos abiertos de terror. Se arriesgaron a mirarme. Les lancé una mirada severa, sin delatarme.

—Lo siento —dijo Alexis suavemente—. Mami dijo que podíamos correr dentro.

—¿Y pensasteis que estaba bien hacer eso sin darnos abrazos primero? —dijo la tía Gina con solemnidad.

A los niños les llevó un minuto darse cuenta de lo que había dicho. La tía Gina les sonrió, y ellos se relajaron de nuevo, acercándose a saltitos para abrazarla y luego saltando sobre mí.

—Te echamos de menos, tío Gavin —dijo Cameron.

—Yo también os eché de menos. ¿Está mamá sacando todo del coche?

Cam asintió.

—Iré a ayudarla. Solo puedo imaginar cuántas cosas tiene que meter. Vosotros contadle a la tía Gina sobre el viaje.

Estaban charlando animadamente cuando salí por la puerta principal.

Zoey estaba en el maletero, sacando bolsas y maletas y dejándolas en el suelo cubierto de nieve antes de mirar hacia la puerta. Se detuvo cuando me vio.

—Dios mío, eres justo lo que necesitaba ver —dijo.

Me acerqué y la abracé, dándome cuenta de que estaba llorando solo cuando la solté.

—¿Qué ocurre?

—Estoy muy feliz de estar aquí por un tiempo. Y de veros a ti y a la tía Gina. Ha sido un mes difícil.

—Y yo no estuve allí. Lo siento, Zo. Debería haber vuelto cuando me di cuenta de que la tía Gina no estaba lista para hacer ningún trabajo todavía. Al menos no el trabajo importante.

—No, no deberías haberlo hecho. Necesito averiguar cómo funcionar por mi cuenta sin tenerte cerca todo el tiempo.

—¿Por qué demonios necesitarías hacer eso? Si fuera por mí, vosotros simplemente os mudaríais conmigo.

Ella se rió como siempre hacía cuando le decía eso y negó con la cabeza.

—Ambos sabemos que arruinaríamos tu vida personal. "Sí, claro, nena, puedes venir. Pero mi hermana y sus dos hijos viven conmigo, así que tienes que estar callada".

—¿Es así como crees que sueno? —pregunté.

Ella se rió y me abrazó de nuevo.

—Me encanta que lo que te moleste sea mi imitación de tu voz. Dios, qué bueno es estar aquí.

—Sí, lo es. Ahora, ¿qué va dónde? ¿Hay algo que deba ir a mi habitación?

Asintió.

—La maleta verde. Y esa bolsa con flores.

Levanté una ceja mirándola.

—¿Qué? Pensé que te gustarían.

Me reí y negué con la cabeza, luego cogí las bolsas llenas de regalos para los niños y otra maleta y entré.

Los niños seguían hablando con la tía Gina, así que seguí subiendo mientras Zoey saludaba rápidamente y luego me seguía. Escondí las bolsas con regalos en mi armario y llevé la otra maleta a la habitación de Zoey.

—Es más pequeña de lo que recordaba —dijo, mirando fijamente la habitación.

—Ha pasado mucho tiempo desde que estuvimos aquí.

—Demasiado —dijo Zoey. La tristeza en sus ojos me dijo que se estaba preguntando lo mismo que yo había estado pensando. Por qué no volvimos antes.

—Estamos aquí ahora —le dije.

Ella miró alrededor.

—Un último hurra. Es difícil creer que nunca volveremos a ver este lugar.

—Siempre podemos volver de visita.

Negó con la cabeza.

—Ambos sabemos que no lo haremos. A menos que Piper vaya a mantenerte cerca.

Me reí de su ceja levantada y negué con la cabeza.

—Piper y yo estamos bien juntos, pero no somos permanentes. Ambos lo sabemos.

—Si tú lo dices. No llevé a Trevor a una fiesta familiar hasta que estuvimos comprometidos.

—La tía Gina la invitó.

—¿Y?

—Eres una mocosa.

—Siempre lo seré. —Suspiró—. Probablemente deberíamos ir a relevar a la tía Gina. Alexis y Cameron seguramente ya la han vuelto loca.

—No, ella ya estaba loca. ¿Por qué no te tomas unos minutos para ti? Desempaca o acuéstate o date una ducha. Llevaré a los niños afuera a jugar en la nieve y los llenaré de galletas antes de la cena.

Me miró con los ojos entrecerrados. Le sonreí como si fuera inocente. Soltó una risita y asintió.

—Eso sería genial. Realmente te echaron de menos.

Asentí.

—Yo también os eché de menos a todos.

Ella sonrió. Salí de su habitación, cerrando la puerta tras de mí mientras me iba. Los niños seguían abajo contándole a la tía Gina sobre el viaje cuando volví. Agarré a Cam y lo lancé sobre mi hombro cuando no estaba mirando, luego pisoteé por toda la habitación.

—¡Tengo un trofeo! ¡Voy a lanzar mi trofeo a la nieve!

Cam gritó y empezó a patearme. Alexis vitoreó y nos persiguió.

—¡No, tío Gavin, no! —gritó Cameron mientras lo llevaba fuera y lejos del porche—. No me tires a la nieve.

Lo habría bajado si no se estuviera riendo tan fuerte. Encontré un buen montón de nieve y fingí lanzarlo y perder el equilibrio para que ambos cayéramos juntos. Caí de espaldas, protegiéndolo para que no se lastimara.

Se rio, cayendo sobre mí. Alexis se acercó y saltó encima de nosotros. Los abracé, disfrutando de estar con ellos por un minuto hasta que empezaron a retorcerse y se fueron otra vez.

—¡Te caíste, tío Gavin —gritó Cameron—. Tú también acabaste en la nieve.

—Sí —dije—. No sé cómo pasó. Algún tipo de magia que me hizo caer en la nieve cuando estaba tratando de lanzarte a ti. ¿Me hiciste tropezar?

—¿Cómo podría haberte hecho tropezar? ¡Estaba encima de ti! —dijo Cam.

Me froté la barbilla. Luego me giré hacia Alexis.

—¿Fuiste tú? ¿Me hiciste tropezar? Te atraparé por eso.

Ella chilló y salió corriendo. Corrí tras ella, con Cameron pisándome los talones. Alexis se reía mientras zigzagueaba por el jardín. No estaba mirando por dónde iba y acabó chocando directamente contra Sebastian.

Rebotó en sus piernas y cayó de culo en la nieve. Levantó la mirada hacia él, con los ojos abriéndose más y más a medida que inclinaba la cabeza cada vez más hacia atrás para ver qué era lo que la había detenido.

—Eres enorme —susurró—. Nunca he visto a nadie tan grande como tú.

—Y tú necesitas mirar por dónde vas —dijo Sebastian bruscamente.

Los alcancé y asentí hacia él. Alexis se dirigía directamente al agua cuando Sebastian se interpuso en su camino para bloquearla.

—Gracias.

Él asintió.

—Alexis, podrías haberte caído al agua. Necesitas mirar por dónde vas.

—Lo siento, tío Gavin.

Sebastian arqueó las cejas.

—¿Tío Gavin?

Asentí de nuevo, observando cómo miraba a los niños y unía las piezas. Miró hacia la casa, luego hacia la entrada.

Asintió una vez y dio un paso a un lado para esquivar a Alexis.

—Intenta tener cuidado.

Ella asintió y lo vio alejarse desde atrás.

Quería disculparme con él o decir algo que lo hiciera mejor, pero realmente no había nada que decir. Iba a tener una Navidad de mierda porque Zoey estaba aquí. Aunque sabía que ella venía, encontrarse con su hija probablemente no estaba en sus planes. Especialmente no en la primera hora tras su llegada.

Alexis y Cameron corrieron por el jardín y se lanzaron bolas de nieve mal compactadas. Se rieron y jugaron y actuaron como lo hacen los niños. No tenían suficiente de eso en sus vidas últimamente, así que era bueno para ellos.

Y era bueno para mí también. Los adoraba, y pasar tiempo con los niños siempre era divertido.

Cuando Cameron dijo que tenía hambre, y Alexis dijo que tenía frío, volvimos adentro. La entrada de la tía Gina era toda de baldosas, así que nos quitamos los zapatos y la ropa mojada allí antes de correr descalzos a la cocina. La tía Gina ya tenía chocolate caliente en la cocina y galletas en platos para los niños.

—Supuse que tendríais hambre cuando entrarais. Tú y Zoey siempre queríais un tentempié cuando entrabais después de corretear. —Se centró en los niños—. Vuestra madre me dijo que os gustan las galletas y el chocolate caliente. ¿Es un refrigerio adecuado?

Asintieron y se lanzaron como animales salvajes que no hubieran sido alimentados en semanas. Cogí una galleta del plato grande y acepté la taza que la tía Gina me entregó.

—¿Está bien Zoey?

Asentí.

—Le dije que se tomara un descanso. Es un viaje largo, y

ha sido un año largo para ella. Me encargaré de los niños por un rato. ¿Necesitas subir a la posada?

La tía Gina asintió.

—Sí, si te parece bien.

—Por supuesto. No estamos aquí para entrometernos en tu día a día. Estoy bien con ellos. ¿Necesitas ayuda en la posada?

Negó con la cabeza.

—Sebastian ya está allí. Él puede ayudarme.

Asentí.

—Él lo sabe.

Me miró y asintió.

—Ojalá las cosas fueran diferentes.

—Yo también.

La tía Gina me dio una palmadita en la mano y se marchó. La puerta principal se cerró suavemente, y los niños terminaron sus galletas.

—¿Podemos ver la tele?

Asentí.

—Por supuesto. Vamos a ver qué podemos encontrar.

Pasé el resto de la tarde jugando a juegos de mesa, viendo películas y persiguiendo a los niños por fuera. Me reí con ellos y me sentí bien. Ellos eran mi hogar. Pittsburgh era mi hogar porque ellos estaban allí. Los había echado de menos.

Justo antes de la hora de la cena, Zoey me preguntó cuál era el plan para la noche.

—La tía Gina tiene todo preparado en la posada. Cenaremos allí con los huéspedes y volveremos aquí para pasar la noche. Ella se levantará temprano mañana para empezar a preparar el desayuno y el almuerzo para todos. No cocina mucho aquí abajo.

—¿Tenemos que comer allí? No estoy segura de que sea buena idea.

—Está bien. Todo estará bien. —Eso esperaba.

Abrigamos a los niños de nuevo y nos cerramos las chaquetas para ir caminando a la posada. No estaba lejos, pero con dos niños que probablemente no se quedarían en el camino, necesitábamos todas las capas posibles. El camino de vuelta sería peor ya que estaría oscuro para cuando volviéramos a la casa.

Entramos por la puerta trasera, e inmediatamente, los niños intentaron dejar sus abrigos en el suelo. Zoey los agarró a ambos.

—Hablamos de esto. Hay que colgar los abrigos y poner las botas en una bandeja. Tirar las cosas por todas partes no es aceptable.

Asintieron y colgaron sus abrigos en los ganchos más bajos y luego pusieron sus botas en la bandeja. Después salieron corriendo.

—¡Parad! ¡Chicos! —Zoey salió tras ellos.

Yo sabía que no molestarían a la tía Gina, pero Zoey tampoco quería que molestaran a ninguno de los huéspedes.

Fui a ver cómo estaba la tía Gina y le pregunté si necesitaba algo. Me dijo que llevara la ensalada de brócoli al bufé y que ella iría justo detrás de mí.

Dejé el cuenco y fui a buscar a Zoey y los niños. Los encontré en la sala de estar... con Sebastian.

Alexis estaba colgada de la pierna de Sebastian como si fuera su nuevo juguete favorito. Cameron lo miraba como si estuviera tratando de averiguar qué hacer. Y Zoey estaba tratando de que Alexis lo soltara.

Sebastian... bueno, parecía que preferiría estar en cualquier lugar menos allí. No estaba seguro de si iba a gritar o a romper en lágrimas. Quizás ambas cosas, aunque nunca le había visto hacer ninguna de las dos.

—¿Qué está pasando aquí? —pregunté, atrayendo la atención de todos hacia mí.

—Alexis quiere sentarse con él, pero él dijo que no se queda a cenar —me explicó Cameron.

—Por favor —dijo Alexis con su mejor lloriqueo. Miró a Sebastian con ojos de cachorro que yo nunca había podido resistir.

—¿Por qué no sueltas la pierna de Sebastian —le dije—. Y si tiene otros planes esta noche, quizás puedas preguntarle si puedes sentarte con él en otra comida.

—No voy a estar aquí por un tiempo. Tengo trabajo que hacer.

—¿No vas a estar aquí para Navidad? —preguntó Zoey.

Sebastian la miró con dureza.

—No.

—Quiero que te sientes conmigo —hizo pucheros Alexis—. ¿Por qué no te gusto?

—No te conozco, niña —dijo Sebastian.

Ella extendió su mano y lo miró fijamente hasta que él la engulló en la suya. Bombeó su brazo y dijo:

—Encantada de conocerte. Soy Alexis Conrad. Nací el diecisiete de febrero. Mi color favorito es el rosa. Me gustan los unicornios y el chocolate y montar en bicicleta en verano. Mi mami me lee libros todas las noches porque no sé leer bien. Mi papi ya no vive con nosotros, pero está bien.

Cuando terminó de hablar, miró a Sebastian como si esperara que él se presentara. Él me miró, y yo simplemente me encogí de hombros. Tampoco sabía qué pensar de ella.

Sebastian suspiró y se agachó frente a ella. Parecía un gigante al lado de Alexis, pero ella simplemente se quedó allí y esperó a que hablara.

—Soy Sebastian Parks. Siempre he vivido en Cala MacKellar. Dirijo el faro fuera de la posada. Vivo solo en la cabaña de al lado. Me gusta estar solo.

—¿Sabes leer? —preguntó Alexis.

Sebastian la miró como si estuviera loca.

—Eh, sí.

—¿Me leerás un cuento?

—¿Ahora?

Alexis se rio.

—No, no ahora, tonto. Antes de que me vaya a dormir.

—No. No vivo en esa casa.

—Pero vives solo, así que deberías venir a quedarte con nosotros. Mami dice que nadie debería estar solo en Navidad.

—Sí, bueno, yo estoy solo todo el tiempo. Pregúntale a tu mami sobre eso. —Sebastian se levantó y salió de la posada, dejando a Alexis mirando tras él.

—¿Por qué se fue?

—Está ocupado, cariño —le dije—. Sebastian tiene un trabajo muy importante que hacer. Estoy seguro de que lo verás de nuevo.

—Eso espero. Es simpático —dijo Alexis.

—Tengo hambre —anunció Cameron.

—Es una suerte que sea hora de cenar —les dije—. ¿Por qué no vais a preguntarle a la tía Gina dónde debéis sentaros?

Se fueron corriendo, dejándonos a Zoey y a mí solos. Ella seguía mirando la puerta.

—Estará bien —le dije.

Negó con la cabeza.

—Le hice daño. Mucho daño.

Asentí.

—Sí, lo hiciste. ¿Pensaste que no?

Se encogió de hombros y apartó la mirada de la puerta.

—Supongo que pensé que ya lo habría superado. Que habría seguido adelante y lo habría dejado ir y no me odiaría tanto.

—Le rompiste el corazón, Zo. Sé que no lo hiciste para ser mala, pero lo destrozaste. No creo que nunca te superara. Simplemente evítalo tanto como sea posible mientras estés aquí. Y como dijimos, después de esto, nunca volveremos a estar aquí, así que no tendrás que verlo y él no tendrá que verte.

Asintió.

—Sí. —Se mordió la uña y miró hacia la puerta—. ¿Crees que tomé la decisión correcta al casarme con Trevor?

Negué con la cabeza.

—No vayas por ahí, Zo. Nunca vayas por ahí. Tienes dos niños increíbles que no tendrías si no fuera por él. Sé que ahora lo odias, pero todavía estás en carne viva y dolorida. Odio decirlo así, pero no metas a Sebastian en tu divorcio. Déjale tener la paz que pueda encontrar.

Asintió de nuevo y se alejó de la puerta.

—Tienes razón. Finge que nunca pregunté.

—¿Preguntar qué? —dije.

Sonrió y entrelazó su brazo con el mío.

—Vamos a buscar a los diablillos.

LA CENA TRANSCURRIÓ SIN INCIDENTES, afortunadamente. Los niños comieron y hablaron, pero nada se cayó ni se rompió. Cuando terminaron y regresaban a la casa, era obvio que empezaban a estar cansados por la forma en que se estaban picando entre ellos.

—¿Por qué no vamos a leer un cuento e intentamos dormirnos? —sugirió Zoey—. Así Papá Noel podrá venir.

—¿Crees que nos va a encontrar? —preguntó Alexis.

Zoey y yo asentimos.

—Por supuesto. Él sabe dónde está todo el mundo. Es mágico, ¿sabes? —le dije.

—Pero no estamos en casa. ¿Y si lleva nuestros regalos a nuestra casa? —preguntó Cameron.

Zoey negó con la cabeza.

—Le envié un correo electrónico y le dije que estaríamos aquí. Vendrá aquí. No os preocupéis.

—¿Conoces a Papá Noel? —preguntó Alexis.

—Sí —dijo Zoey sin perder el ritmo—. Él comprueba conmigo lo bien que escucháis y ayudáis y si peleáis.

—Bueno, no vamos a recibir nada este año —dijo Cameron.

—¿Por qué dices eso? —le pregunté.

—Porque cada vez que peleamos, mamá llora. No hemos sido muy buenos niños.

—Entonces quizás decidle a mamá que lo sentís por haberla disgustado y prometed intentar hacerlo mejor —sugerí.

—Lo sentimos, mami —dijeron ambos, lanzándose sobre ella en un abrazo grupal.

—Está bien, chicos. Estoy bien. Y vosotros sois buenos niños —dijo Zoey. Pasó sus manos por su pelo y les sonrió.

—¿Quién se va a lavar los dientes primero? —pregunté.

—¡Yo! —dijo Cameron.

—Vale, vamos. —Lo seguí escaleras arriba hasta el baño del pasillo que todos compartíamos. Cameron entró al baño para lavarse los dientes mientras Alexis y Zoey iban a la habitación a cambiarse a los pijamas. Cuando ambos niños terminaron, intercambiamos y Alexis se lavó los dientes.

—Me cae bien Sebastian —me dijo mientras se secaba la boca con la toalla—. Es divertido.

—Es un buen tipo.

—Espero que cene con nosotros mañana. Si está solo, ¿significa que no recibe regalos?

—Todo el mundo recibe regalos. Y la tía Gina le compró algo. Es un buen amigo suyo.

—También es un buen amigo mío. Creo que debería hacerle un regalo.

—Quizás puedas hacerle algo mañana —sugerí.

—Puedo dibujarle un dibujo. Soy muy buena dibujante.

Sonreí.

—Sí, lo eres. Y creo que a Sebastian le encantará eso. Pero por esta noche, vamos a meterte en la cama.

—Te quiero, tío Gavin —dijo, lanzando sus pequeños brazos alrededor de mi cuello.

La abracé fuerte y suspiré.

—Yo también te quiero, Alexis. Siempre.

Me soltó como si no fuera gran cosa y corrió por el pasillo hacia la habitación. Saltó sobre la cama de matrimonio y se acurrucó junto a Zoey.

Me quedé en la puerta mientras Zoey les leía a los niños "Twas the Night Before Christmas". Ellos repitieron algunas partes en silencio, pero al final, ambos niños estaban dormidos.

Zoey bostezó y los miró. Besó sus frentes y se deslizó para salir de entre ellos. Los cubrió con el edredón y suspiró.

Luego se volvió hacia mí y dijo:

—Ahora, cuéntamelo todo sobre Piper.

Zoey y yo estábamos sentados en mi cama con dos tenedores y un trozo de tarta entre nosotros. Zoey dio un bocado y dijo:

—Deja de darle largas.

Solté un suspiro. Piper. No sabía qué quería contarle a Zoey sobre Piper. Le había contado lo importante, que fingíamos estar juntos para la tía Gina y que habíamos iniciado una relación, pero temporal. Sabía que Piper era camarera en O'Kelley's, pero no iba a contarle a Zoey sobre el pasado de Piper ni que era propietaria de su edificio. No sabía qué más había que contar.

—¿Qué quieres saber?

—¿Cómo la conociste?

—En O'Kelley's. ¿Te acuerdas de Hudson Grant?

Zoey asintió.

—Es el dueño del local. Fui ahí en Acción de Gracias y me tomé unas copas. Acabé hablando con Hudson un buen rato y me quedé hasta el cierre. Le pregunté si Piper volvía sola a casa y si podía quedarme para acompañarla.

—Tienes un par de huevos —dijo Zoey.

Me reí.

—Supongo. Solo pensé que era guapa. Se mantuvo firme cuando alguien me tiró el vaso de la mano. Me intrigaba.

—¿Y ahora?

—Ahora, simplemente me gusta. Es divertida, inteligente y amable. Es buena persona.

—Pero ella vive aquí —dijo Zoey.

Me encogí de hombros.

—Sí, pero es lo que hay. Siempre supimos que era algo temporal.

—¿Y si no viviera aquí? ¿Y si viviera en Pittsburgh o tú vivieras aquí?

—No importa porque no es el caso.

—¿Pero y si lo fuera? ¿Sería algo más que un rollo? ¿Sería algo que durara?

—No lo sé. No estoy seguro de estar interesado en algo así. Chad está intentando hacer crecer HQA, y te tengo a ti y a los niños, y...

—Eh, no —dijo Zoey con firmeza—. No dejes que mis hijos y yo arruinemos tu vida. Nunca quise eso, Gavin. No es lo que intento hacer.

—Lo sé, y no lo estáis haciendo. Pero os quiero. No quiero estar lejos de vosotros. Y me encanta pasar tiempo con ellos. ¿Por qué es malo que esté poniendo a mi familia primero? ¿Solo porque son mi sobrina y mi sobrino en vez de mis hijos significa que su felicidad no debería ser importante para mí?

Zoey suspiró.

—Nunca he dicho eso. Tienen suerte de tenerte. Yo tengo suerte de tenerte. Pero quiero que seas feliz. No recuerdo la última vez que hablaste de alguien como estás hablando de Piper. No quiero retenerte de algo por haberme divorciado.

—No lo haces, Zo. Te lo prometo.

Me miró con una ceja levantada.

—Eso espero. Mi pregunta anterior sigue en pie, sin embargo. Si ella viviera en Pittsburgh, no podrías usar la distancia como excusa.

—No es una excusa —insistí—. Es la verdad. Ella vive aquí, y yo vivo a cientos de kilómetros, y una relación no es posible cuando ninguno de los dos está interesado en mudarse.

Zoey asintió y miró por la ventana. El cielo nocturno estaba oscuro. Todas las luces de Navidad estaban en un temporizador programado para apagarse a las diez y llevaban un rato apagadas.

—¿Recuerdas cuando hablábamos de crecer aquí? ¿De lo genial que habría sido formar parte del grupo popular?

Me reí.

—Sí. Lo gracioso es que siempre quisieron ser como nosotros. Nos veían como los afortunados.

—¿Cómo sabes eso?

Me encogí de hombros.

—Porque ahora formo parte del grupo popular. Hudson, Ramsey Holland, Ian Jameson, James Rucker. Todos esos chicos con los que quería hacer amistad mientras crecíamos ahora son amigos míos. Estoy seguro de que si no estuviera con Piper no lo serían, pero tanto Ian como Hudson me invitaron a unirme a ellos los jueves por la noche cuando se reúnen, antes de que Piper y yo empezáramos algo.

—Mi hermano mayor, el chico popular —se burló Zoey.

—Sí, bueno, eso también es temporal.

—¿Puedo preguntarte algo?

—Siempre.

—¿Por qué no estás aprovechando la oportunidad de comprar la posada y mudarte aquí? Dijiste que querías hacerlo una vez, pero después de Carnegie Mellon, dejaste de venir aquí y todo cambió.

Me encogí de hombros.

—Todo cambió. Yo cambié. Ya no era invencible. Sabía lo que era el fracaso y lo odiaba. Mi sueño de vivir aquí terminó cuando dejé de ser un niño. Es decir, sí, es genial aquí, pero era un sueño tonto. Dirigir la agencia con Chad es mi futuro.

—¿Aunque no sea la agencia que dejaste hace un mes?

Suspiré.

—No estoy contento con la decisión que tomó Chad, no. No lo he ocultado. Pero no sé. Seguro que estará bien.

Zoey asintió.

—Lo estará. Los dos sois muy buenos en lo que hacéis. No puedo imaginar que las cosas no os salgan bien. Siempre habéis sabido con qué clientes trabajar y a cuáles pasar. Esto será igual.

Le sonreí y deseé tener su confianza. Chad y yo siempre hablábamos de los contratos y rechazábamos aquellos sobre los que alguno de nosotros tenía un mal presentimiento. Tomábamos las decisiones juntos. Durante el último año, él había estado presionando para conseguir clientes más grandes, y yo me había estado resistiendo. No debería haberme sorprendido que aceptara uno cuando yo estaba fuera. Tal vez él tenía razón. Tal vez Zoey tenía razón. Eso esperaba, pero la sensación en mi estómago decía que no.

En lugar de meterme en todo eso con mi hermana, me bajé de la cama y saqué las maletas de mi armario.

—¿Lista para ser Santa?

Ella gimió y asintió.

—Tú lleva todo eso, yo llevaré el plato.

Bajamos las escaleras de puntillas. Ella puso el plato y los tenedores en el lavavajillas, y yo empecé a sacar los regalos para ponerlos bajo el árbol. Zoey vino y me ayudó a organizarlos como ella quería. Añadí los regalos que la tía Gina y yo compramos para los niños y Zoey. Parecía que la Navidad había vomitado en el salón.

—Nunca habían recibido tantas cosas —dijo Zoey en voz baja. Sorbió por la nariz.

La abracé.

—Se lo merecen. Les compré cosas pequeñas, igual que la tía Gina. Son buenos niños.

—Gracias por convencerme de venir aquí. No podría haber sobrellevado este año sola.

—No estoy de acuerdo. Puedes con cualquier cosa tú sola. Pero no tienes por qué hacerlo.

Sonrió.

—Vale, creo que es hora de irme a la cama. Estoy agotada.

Asentí.

—Se levantarán temprano.

Se rio.

—Siempre lo hacen.

Unos pasos en las escaleras me despertaron temprano a la mañana siguiente. Los pasos fueron seguidos inmediatamente por susurros y chisteos que no hicieron nada para silenciar los fuertes ruidos que hacían los niños.

Esperé hasta que estuvieron abajo para levantarme. Me puse algo de ropa y fui al baño, luego bajé con mi gorro de Santa.

Estaba todo silencioso abajo, pero el crujido de las cajas me dijo que estaban allí clasificando los regalos.

—¿Qué... vaya —dije, deteniéndome en la puerta. La montaña de regalos había crecido. Durante la noche.

Zoey entró en la habitación desde la cocina y me dio una taza.

—Te habría ayudado —susurró, señalando con la cabeza los regalos que no colocamos la noche anterior.

Negué con la cabeza.

—Yo no hice esto.

Me miró como si pensara que estaba loco, pero negué con la cabeza.

—¿Entonces quién lo hizo? ¿La tía Gina?

Me encogí de hombros.

—Lo dudo. Me pidió que pusiera todos los regalos que tenía. No puedo imaginar que tuviera más.

—¿Entonces de dónde salió todo esto? —preguntó Zoey.

—Es de Santa, mamá —dijo Alexis en un tono que nos indicaba lo ridícula que consideraba a su madre.

—Santa realmente se ha esforzado este año —dijo Zoey con una sonrisa.

—¿Cuándo podemos abrir los regalos? —preguntó Cameron.

—Vamos a abrir la mayoría después de comer. Quiero que la tía Gina esté aquí con nosotros. Y el tío Gavin tiene una amiga que viene.

—Tres amigos —la corregí—. La compañera de piso de Piper, Sofia, también viene. Y la tía Gina convenció a Hudson para que se uniera. Os caerán bien.

—¿Vienen dos mujeres?

Puse los ojos en blanco.

—Ninguna de ellas tiene familia por aquí. La tía Gina invitó a Piper, y ella dijo que siempre pasa las fiestas con Sofia, así que la tía Gina le dijo que la trajera. Y Hudson cierra O'Kelley's para que su personal pueda pasar las fiestas con la familia, y cuando la tía Gina lo oyó, insistió en que viniera también.

—La tía Gina está tomando muchas decisiones últimamente —dijo Zoey con una sonrisa maliciosa.

Le hice una peineta detrás de mi taza.

—¿Podemos abrir un regalo ahora? —preguntó Cameron.

—Sí, cada uno puede elegir uno para abrir ahora —les dijo Zoey.

Se perdieron en la elección del regalo correcto para abrir primero. Zoey y yo los miramos, la alegría y la felicidad en sus caras era el mejor regalo que podíamos tener. Después de toda la tristeza y la decepción que su padre les había causado durante todo el año, era agradable verlos felices.

Cuando finalmente eligieron sus primeros regalos, Zoey sacó su móvil. Alexis arrancó el papel cubierto de lazos de una caja con una muñeca que se parecía exactamente a ella. Chilló y la levantó.

—¡Me encanta, mamá! Santa sabía que la quería. Es preciosa.

—No sabía que quería eso —me susurró Zoey.

Me encogí de hombros. Nunca había visto esa muñeca antes.

—¿Es de la tía Gina?

Alexis negó con la cabeza.

—Dice que es de Santa.

—El mío también es de Santa —dijo Cameron—. Voy a abrirlo ahora.

Rasgó el papel a rayas y abrió un dinosaurio.

—¡Guau, esto es genial!

—Yo no compré eso —siseó Zoey—. Dime que fuiste tú.

Negué con la cabeza.

—Te lo diría, pero no. No fui yo. Te lo prometo. No tengo ni idea de dónde salieron estos juguetes.

—¿Qué demonios?

—No lo sé. Oye, ¿quieres ducharte antes de que subamos a la posada para desayunar? Yo iba a hacerlo.

—Sí, debería. ¿Cuánto tiempo tenemos?

—El desayuno es informal, así que la tía Gina pone comida y la gente come cuando baja. Servirá desde las siete hasta las diez.

Zoey miró su teléfono.

—Seré rápida.

Asentí mientras ella subía corriendo las escaleras. Me senté e intenté averiguar de dónde podían haber salido todos los regalos extra.

Alexis y Cameron jugaron con sus juguetes hasta que fue hora de irse. Ambos preguntaron si podían llevarlos al desayuno, pero Zoey les dijo que no porque no quería que se mancharan de comida. Los cuatro subimos a la posada con los niños todavía en pijama.

Saludamos y deseamos Feliz Navidad a la tía Gina y nos aseguramos de que se sirviera un plato de comida como todos nosotros. Estábamos a punto de sentarnos a comer cuando Sebastian entró por la puerta. Miró alrededor y supo que estaba atrapado cuando su mirada se posó en nosotros.

—¡Sebastian! —gritó Alexis—. Te he guardado un asiento. Ven a sentarte conmigo.

Sebastian negó con la cabeza. Alexis se levantó de su silla y cruzó la habitación en menos de un segundo. Tiró de la mano de Sebastian e insistió en que se uniera a nosotros.

—Feliz Navidad —dijo Sebastian a regañadientes. Besó la mejilla de la tía Gina y tomó el asiento entre ella y Alexis.

—Tienes que comer algo. ¿No tienes hambre? Eres tan grande que seguro que siempre tienes hambre —dijo Alexis—. Puedes compartir mi comida si quieres. Mamá me dice que no como lo suficiente, pero no necesito tanta comida como tú. Puedes compartir.

Alexis le ofreció una tira de bacon a Sebastian. Finalmente la tomó de su pequeña mano y la sonrisa que ella le dedicó iluminó toda la habitación.

Igual que su madre, Alexis se había encaprichado de Sebastian. Miré a Zoey, pero ella estaba haciendo todo lo posible por no levantar la vista de su plato.

Alexis bombardeó a Sebastian con pregunta tras pregunta

mientras le daba de comer de su plato todo el tiempo. Cuando Sebastian dijo que iba a buscar su propia comida, Alexis se levantó de un salto e insistió en ir con él. Para asegurarse de que cogiera todas las cosas buenas.

—Es un torbellino, esa niña —dijo la tía Gina.

Zoey forzó una sonrisa.

—Me recuerda a ti cuando eras pequeña —le dijo la tía Gina a Zoey.

—¿Yo era así?

La tía Gina se rio.

—Oh, sí. Gobernabas el mundo. Y hablabas con todo el mundo. Apenas te callabas un minuto.

Zoey miró a Alexis y Sebastian y sonrió.

Recordé a Zoey cuando era así. Siempre haciendo preguntas y conociendo gente. Desde siempre, así era como funcionaba el mundo. Zoey hablaba y yo lo absorbía todo. Hasta que conoció a Trevor. Él la cambió.

—Supongo que lo olvidé —dijo Zoey en voz baja.

—No la dejes olvidar —dijo la tía Gina. Palmeó la mano de Zoey y la apretó—. Necesito sacar más huevos. Volveré.

Alexis y Sebastian volvieron a la mesa con un plato rebosante de comida. Comieron del mismo plato, compartiendo todo. Alexis habló todo el tiempo, conociendo a su nuevo mejor amigo. Sebastian pareció relajarse mientras hablaba con Alexis.

—¿Vas a venir a abrir regalos con nosotros? —preguntó Alexis cuando estábamos a punto de terminar el desayuno.

—Tengo trabajo que hacer —dijo Sebastian.

—¿En Navidad? No deberías tener que trabajar en Navidad. Deberías pasar tiempo con la gente que quieres. Mi papá siempre trabajaba en Navidad, y mamá lloraba. Pero ahora estamos aquí, y no quiero que mamá llore, así que necesitas pasar tiempo con nosotros.

Sebastian arqueó una ceja ante el pequeño torbellino y cruzó los brazos.

—Necesito trabajar para que la gente no se haga daño.

—¿Tienes que trabajar todo el día? ¿Vas a comer con nosotros? ¿Puedes venir a abrir regalos más tarde?

—Probablemente pueda organizarlo —cedió Sebastian.

—Bien. Entonces abriremos los regalos cuando venga Sebastian —dijo Alexis.

El resto de nosotros asentimos, sabiendo que no había forma de discutir. Alexis estaba definitivamente al mando.

TERMINAMOS el desayuno y ayudamos a la tía Gina a limpiar. Había empezado a preparar el almuerzo y solo estaba esperando a que todo terminara de cocinarse. Zoey llevó a los niños de vuelta a la casa para relajarse un rato y jugar con sus nuevos juguetes, pero yo me quedé en la posada para ayudar a la tía Gina.

Y para acorralarla.

—¿Por qué no me dijiste lo de los otros regalos? Los habría colocado por ti.

—¿Qué quieres decir? Te hablé de mis regalos. ¿Te olvidaste de ellos?

—Puse los que me dijiste, pero había un montón más esta mañana. ¿Tenías cosas que no me contaste?

Negó con la cabeza.

—No tengo ni idea de qué estás hablando. Todo lo que compré para ellos estaba con tus cosas. No puse nada yo misma.

—Estás bromeando, ¿verdad?

—¿Por qué iba a bromear sobre eso?

—No lo sé, pero había más regalos de los que Zoey y yo pusimos. Muchos más.

—Quizá sea un milagro navideño —dijo la tía Gina.

Me encogí de hombros.

—Lo único que sé es que es endiabladamente raro.

La tía Gina se rio y negó con la cabeza.

—¿A qué hora vienen Piper, Sofia y Hudson?

Miré mi teléfono.

—Probablemente en una hora. Les dije que comeríamos a las doce y los invité a quedarse para abrir los regalos después.

—Bien. Esperaba que se quedaran. Tengo regalos para ellos.

—¿Para todos?

—No invitas a alguien a tu casa en Navidad sin hacerle un regalo. Por supuesto que tengo algo para todos —me reprendió la tía Gina—. Ahora, ayúdame a terminar con toda esta comida.

Hice lo que la tía Gina me pidió y ayudé en lo que pude. Afortunadamente, no me pidió hacer nada demasiado complicado. Guardamos todo en el refrigerador y en el cajón caliente hasta que fue hora de sacar el jamón del horno. Corté el jamón mientras ella colocaba las rodajas en una fuente para llevar al buffet y empezamos a transportar la comida justo cuando Piper y Sofia entraron.

—Feliz Navidad —dijo la tía Gina—. Es maravilloso veros a las dos. Oh, y qué festivas.

Dios, esta mujer. Me reajusté y tragué un gemido. Su vestido de punto rojo se ajustaba a sus pechos y se aflojaba en la cintura y las caderas. Llevaba medias negras y botas negras que le llegaban hasta las rodillas. Añadió joyas plateadas y traía una bolsa de regalos.

—Vaya —respiré. No pude resistirme a acercarme a ella y atraerla para un beso demasiado corto—. Estás... madre mía.

Se sonrojó y sonrió.

—Gracias. Pensé que arreglarme un poco sería buena idea. Tú estás genial. Me encanta el gorro.

Ella estiró el brazo y tiró de la bola al final de mi gorro de Santa. Sonreí.

—Gracias. Pensé que esto era lo más parecido al nieto de Santa que podía conseguir con otras personas alrededor.

Ella se rio con una risa ronca que hizo que cada célula de mi cuerpo anhelara por ella. Iba a ser un día muy largo.

—¿Qué podemos hacer para ayudar? —le preguntó Piper a la tía Gina.

—Sacar comida. Creo que estamos listos para comer. La gente está empezando a tener hambre —dijo la tía Gina.

—No creo que nadie pase hambre por aquí —bromeó Piper.

—No si puedo evitarlo.

Hudson llegó mientras yo ayudaba a la tía Gina a poner todo en el buffet y prepararlo para comer. Llevé el plato de jamón y vi a Piper, Sofia, Hudson y Zoey hablando. Piper y Zoey se abrazaron y rieron como si fueran viejas amigas. Sonreí. Zoey necesitaba eso.

Estábamos a punto de sentarnos cuando Sebastian entró. Colgó su abrigo y se quitó el gorro, luego miró alrededor de la habitación. Antes de que pudiera acercarse más, Alexis corrió hacia él y le cogió la mano. Le sonrió como si fuera su héroe y lo llevó al comedor. Y él la dejó.

—¿Se conocen? —me susurró Piper.

Negué con la cabeza.

—Se conocieron ayer cuando estábamos jugando en la nieve. Ella se ha encariñado con él. Ha decidido que es su mejor amigo o algo así. No le deja sentarse en ningún sitio que no sea justo a su lado. Hizo lo mismo en el desayuno.

Piper se rio y luego se quedó inmóvil.

—Tu pobre hermana. Es adorable, pero parece que le está rompiendo el corazón.

Miré a Zoey y me di cuenta de que Piper tenía razón. Alexis estaba conectando con alguien nuevo, alguien que nunca sería parte de su vida. Alguien que podría haberlo sido si las cosas fueran diferentes. Pero no eran diferentes. Nunca serían diferentes. Porque todos tomamos decisiones y todos tenemos pasados, y algunas cosas nunca pueden borrarse.

PIPER

—Vaya, qué delicioso ha estado todo —dije. Estaba tan contenta de haberme puesto un vestido y no tener que preocuparme por desabotonarme los pantalones. Simplemente podía reclinarme en el sofá de la sala de estar y dejar que la comida se asentara mientras descansaba.

—Sí. Todo estaba increíble —coincidió Sofia—. Gracias por invitarnos. Nunca habíamos tenido unas Navidades así.

—Oh, me alegra tanto que hayáis venido los dos. Y tú también, Hudson. Esta es la mejor Navidad de la historia con tanta gente maravillosa alrededor —dijo Gina. Alcanzó nuestras manos y las apretó—. Voy a echar de menos este lugar.

—¿Adónde te vas a mudar? —preguntó Sofia.

—Aún no lo sé. Lo que sí sé es que no puedo quedarme aquí y ver cómo alguien cambia este lugar. Ya es bastante duro tener que irme, pero irme y ver lo que están cambiando sería demasiado difícil.

Escuchar el dolor en la voz de Gina me rompió el corazón. Cuando yo me alejé de mi antigua vida, lo hice porque ya no me sentía a gusto. Gina todavía quería vivir su vida.

Quería dirigir la posada. La única razón por la que se iba era porque era demasiado para ella sola.

Eché un vistazo a todos los presentes. Gina tenía un grupo increíble de personas a su alrededor, pero ninguna con la que pudiera contar. Todos tenían buenas intenciones, pero ella necesitaba algo que ninguno de ellos podía darle.

Necesitaba una pareja.

—Le dije que debería mudarse a Pittsburgh, pero ella dijo que si se va de aquí, quiere ir a algún lugar cálido —dijo Zoey con una sonrisa.

Se había pasado la mitad de la cena observando a Sebastian y la otra mitad intentando alejar a Alexis de Sebastian. A mí me parecía que Zoey seguía enamorada de Sebastian, pero no se habían dirigido la palabra. Ni una sola.

—Florida está bien —sugirió Gavin.

—Odia la playa —dijo Sebastian—. Quiere ir a Nuevo México.

Gina le sonrió—. Globos aerostáticos.

Sebastian asintió—. Lleva años diciendo que quiere probar los globos aerostáticos, y Nuevo México es conocido por ello.

—Nunca lo supe —dijo Zoey.

—Tampoco es que hayas estado muy presente —murmuró Sebastian.

La sonrisa de Zoey se desvaneció rápidamente y cerró la boca. Se hundió en su asiento y se mordió el labio inferior.

—Creo que montar en globo aerostático sería increíble —dije, inclinándome hacia delante e intentando desviar la atención de la animosidad entre ellos—. Lo más atrevido que he hecho nunca es esquiar en una pista roja sin experiencia.

—¿En serio? —preguntó Hudson con una carcajada.

Asentí—. En el instituto, había un chico que me parecía guapísimo. Le encantaba esquiar y yo le dije que a mí también, aunque nunca lo había hecho. Me invitó a quedar con él un fin de semana para que pudiésemos esquiar juntos.

—¿Qué pasó? —preguntó Zoey.

—Me caí al bajar del telesilla, luego me caí al ponerme los esquís. Me caí en cuanto empezamos a bajar la colina. Choqué contra los árboles de un lado. Acabé pasando por encima de las moguls y rodando a través de ellas. Cuando finalmente llegué al fondo de la pista, él ya estaba de camino hacia arriba con otra persona. Alguien que realmente sabía esquiar. Y me pasé el resto del día en el albergue bebiendo chocolate caliente y esperando a que mi madre me recogiera.

—Vaya, eso es horrible —dijo Gina, riéndose con el resto de nosotros.

Asentí y me reí de mí misma—. Estuve dolorida durante una semana y no me he vuelto a poner unos esquís desde entonces. Creo que no lo volveré a intentar.

—Deberías. Esquiar es muy divertido —dijo Gavin.

—No para mí. Prefiero el trineo como deporte de invierno.

—¿Podemos ir en trineo? Por favor, mami —preguntó Alexis.

—Seguro que tendremos tiempo de sobra cuando volvamos a casa. Va a ser un largo invierno —dijo Zoey.

Alexis asintió—. Me encanta el trineo. Deberías venir con nosotros, Sebastian. A ti también te gustaría. Y puedes tirar del trineo grande colina arriba. Mamá se cansa después de unas cuantas vueltas.

—Mmm hmm —dijo Sebastian, apenas sonriendo a la niña.

—¿Podemos abrir los regalos ya? —preguntó Cameron.

—Cameron —le regañó Zoey.

—Creo que tiene razón —dijo Gavin—. Deberíamos volver a la casa y abrir los regalos. Vosotros os quedáis, ¿verdad?

Sofia y yo intercambiamos una mirada. Habíamos hablado de escabullirnos cuando la familia mencionara los regalos. Habíamos comprado cosas para todos, pero no estábamos seguras de invadir su espacio durante tanto tiempo.

—Probablemente deberíamos irnos —dije, levantándome y dedicándole a Gavin una sonrisa—. Ya hemos invadido bastante.

—Yo también iba a marcharme —dijo Hudson.

—Tonterías —dijo Gina—. Además, hay regalos para todos vosotros y no podéis iros hasta que los abráis.

Los tres intercambiamos una mirada y nos encogimos de hombros. Todos estábamos allí porque no podíamos decirle que no a Gina. Estaba bastante segura de que si no pudimos negarnos a venir en primer lugar, no podríamos escapar tan fácilmente.

—Eh, bueno, vale, nos quedaremos. Os veremos allí —dije.

Gavin me miró con gesto interrogante, pero lo dejó pasar cuando Sofia y yo cogimos nuestros abrigos y nos dirigimos hacia la puerta principal. Hudson venía justo detrás de nosotras.

—Esto va a ser totalmente incómodo —dijo Sofia.

Asentí—. Sabíamos que podría serlo.

—No puedo decirle que no —dijo Hudson—. Es como una bruja vudú. Dice que hagamos algo, y yo ya estoy saltando antes de que termine la frase.

Nos reímos de él, pero estábamos totalmente de acuerdo.

—¿Has visto cómo están Sebastian y Zoey? Me dan pena. Obviamente siguen enamorados —dijo Sofia.

—Yo pensé lo mismo. Pero ambas sabemos que el amor no es suficiente. Especialmente cuando hay mucho dolor también —dije.

—Desde luego. Y ellos tienen suficiente.

—Sí. No estoy segura de que haya suficiente amor para borrar el dolor que ella les causó a ambos.

Sofia asintió y cogió una de las bolsas de regalos que habíamos traído. La mayoría de lo que compramos era para los niños, pero queríamos tener algo bonito para Gina. Esperaba que le gustara. También compré algo para Gavin y Zoey, y encontramos cosas que pensamos que a Sebastian y Hudson les gustarían también. Hudson nos ayudó con la tercera bolsa y refunfuñó diciendo que no sabía que se suponía que tenía que traer regalos para todos.

Cuando llegamos a la puerta de la casa, Gavin la abrió y preguntó:

—¿Qué es todo esto?

Nos encogimos de hombros—. No podíamos venir a Navidad y no traer regalos. No nos parecía bien. Pero tenemos los tickets de regalo por si a los niños no les gusta lo que elegimos. O al resto de vosotros.

Él negó con la cabeza y se rió. Tomó las bolsas de nuestras manos y me besó rápidamente antes de hacernos pasar. Hudson cerró la puerta y nos siguió hasta la sala de estar.

—Han traído más regalos. Como si vosotros dos no estuvierais ya suficientemente mimados —dijo.

—¿Más? —preguntó Alexis, iluminándosele los ojos cuando vio las bolsas en sus manos—. Me gusta más.

Los adultos nos reímos mientras Alexis y Cameron hurgaban en las bolsas. Repartieron los regalos a todos los que estábamos sentados alrededor de la sala. Gina estaba sentada en un sillón cerca de la chimenea con una manta tejida roja y blanca sobre su regazo. Zoey estaba cerca de ella en otro sillón. Los niños estaban al lado de Zoey, luego Gavin se sentó con un asiento vacío a su lado para mí. Sebastian estaba al otro lado de mi silla y dos asientos vacíos entre él y Gina para Sofia y Hudson.

Sofia sonrió a Sebastian mientras pasaba. Se saludaron y

ella tomó asiento junto a él. Se inclinó hacia él y le dijo algo que no pude oír, algo que le hizo sonreír.

Gavin había dicho lo duro que esto iba a ser para Sebastian, así que me alegré de que Sofia pudiera hacerle sentir un poco mejor, aunque fuera solo por un momento. Ella era tímida, pero siempre me decía que reconocía a otro introvertido cuando lo veía. Alguien que apreciaría el silencio de otra persona y no esperaría que hablara mucho. Sebastian encajaba en el perfil.

—¿Podemos abrir ya? —preguntó Cameron.

—Sí, pero tenéis que parar después de cada regalo y enseñarnos lo que os han regalado y dar las gracias a quien os lo haya dado —dijo Zoey.

—Vale —acordaron los niños mientras ambos arrancaban el papel de sus primeros regalos.

Nunca había pasado una Navidad con niños. Cuando yo era pequeña, no recibía muchos regalos. Mis padres me compraban cosas para superarse mutuamente, pero normalmente eran cosas que yo realmente no quería. La Navidad nunca fue algo que me emocionaba. Si hubiera tenido una familia como la de Alexis y Cameron, probablemente me habría sentido muy diferente.

Los primeros regalos eran todos de Papá Noel. Zoey, Gavin y Gina se miraron unos a otros y se encogieron de hombros. Me incliné hacia Gavin y le pregunté al respecto.

—No sabemos de dónde vienen estos regalos. Todos los de la tía Gina llevaban su nombre. Yo les compré algunas cosas de Papá Noel, y Zoey les compró un montón, pero hay más de los que compramos —dijo Gavin.

—¿Y Sebastian? —pregunté, mirándole de reojo.

Gavin negó con la cabeza—. Lo dudo. Odia a Zoey y conoció a los niños ayer. ¿Por qué habría de comprarles todos estos regalos?

Me encogí de hombros—. No lo sé, pero si vosotros no fuisteis, ¿quién fue?

Gavin miró a Sebastian y negó con la cabeza—. No puede haber sido él.

Me volví a encoger de hombros y me recliné mientras los niños destrozaban el papel y gritaban de emoción por sus regalos. Observé a Sebastian, preguntándome si podría haber sido el Papá Noel secreto. Un amago de sonrisa curvó sus labios en un momento dado, y supe que tenía razón. Puede que solo los hubiera conocido ayer, pero claramente le importaban Alexis y Cameron. Y si la mirada de anhelo que dirigió hacia Zoey era una indicación, los niños no eran los únicos por los que secretamente sentía algo.

—Esto es genial, Piper y Sofia —dijo Cameron—. Gracias.

—De nada —le dijimos. El camión de bomberos fue seleccionado por Sofia. Ella dijo que todos los niños necesitan un camión de bomberos y una ambulancia, que fue lo que compramos para Alexis. También eligió figuras para ambos, puzles y cuadernos para dibujar con lápices de colores en una bolsita que eran fáciles de usar en un viaje por carretera. Yo añadí un peluche para cada uno, guantes impermeables, horquillas para el pelo para Alexis y un balón de fútbol para Cameron ya que él juega, y auriculares para ambos. Gavin me contó mucho sobre los niños, incluyendo el hecho de que les encantaba ver sus iPads pero volvían loca a Zoey con el ruido. Encontré unos auriculares del tamaño adecuado para niños que, con suerte, harían las cosas un poco mejor para ella.

—¿Por qué no abres esto? —dijo Gavin, colocando una pequeña caja en mi regazo.

—¿Qué es?

—Solo algo que me hizo pensar en ti —dijo.

No pude evitar sonreír y negué con la cabeza mientras desataba el lazo que mantenía cerrada la caja. La sencilla caja blanca no revelaba nada. El papel de seda rojo ocultaba el regalo hasta que lo aparté y encontré un impresionante colgante de luna suspendido de una delicada cadena plateada.

—Gavin —suspiré—, esto es demasiado.

Él negó con la cabeza—. No, no lo es. Es hermoso, como tú. Lo vi y me hizo pensar en ti. La primera noche que nos conocimos, no dejaba de pensar en lo hermosa que estabas a la luz de la luna.

—Pero yo...

—Si no te gusta, es una cosa. Si te gusta, por favor acéptalo —dijo en voz baja.

Podía ver que estaba arriesgándose. Exponiéndose. Estaba diciendo algo, algo que yo había tenido miedo de decir—. Me encanta —dije con una sonrisa—. Gracias.

Él sonrió—. De nada —Sacó el collar de la caja y lo colocó alrededor de mi cuello. Apartó mi pelo y besó suavemente la parte posterior de mi cuello antes de dejar caer mi pelo de nuevo. Ajustó la Y para que el colgante de luna colgara sobre mi vestido, asentándose entre los montículos de mis pechos.

Llevé mi mano al colgante y respiré hondo. No iba a decirle que sentía lo mismo delante de toda su familia, pero necesitaba decirle que le quería. No podía dejar que pensara que no estaba en el mismo punto que él.

—Te queda precioso —dijo.

Miré hacia abajo y asentí—. Es perfecto. Gracias.

Él asintió y pasó su brazo alrededor de mis hombros. Se quedó así, con su brazo posesivamente a mi alrededor durante el resto de la locura.

Cuando los niños terminaron, preguntaron si podían salir a jugar. Zoey estuvo de acuerdo, y Sebastian y Hudson se ofrecieron a llevarlos afuera. Zoey parecía que iba a protestar, pero Gina les dio las gracias. Sofia se ofreció a ir con ellos y ayudó a vestir a los niños, se puso su propio abrigo y los siguió afuera.

—Esto es para ti —dijo Gina, entregándole un regalo a Zoey.

—Tía Gina —suspiró Zoey—. Les has comprado demasiado a los niños. No tenías por qué comprarme algo a mí también.

Gina descartó sus palabras con un gesto de la mano—. Siempre se mima a los que se quiere. Ahora, ábrelo.

Zoey abrió la caja y encontró una hermosa manta—. ¿La has hecho tú?

Gina asintió—. Sí. Pensé que te gustaría. Algo nuevo para empezar tu nueva vida.

Los ojos de Zoey se llenaron de lágrimas—. Gracias.

—Los niños se lo están pasando muy bien con Sebastian.

—Tía Gina, no empieces —dijo Zoey.

—Solo digo que, con toda la preocupación que tenías de no querer hacerle sentir incómodo, está encajando perfectamente con ellos.

—Sí, y me odia. Tía Gina, déjalo ya.

Gina se encogió de hombros—. Solo digo que tu mudanza aquí para hacerte cargo podría no ser una idea tan mala como piensas.

—No puedo —dijo Zoey—. Simplemente... hay mucho que no sabes.

—Lo sé todo, Zoey. Y también sé que tú y Sebastian estáis hechos el uno para el otro.

Zoey resopló—. Definitivamente no lo sabes todo si crees que eso es cierto.

—Ya lo verás —dijo Gina.

—¿Por qué no abres un regalo, tía Gina? —dijo Gavin.

—Yo tengo uno para ti —dije—. Toma, abre esto. Espero que te guste.

Gina ladeó la cabeza y me sonrió—. Eres demasiado

dulce. Estoy tan contenta de que tú y Gavin os hayáis encontrado. Aunque, tienes que esforzarte más para conseguir que se quede.

Le sonreí—. Lo haré.

Gavin me acercó más a él cuando me senté de nuevo y susurró:

—Eres un peligro.

Solté una risita y no dije nada más. Observé a Gina mientras desenvolvía el regalo que le había comprado. No estaba segura de que fuera una buena idea, pero me pareció acertado en su momento. Blake estaba entusiasmada con ello, e hizo un trabajo increíble.

Sonreí mientras Gina quitaba el papel y lo veía por primera vez. Las lágrimas inmediatamente llenaron sus ojos y mi corazón se hundió. Mierda. Inspiré y me quedé inmóvil. No quería disgustarla.

—No tienes que quedártelo. Puedo llevármelo. Lo siento mucho, Gina —dije, levantándome y yendo hacia ella.

—Esto es impresionante —susurró Gina—. Me encanta.

—¿Te... te gusta? —pregunté, deteniéndome antes de coger el cuadro de sus manos.

Pasó un dedo por encima de la posada en la pintura. Blake la hizo parecer como una foto tomada desde arriba, con la posada grande en primer plano, la casa más pequeña detrás, y el agua bailando en el horizonte. La acción que puso en la pintura y el amor que transmitía me dejó sin aliento cuando la vi por primera vez.

—Esto es increíble. ¿Cómo lo hiciste? ¿Lo pintaste tú?

Negué con la cabeza—. Una amiga mía. Blake, de Cracked. Ella hizo el mural, y sé que hace muchas pinturas y pensé que sería un buen regalo. Algo que siempre podrías tener contigo. Pero si es...

—Es perfecto. Es precioso. Tengo que agradecerle a Blake por captar tan bien la posada. Y gracias a ti por pensar en un regalo tan considerado e impresionante. Siempre atesoraré esto.

Me tendió la mano y la abracé. Me sostuvo con fuerza, sin soltarme durante un largo momento.

—Gracias por traerme a mi familia —dijo en voz baja para que solo yo pudiera oírla.

—Gracias a ti por incluirme en vuestras vidas —le dije.

Me apretó con fuerza y luego me soltó. Sostuvo mis mejillas entre sus manos y sonrió como si realmente entendiera exactamente lo mucho que significaba para mí formar parte de su familia durante un tiempo.

El resto de los regalos no fueron tan emotivos. Gavin se rió cuando abrió el adorno del balón de fútbol que le regalé, y se conmovió con la chaqueta de rally STI que le compré. A Zoey le gustó la cesta de regalo para madres solteras que Sofia y yo creamos para ella.

Cuando Hudson, Sebastian y Sofia trajeron a los niños de vuelta al interior, todos tomamos chocolate caliente y galletas. Al poco tiempo, Gina sacó las sobras y cenamos todos juntos en la casa, hablando, riendo y bromeando como una familia normal.

Nunca había conocido una Navidad así, y esperaba que algún día tuviera otra igual. Llena de amor, risas y alegría. Quizás incluso bajo el mismo techo bajo el que me encontraba en ese momento.

GAVIN

Los niños ya estaban en la cama, Piper estaba en casa viendo películas con Sofia, y yo estaba sentado en el sofá con una cerveza deseando poder entrometerme en el plan de Piper sin parecer un imbécil. Estaba bastante seguro de que no había manera de hacerlo.

—Me cae muy bien Piper —dijo Zoey, uniéndose a mí con una cerveza para ella y otra para mí—. Pensaba que irías a su casa esta noche.

Negué con la cabeza. —Ella y Sofia están pasando tiempo juntas. Tienen una tradición navideña que se vio interrumpida por estar aquí.

—Y te molesta. Eso es interesante.

—¿Qué quieres decir?

Zoey se rio. —Quiero decir que te gusta mucho. Más que cualquier chica de la que te he oído hablar.

—¿De qué hablas? Me han gustado chicas así de antes.

Zoey negó con la cabeza. —No creo. No tanto como para que estés enfurruñado cuando no puedes estar con ella.

—No me queda mucho tiempo aquí. Solo quiero pasar todo el tiempo posible con ella antes de irme.

—Estarás aquí al menos otro mes. Una noche no es para tanto.

Miré con mala cara mi cerveza y me la terminé, luego la cambié por la que me trajo Zoey.

—Quizás deberías quedarte aquí —dijo Zoey en voz baja.

—¿Qué? Eso es una locura. Tengo una vida en Pittsburgh —protesté.

—Y quieres estar aquí.

Negué con la cabeza. —No, no quiero.

—Entonces, ¿por qué estás aquí suspirando por una mujer que verás mañana? Una mujer con la que has pasado todo el día? Ya la echas de menos y ni siquiera te has ido todavía. Será mucho peor cuando realmente te vayas. Créeme.

—Quizás la que debería mudarse eres tú —repliqué—. Claramente sigues sintiendo algo por Sebastian. Quizás deberías volver y reavivar lo que podríais haber tenido si no te hubieras casado con Trevor.

Zoey negó con la cabeza antes de que terminara de hablar. —Me odia. Y no puedo vivir así.

—¿Pero todavía le quieres?

Se encogió de hombros y finalmente asintió. —Sí, le quiero. No es que quiera, y no pensaba que lo hiciera, pero cuando le vi, sentí como si no hubiera pasado nada de tiempo y volviera a ser esa adolescente conociendo por primera vez. Ambos hemos cambiado, pero sigue siendo el mismo hombre que amé todos esos años.

—Excepto que ahora es más cruel —dije.

Respiró hondo. —Tiene todo el derecho a ser cruel conmigo. A odiarme. Tú me lo dijiste. Le hice promesas y luego no las cumplí. Me enamoré de otra persona porque podíamos estar juntos. Después de años amando a Sebastian en secreto, estar con Trevor era refrescante. Podíamos tener citas, cogernos de la mano y besarnos en público. Nunca hice nada de eso con Sebastian. El romanticismo de todo eso me atrapó y me hizo pensar que era más de lo que realmente era.

—Lo siento, Zo. Ojalá las cosas hubieran sido diferentes.

Asintió. —Yo también. Pero pueden ser diferentes para ti. Deberías quedarte. Hacerte cargo de la posada. Construir una vida con Piper.

—Piper y yo... no es así. No estamos construyendo nada. Somos amigos que se acuestan juntos, y...

—Se están enamorando —dijo Zoey—. Lo veo en ambos.

—No. Estás viendo cosas. Eso no está pasando.

—Lo veo en ti ahora mismo. La estás protegiendo de mí, y estás discutiendo conmigo sobre ello. ¿Por qué estás tan en contra de esto?

—Porque es ridículo. No estoy enamorado de Piper. Ella no está enamorada de mí. Tengo una empresa que dirigir y una vida en Pittsburgh. No voy a mudarme aquí y a hacerme cargo de la posada. Déjalo ya.

Zoey me lanzó una mirada que decía que no había terminado, pero lo dejó por el momento. La tía Gina entró y se sentó frente a la chimenea.

—Me alegro de que Hudson, Sofia y Piper hayan podido unirse a nosotros hoy. Ha sido maravilloso tener a más gente alrededor. Quizás tú y Piper podríais hacer de esto una tradición regular y repetirlo el año que viene —dijo la tía Gina con una ceja levantada.

Me levanté. —No voy a quedarme aquí escuchando más de esto. —Salí mientras me suplicaban que no lo hiciera. No podía soportarlo.

Me subí la cremallera del abrigo al bajar del porche. Fuera estaba tranquilo. Oscuro excepto por la luz de la luna que brillaba desde arriba. Las luces navideñas estaban apagadas por la noche. Era pacífico.

A diferencia del interior.

Zoey me conocía mejor que nadie en el mundo. ¿Cómo podía pensar que me estaba enamorando de Piper? Especialmente después de que su propio matrimonio implosionó. ¿Por qué iba a apuntarme a eso?

No iba a funcionar para mí. Claro, Piper era genial, pero parte de por qué funcionábamos tan bien era porque ambos conocíamos las reglas. Ambos sabíamos que lo que teníamos era temporal.

¿Estaba siendo demasiado insistente? Mierda. Si Zoey veía mi comportamiento con Piper como si estuviera enamorado, ¿estaría Piper preocupada por lo mismo?

Saqué mi teléfono para enviarle un mensaje y me detuve. ¿No era exactamente de eso de lo que hablaba Zoey?

Esto era exactamente por lo que no tenía relaciones. Me cuestionaba a mí mismo y me preguntaba si estaba siendo demasiado intenso o no lo suficiente. Siempre me explotaba en la cara con alguien que pensaba que estaba más interesado en la relación de lo que realmente estaba o que pensaba que no me estaba esforzando lo suficiente.

No iba a hacer eso con Piper. Estábamos bien. Estábamos genial. Pasó el día con nosotros y se fue a casa. Estaba disfrutando de su noche con Sofia. No iba a entrometerme y no iba a enfadarme porque estábamos bien. Éramos amigos que disfrutaban del sexo juntos, y eso era todo lo que necesitábamos ser. Sin importar lo que pensaran los demás. Estábamos bien.

—¿De qué estás hablando? Me dijiste que lo pensara. No que ya habías aceptado el trabajo —ladré al teléfono.

—Eso fue hace casi dos semanas. Te dije que lo pensaras porque creía que te darías cuenta de que este es el movimiento correcto, Gavin. ¿Por qué estás en contra de esto? Es algo bueno. Estamos listos para crecer. No es una empresa nueva y arriesgada. Llevan existiendo para siempre. Su agencia de publicidad anterior dejó de innovar. Nos quieren a nosotros. ¿Por qué no puedes ver que esto es bueno? —preguntó Chad.

La frustración en su voz coincidía con la mía. —Veo que es un gran riesgo. No podemos manejar tanto más trabajo sin contratar gente nueva.

—Hay maneras de hacerlo lentamente para que no sea abrumador. Podemos reubicar a la gente y hacer que funcione.

—Solo... —Respiré hondo y miré al techo—. No me gusta. Acordamos que hablaríamos las cosas. Que haríamos las cosas juntos. Sabes que tuve que venir aquí para ayudar a mi familia. ¿Y así es como proteges lo que hemos construido?

—No lo estoy destruyendo —argumentó Chad duramente —. No estoy tirando la empresa por la borda ni haciendo cosas que vayan a destruirla. Estoy haciendo crecer la empresa. La estoy mejorando.

—¿De verdad? ¿Realmente estás haciendo eso? Porque yo no lo veo así. Veo que estás tomando un camino equivocado.

—Estás equivocado, Gavin. Estás equivocado. Todo está bajo control. Estuve de acuerdo en que era correcto que te fueras por un tiempo, y tú estuviste de acuerdo en que yo podía tomar decisiones según lo considerara adecuado para la empresa. No puedes llamarme ahora y juzgarme porque hice algo que no te gustó. No hay razón por la que no debamos crecer. Hemos estado estancados. Necesitamos innovar y hacer cosas nuevas y diferentes o nos volveremos irrelevantes. Siempre has sido el chico de las ideas. ¿Cómo no puedes ver esto?

—Porque está mal —dije. Suspiré. Un mensaje de texto de

mi hermana sonó. —Escucha, tengo que irme. Supongo que hablaremos de esto más tarde.

—Sí, supongo que sí.

Chad colgó, dejándome mirando mi teléfono. Estaba cabreado. Me había mentido sobre el contrato y seguía adelante con ello. Siempre estuvimos en sintonía, y me fui y él lo cambió todo.

Otro mensaje hizo vibrar mi teléfono. Lo abrí y vi un mensaje de Ian preguntando si llevaría a Zoey a O'Kelley's. Dijo que Blake se uniría a él si Zoey iba a estar allí.

—Zoey, ¿vas a venir a O'Kelley's? —grité por el pasillo. Sabía que no estaba lejos y podría oírme.

—No sé. Son tus amigos.

—La mujer de uno de los chicos vendrá si tú vienes. Así que tendrás alguien con quien hablar.

—¿Una completa desconocida? —preguntó, entrando en mi habitación—. Eso no me hace querer ir más.

—¿Recuerdas a Blake Dewitt?

—¿En serio?

—Está casada con Ian Jameson.

—No me haces sentir más segura sobre esto.

—Vamos. Son geniales. Blake es estupenda. Te caerá bien. Es con quien hablaste por teléfono cuando estaba cenando fuera aquel día.

—¿Esa era Blake Dewitt?

Asentí. —Vamos. Será divertido. Blake te invitó a una noche de chicas, así que sabes que quiere conocerte. Y Piper también estará allí. Y te vendrá bien salir. ¿Cuándo fue la última vez que saliste?

—Tengo a los niños.

—La tía Gina está aquí. Ya ha dicho que si alguna vez quieres salir, ella estará aquí de todos modos. Deja de poner excusas. Le estoy diciendo a Ian que vienes. Prepárate. Nos vamos en cinco minutos.

Suspiró pero no discutió. Ian dijo que Blake estaba emocionada por conocerla.

La tía Gina no tuvo problema en cuidar a los niños y estuvimos en camino en minutos. Apenas habíamos salido de la propiedad cuando Zoey dijo: —¿Qué te pasa?

—¿A qué te refieres?

—Algo está mal. Actúas como si hubiera pasado algo. ¿Está todo bien con Piper? ¿Le has dicho que estás enamorado de ella? ¡Dios mío, ¿te ha rechazado?!

—¿En serio? ¡No! Piper está bien. No estoy enamorado de ella y no le he dicho que lo estoy.

—Entonces, ¿qué te pasa?

Negué con la cabeza. —Nada.

—Deja de mentir y dime qué ha pasado o no voy.

La miré, pero tenía esa expresión de enfado en la cara. —Me peleé con Chad. Está estropeando las cosas. Solo... no estoy de acuerdo con aceptar a Pearson Ultimate. No creo que sea el movimiento correcto.

—¿Por qué no?

—Es demasiado para nosotros. Siempre hemos gestionado campañas de empresa a consumidor. Sabemos cómo hacerlo. Es nuestro negocio. Somos buenos en ello, pero seguimos siendo pequeños en ese campo. Esto es de empresa a empresa. Nunca lo hemos hecho antes, y nunca hemos hecho nada tan grande antes. Si creciéramos lentamente, o tuviéramos alguna experiencia en B2B, sería una cosa, pero no pasas de jugar al fútbol modificado a jugar fútbol profesional en Brasil de la noche a la mañana. Eso es lo que siento que estamos haciendo.

—No es tan drástico. Habéis estado trabajando duro. Crecer y cambiar no es malo. Realmente no entiendo por qué te resistes tanto a esto.

Metí el coche en el aparcamiento y dije: —Es una mala idea. —Salí dando un portazo, cerrando el coche mientras

Zoey se apresuraba a seguirme. No disminuí el paso hasta que estuve dentro y supe que ella no intentaría discutir conmigo.

—Gavin —siseó desde justo detrás de mí.

—Ahora no, Zo. —Miré hacia arriba y vi a Rowan y Ramsey en la barra y me dirigí hacia ellos—. Hola, chicos.

—Hola, Gavin. ¿Qué tal tu día festivo?

Asentí. —Bien, bien. Esta es mi hermana, Zoey. Ian dijo que Blake viene esta noche.

—Llamó a Mel, pero no tenemos a nadie que se quede con Amber —dijo Ramsey—. Encantado de conocerte, Zoey. Soy Ramsey Holland.

—Encantada de conocerte —dijo Zoey en voz baja. No era muy dada a conocer gente nueva, y personas como Ramsey eran la realeza para nosotros. Veíamos a Ramsey, Ian y los demás cuando visitábamos durante el verano. Entendía el nerviosismo de Zoey.

—¿Tú también vives en Pittsburgh? —preguntó Ramsey.

—Sí. Con mis hijos.

—¿Qué edad tienen? Mi hija tiene seis años —dijo Ramsey.

—Mi hija tiene cinco y mi hijo siete —dijo Zoey con una sonrisa.

—Deberíamos reunirlos mientras estás aquí. A Melody le encantaría. Mi esposa —dijo Ramsey con una risa.

Zoey se rio. —Lo sé. Quiero decir, sí, sería genial.

—Estupendo. Cogeré tu número de Gavin y se lo pasaré a Melody, si te parece bien.

Zoey asintió. —Sí, genial. Gracias.

—Hola —dijo Piper, frotando la espalda de Zoey. Zoey se giró y se abrazaron.

—Hola. ¿Cómo estás?

—Bien. No sabía que venías esta noche. Me alegro de verte.

—Yo también. Gavin me convenció para que viniera. Dijo que Blake iba a estar aquí así que no tengo que pasar el rato con los chicos.

—¿Qué les pasa a los chicos? —preguntó Rowan.

—Lo siento. No quería decir nada malo —dijo Zoey.

—Lo entiendo perfectamente. Por cierto, soy Rowan. Me mudé aquí el verano pasado.

—Encantada de conocerte, Rowan. ¿Qué tal te va aquí?

—Se puede aguantar —dijo Rowan con una sonrisa enigmática—. Todavía me estoy acostumbrando. Es un gran cambio desde Phoenix.

—Vaya. Sí, eso es un cambio enorme. ¿Qué te trajo hasta aquí?

Rowan se encogió de hombros. —Un cambio de ritmo.

—No creas sus mentiras —dijo Rucker, dando una palmada en la espalda a Rowan—. Echa de menos el ritmo cada día. Echa de menos su vida en la ciudad y poder encerrar a diez personas por turno.

Rowan le hizo un gesto obsceno.

—Soy James Rucker —le dijo a Zoey—. Encantado de conocerte, hermana de Gavin.

—Igualmente.

—¿Tienes nombre?

—Oh, Zoey, lo siento.

Rucker asintió una vez y sonrió.

—¡Hola, Zoey! Soy Blake. Vamos a coger una mesa —dijo Blake, enganchando su brazo con el de Zoey y empezando a arrastrarla lejos.

Piper se rio y negó con la cabeza. —Mejor dejar que controle las cosas. No te va a soltar hasta que te aleje de estos hombres y te conozca. Iré en un minuto para tomar vuestros pedidos.

Zoey asintió y dejó que Blake la llevara a una mesa. Por fin respiré aliviado.

—Tu hermana es mona —dijo Rowan.

Negué con la cabeza. —Acaba de divorciarse.

—¿Y eso significa que no puedo pensar que es mona?

—No, significa que está aquí por una semana y le han roto el corazón y no necesita un rebote contigo, ni con nadie más —dije.

—Quizás eso es exactamente lo que necesita —dijo Piper—. ¿Qué decís? ¿La mejor manera de olvidar a una persona es meterse debajo de otra?

—Definitivamente he llegado en el peor momento de esa conversación —dijo Hudson—. ¿De qué estáis hablando?

—De Zoey —dijo Piper—. Ocúpate de estos chicos mientras atiendo la zona. —Piper me guiñó un ojo y luego se alejó.

—Ni siquiera quiero saber —dijo Hudson—. ¿Qué estás bebiendo?

—Cerveza —le dije.

—¿No whisky?

Negué con la cabeza.

—Parece que esta noche necesitas un whisky.

—Estoy bien —dije firmemente. Normalmente eso sería el final, pero nada en Cala MacKellar era normal.

—¿Estás hormonal? —preguntó Ramsey.

—¿Tienes una mosca en el culo? —dijo Rowan.

—"Estoy bien" nunca significa estar bien, ni siquiera con los hombres. ¿Qué pasa? —dijo Ian.

Suspiré y los miré. James levantó las cejas, preguntándome en silencio lo que los otros preguntaban descaradamente.

—Problemas en casa.

—¿Tienes una mujer en casa? —preguntó James con una mirada a la multitud.

Negué con la cabeza. —No con una mujer. Con mi socio.

—¿Tienes un socio en casa? Eso es peor —dijo Hudson—.

Si estás comprometido con alguien más, no deberías estar jugando con Piper.

Negué con la cabeza y me reí. —No ese tipo de socio. Socio de negocios.

—Oh —corearon los chicos.

—No pensaba que me dieras la vibra de capullo —dijo Ian —. Me has confundido por un momento.

—Lo siento.

—¿Qué está pasando? —preguntó Ramsey.

—Está haciendo cambios con los que no estoy contento —admití.

—¿Puedes detenerlo? —preguntó Ian.

Negué con la cabeza.

—¿Qué vas a hacer al respecto? —preguntó Colin.

Me encogí de hombros. —Todavía no lo he decidido. Todo lo que sé es que lo que está haciendo no es bueno para la empresa.

—Puedo redactar algo si lo necesitas —ofreció Ramsey.

Negué con la cabeza. No estaba listo para ir contra él legalmente. —Siempre ha sido razonable. Siempre hemos tomado decisiones juntos. Todo estará bien cuando vuelva y hablemos. Solo que no esperaba que hiciera algo así mientras estaba fuera.

—¿Qué está haciendo? —preguntó Hudson.

—Ha aceptado un cliente enorme para el que creo que no estamos preparados —les dije. Excepto James y Rowan, todos tenían sus propios negocios. Estaba seguro de que entenderían el riesgo. Estaba equivocado.

—Eso no suena horrible —dijo Ramsey.

—Siempre he querido expandirme pero no tengo el dinero ni el espacio —dijo Hudson.

—Si tuviera un socio, podría hacer crecer mi negocio —dijo Ian.

—Yo definitivamente plantaría más árboles —dijo Colin—. Aprovecharía secciones que tengo que dejar cada año.

Empezaron a hablar sobre sus propios planes de expansión mientras yo me quedaba allí bebiendo mi cerveza. Realmente pensaba que entenderían por qué era un problema. Crecer demasiado rápido podía ser lo peor para una empresa. Asumir demasiados riesgos siempre te pasaba factura al final. ¿Por qué nadie más lo veía?

22

PIPER

*E*stuve trabajando por todo el bar durante la noche, vigilando tanto a Gavin como a Zoey. Había algo pasando entre ellos, pero no podía preguntarles a ninguno de los dos al respecto. Gavin no estaba solo, y yo no estaba dispuesta a poner a Zoey en medio preguntándole a ella.

Zoey y Blake se llevaban bien, lo que me alegraba. Después de que Zoey estuviera tan disgustada en Navidad, esperaba que encontrara una manera de disfrutar de su viaje. Verla reír con Blake era bueno.

—Oye, cariño, ¿por qué no vienes a sentarte conmigo? —dijo un tipo mientras yo pasaba.

—Lo siento, noche ocupada —le dije, girándome para evitar su alcance.

Intenté evitarlo la próxima vez que pasé, pero no tardó mucho en conseguir ponerse delante de mí y bloquear mi camino.

—¿Por qué estás provocándome?

Negué con la cabeza y le sonreí. —No estoy provocando a nadie. Simplemente no estoy interesada.

Sus amigos graznaron detrás de él, pero su cara se puso roja.

Bailar alrededor de hombres como él nunca funcionaba. Necesitaban que se les dijera que no desde el principio. Algunos lo aceptaban y me dejaban en paz, y otros eran como el tipo con el que me estaba enfrentando.

—¿Qué te pasa, zorra?

Asentí y me giré para alejarme de él. Entablar conversación nunca ayudaba. Entonces me agarró del brazo.

—He dicho que vengas a sentarte conmigo —gruñó.

Intentó arrastrarme hacia su mesa. Miré al otro lado del bar hacia Hudson, pero no pude verlo. El resto de los chicos estaban de espaldas a mí. Las otras camareras estaban dispersas entre la multitud en otras secciones.

Liberé mi brazo del agarre del tipo y lo empujé hacia atrás. Los movimientos rápidos lo pillaron lo suficientemente desprevenido como para que cayera de culo. Lo fulminé con la mirada.

—¿Qué demonios, zorra? —gritó el tipo.

—Hora de irse —le espetó Hudson al tipo.

—¿De qué estás hablando? —gimoteó desde el suelo—. Ella me ha atacado.

—Estoy seguro de que lo hizo. También estoy seguro de que tenía una buena razón para hacerlo. Dos de los mejores policías de Cala MacKellar ya están aquí y estarían encantados de revisar las grabaciones de seguridad contigo si estás interesado en presentar cargos por agresión. Por supuesto, si la tocaste primero, ella puede presentar sus propios cargos por agresión y mis amigos pueden llevarte a la comisaría ahora mismo. O puedes largarte de una puta vez.

El tipo se puso de pie rápidamente y miró furioso a todos a su alrededor. Todo el bar se había detenido para ver cómo Hudson le echaba una bronca al tipo. Todos lo observaron mientras me miraba de arriba a abajo y decía: —De todos modos no habrías valido la pena, gorda de mierda.

Hudson dio un paso adelante, bloqueando mi vista del tipo mientras éste corría hacia la puerta. Hudson dijo algo a su mesa de amigos, que iban justo detrás de él. Afortunadamente, habían abierto una cuenta, así que Hudson no se quedó sin el dinero que habían bebido durante toda la noche.

Cuando la puerta finalmente se cerró detrás del último de ellos, Hudson se volvió hacia mí. —¿Estás bien?

Asentí.

—¿Necesitas un minuto?

Miré a mi alrededor y negué con la cabeza, fingiendo una sonrisa para los clientes que me miraban. Era mejor si seguía trabajando. —Estoy bien.

—Sabes que ese tipo era un borracho de mierda, ¿verdad? Nada de lo que dijo era cierto. No te conoce. Y si vuelve a entrar aquí, no será bienvenido.

—Si echáramos a todos los tipos que son unos capullos, no tendríamos clientes —le dije.

Resopló y sacudió la cabeza. —Quizá tendríamos algunos.

—No los suficientes para mantener este lugar.

—Sí, bueno, no tienes por qué aguantar a hombres que piensan que pueden tocarte. Eso nunca va a estar bien.

—Gracias, Hud.

Asintió y me guiñó un ojo, luego volvió a su puesto detrás de la barra.

Forcé otra sonrisa para las mesas a mi alrededor y les pedí disculpas. Todos dijeron que lo sentían por el gilipollas que acababa de irse. Les di las gracias, pero se sentía vacío. Todo se sentía vacío.

—Odio a los tipos así —dijo Blake cuando llegué a su mesa—. Siéntate un minuto. A Hudson no le importará.

Acepté su oferta de mezclarme temporalmente con la

multitud. Lo necesitaba, aunque le hubiera dicho a Hudson que no. Una parte de mí no quería estar sola.

—¿Eso ocurre a menudo? —preguntó Zoey.

Me encogí de hombros. —Más o menos una vez al mes algún tipo piensa que puede ligar conmigo o agarrarme y salirse con la suya. Sobre todo, este es un bar de gente local. Los lugareños no lo pensarían porque Hudson los destrozaría, James y Rowan los pararían constantemente, y todo el mundo en el pueblo sabría que son unos capullos.

—Yo les estropearía la comida —dijo Blake con una sonrisa conspiradora—. Trabajo en Cracked, el restaurante junto a Catherine Park. Todo el mundo va allí. Se arrepentirían de meterse con Piper si aparecieran.

—Gracias —le dije—. Hudson se ocupó de esos tipos, así que con suerte esto pasará pronto. No los reconocí.

—Yo tampoco. Aun así, es una mierda. Siento que tengas que pasar por eso —dijo Blake.

Asentí. —Yo también. Pero supongo que es parte del trabajo.

—Sus amigos deberían haberte dejado una buena propina —dijo Zoey.

Me reí. —Lo dudo, pero se han ido, así que eso es lo que realmente importa.

Me quedé unos minutos más y luego volví al trabajo. Todo se volvió más tranquilo a medida que avanzaba la noche. No pasó mucho tiempo antes de que Blake e Ian se fueran. Zoey volvió a la barra con Gavin y el resto de los chicos. Poco a poco, todos se fueron, hasta que sólo quedaron Gavin y Zoey.

—Voy a llevarla a casa, luego volveré —dijo Gavin una hora antes del cierre.

—No tienes que hacer eso. Estoy bien —insistí.

—Lo sé, pero me sentiría mejor sabiendo que me aseguré de que llegaste a casa. ¿Has venido en coche?

Negué con la cabeza.

—Entonces te llevo yo. Volveré en menos de diez minutos.

Puse los ojos en blanco, pero sonreí. Me besó rápidamente, y luego se fue con Zoey.

—Creo que vosotros dos hacéis buena pareja —dijo Hudson cuando se fueron.

—Es temporal, pero sí.

—¿Por qué tiene que ser temporal?

—Porque él no vive aquí.

—¿Y qué? Múdate a Pittsburgh.

Lo miré fijamente. —¿Estás intentando deshacerte de mí?

Se rio. —Nunca. No tenemos muchas oportunidades de encontrar el amor, y cuando aparece, deberíamos hacer todo lo posible por aferrarnos a él y no dejarlo escapar nunca.

—Mi vida está aquí. Mi trabajo y mis amigos.

—Todavía puedes gestionar las cosas desde allí. No será fácil, pero de todos modos ahora no participas en el día a día de la gestión de tu edificio.

Lo miré boquiabierta. —¿Cómo...?

—¿Cómo sabía que eres dueña de tu edificio? Sé muchas cosas, Piper. Lo único que importa es que seas feliz. Si él te hace feliz, no dejes que nada te impida averiguar si es lo correcto.

—Es que... no lo sé. Él nunca ha dicho nada sobre mantenernos en contacto o vernos después de que se vaya. Solo hemos hablado de estar juntos ahora.

—Así que habla con él. Ya sabes cómo son los hombres. Somos tontos, y necesitamos que nos guíen porque no somos lo suficientemente valientes o inteligentes para aceptar que lo que realmente queremos está justo ahí y todo lo que tenemos que hacer es extender la mano y agarrarlo.

—¿Estás hablando de ti mismo?

Hudson se rió. —Ni de lejos. Yo tuve a Hillary. Ella lo era

todo para mí. Y que ella ya no esté significa que he terminado con las mujeres. Nadie podría reemplazarla nunca.

—¿Por qué tendría alguien que reemplazarla? Puedes amar a más de una persona.

Negó con la cabeza. —Yo no. Soy un hombre de una sola mujer, y mi única mujer todavía me tiene. No importa que ya no esté aquí.

—¿Así que das consejos pero no aceptas ninguno tú mismo?

Sonrió. —Exactamente. Soy un gran camarero.

Me reí y sacudí la cabeza.

Cuando fue la hora de cerrar, Hudson y yo trabajamos juntos para tener todo limpio para la noche. Gavin volvió y nos ayudó, y todos salimos de allí rápidamente.

—Que paséis buena noche —dijo Hudson—. Piensa en lo que te he dicho.

—Lo haré —le dije, saludando mientras Gavin y yo nos apresurábamos hacia su todoterreno.

—¿Qué te dijo? —preguntó Gavin mientras encendíamos la calefacción y calentábamos nuestras manos frente a las rejillas de ventilación.

—No fue nada. ¿Vas a quedarte un rato o necesitas volver?

—Si te parece bien, esperaba poder quedarme un rato.

Sonreí. —Me parece perfecto.

Estábamos el uno encima del otro cuando entramos en mi apartamento. Le había enviado un mensaje a Sofia mientras limpiábamos diciéndole que Gavin me iba a llevar, así que ella ya estaba dormida. Gavin y yo nos apresuramos a entrar en mi habitación y cerramos la puerta en silencio, riéndonos el uno del otro.

—Siento que hayas tenido que lidiar con ese tipo —dijo Gavin mientras besaba mi redondo estómago.

—Parte del trabajo.

—¿Por qué sigues haciéndolo si es así?

Me detuve y di un paso atrás. Estaba frente a él en sujetador y vaqueros. —¿No deberíamos hacer cosas porque no son perfectas?

—Eso no es lo que he dicho —argumentó. Se levantó, viéndose delicioso con la camisa quitada y los vaqueros desabrochados. Quería olvidarme de lo que había dicho y continuar, pero este era el hombre al que amaba. El hombre con el que pensaba que podría pasar el resto de mi vida. No importaba que le hubiera dicho a Hudson que no me iba y no quería hacerlo. Si Gavin me lo pidiera, sabía que iría.

—Me gusta mi trabajo. No es glamuroso ni emocionante, pero lo disfruto. Puedo hablar con la gente, estar rodeada de gente y ayudar a personas que están teniendo un mal día o celebrando algo o simplemente pasando tiempo con gente que les importa. ¿Por qué eso es malo?

—Nunca dije que fuera malo. Solo me pregunto por qué sigues haciéndolo cuando los hombres actúan así.

—Entonces, ¿debería dejar de hacer algo porque hay algunas personas de mierda en el mundo? ¿Hombres que piensan que deberían poder tomar lo que quieran?

Resopló con frustración y se pasó las manos por el pelo. Su cuerpo se tensó. —¿Por qué estás tergiversando mis palabras?

Negué con la cabeza. —No estoy intentando tergiversar tus palabras. Estoy tratando de entender. Me encanta mi trabajo. No quiero algo como lo que solía tener. Quiero algo que me haga feliz.

—¿Y servir bebidas te hace feliz?

—Sí, así es —dije. Crucé los brazos sobre el pecho y me recliné.

—Creo que podrías hacer mucho más.

Me reí. —¿Hablas en serio? Porque todo lo que me has estado diciendo es cómo tu socio quiere expandir el negocio y tú no estás de acuerdo. Él quiere más para vuestra empresa, y tú tienes miedo de ir a por ello. Pero crees que yo debería querer más.

—Eso no es justo. No es lo mismo.

Me reí sin alegría. —No, no lo es. Tienes razón. Más para mí no se trata de mi trabajo. Tuve una gran carrera. Gané un montón de dinero. Trabajé para la gran empresa con el gran nombre y me engañaron por mi éxito. Dejé que la forma en que un hombre pensaba de mí afectara mi vida antes, y me dije a mí misma que nunca lo iba a hacer de nuevo. No iba a dejar un trabajo o irme o hacer cualquier cosa basada en lo que alguien más pensara. Mi riesgo no está ligado a un trabajo. Siempre hay más trabajos para mí porque me interesan muchas cosas diferentes y tengo la suerte de ser lo suficientemente acomodada como para tomar trabajos que no pagan mucho y seguir estando bien. Sé que no todo el mundo tiene esa opción.

—Sí...

—Lo arriesgado para mí es dejar que alguien vuelva a tener un pedazo de mí. Abrirme a otra persona y arriesgarme a que me rechace, diciéndome que no siente lo mismo. Eso es lo que tengo miedo de hacer. Cada día. Pero estoy cansada de tener miedo. Estoy cansada de esconderme. Estoy enfadada contigo ahora mismo por pensar que no puedo cuidar de mí misma o que no debería amar mi trabajo, pero aun así te amo.

—¿Tú qué? —exhaló.

—Te amo, Gavin. Y creo que tú también me amas.

Resopló y me miró con la boca abierta durante al menos un minuto. Cuando finalmente cerró la boca, se pasó una mano por la mandíbula y negó con la cabeza. Se alejó de mí y miró la pared, luego volvió, sin encontrar mi mirada.

Mi corazón se tambaleó al borde mientras él trataba de averiguar cómo responder. Tal vez lo había sorprendido y no podía encontrar la manera de decirme que yo tenía razón.

Me aferré a esa pequeña posibilidad hasta que él abrió la boca.

—Se suponía que esto era temporal. Casual. Sin importancia. Acordamos que no nos enamoraríamos. Esa fue tu regla.

Me encogí de hombros. —Obviamente no me propuse enamorarme de ti. Si pudiera cambiar lo que siento, lo haría, pero no puedo. Te amo. Quiero que te quedes en Cala MacKellar. Que dirijas la posada. Que hagas lo que quieras con el lugar en vez de vivir con la agenda de otra persona.

Negó firmemente con la cabeza y finalmente me miró. —Eso no es lo que quiero. No me interesa vivir aquí. No quiero dirigir la posada. Quiero volver a mi vida en Pittsburgh.

—Solo tienes miedo —dije—. Tienes miedo de admitir lo que sientes.

Se rió sin alegría. —No. Estoy sorprendido. Estoy honestamente sorprendido. Nunca pensé que te volverías contra mí como todos los demás. Nunca pensé que serías alguien en quien no podría confiar. Teníamos un acuerdo. Dijimos amigos que se acuestan juntos. Nada más. Cuando me fuera, se suponía que esto sería fácil.

—Nunca iba a ser fácil —le dije mientras las lágrimas corrían por mis mejillas—. Lo fácil no es una opción cuando dos personas que tienen una conexión pasan tiempo juntas. Puedes decir que lo era, y yo puedo decir que lo era, pero no lo era. Desde la primera vez que nos besamos, supe que esto era diferente.

—Yo no —dijo suavemente—. No fue así para mí.

Aspiré un aliento entrecortado y asentí. Así que, así es como se siente tener el corazón verdaderamente roto. —Un día te darás cuenta de que te estabas mintiendo a ti mismo y será demasiado tarde para volver aquí y cambiar las cosas.

—Eso no va a pasar.

Asentí y me puse la camiseta. Me rodeé con los brazos y

me limpié las lágrimas que no dejaban de caer. —Espero que tengas razón. Porque no voy a estar sentada esperando a que vuelvas.

—Bien. No deberías. Tal vez superes tus propios miedos y le digas a la gente que dices que te importa quién eres realmente. Tal vez dejes de ocultar que eres dueña de este edificio y que sirves bebidas por placer. O tal vez sigas mintiéndote a ti misma y a todos los que te rodean y simplemente dejes que la vida suceda a tu alrededor.

—No hago eso —dije suavemente.

Resopló mientras se abrochaba los vaqueros y se ponía la camisa de un tirón. Se metió los brazos en el abrigo y se dirigió a la puerta. —No eres la persona que crees que eres, Piper. Solo estás asustada y sola y mintiéndote a ti misma y a todos los que te rodean. Al menos yo tuve las agallas de decirte de entrada lo que quería. Te dije que esto no era para siempre. Tú eres la que decidió cambiar las reglas. No yo.

Salió de mi habitación. Me quedé mirándolo en el marco de la puerta abierta, viendo su espalda mientras iba directamente a la puerta principal y se iba, saliendo de mi vida.

—¿Qué acaba de pasar? —preguntó Sofia, apareciendo a la vista con su bata.

Suspiré y negué con la cabeza. —Gavin se ha ido.

—¿Estabais peleando?

Asentí.

—¿Qué pasó? ¿Estás bien?

Resoplé y volví a negar con la cabeza. —Ni de lejos, pero lo estaré. No voy a dejar que me arruine.

—Vamos. Sentémonos a hablar. Cuéntame exactamente qué pasó para que sepa cuántos dedos tengo que arrancarle la próxima vez que lo vea.

Me reí y negué con la cabeza. —No merece la pena. Se acabó.

23

GAVIN

No dormí nada. ¿Cómo podría? Todo se estaba derrumbando. Nunca debería haber venido a Cala MacKellar. Debería haberme quedado en Pittsburgh, donde pertenecía. Entonces habría podido convencer a Chad de no hacer el trato que acabaría con nuestra empresa y nunca habría conocido a Piper.

Me levanté temprano, me vestí e hice la maleta. Tenía que volver a Pittsburgh. La tía Gina tendría que encargarse de la venta de la posada por su cuenta. Odiaba abandonarla, pero no podía dejar que mi mundo entero se desmoronara mientras intentaba ayudarla con el suyo. Ella ya tenía gente preparada para hacer la mayor parte del trabajo, así que en realidad no había mucho que yo pudiera hacer. Se suponía que debía ayudar a gestionarlo todo y asegurarme de que no la engañaran en el proceso, pero no podía quedarme. Simplemente no podía.

Ya tenía el café hecho y el coche cargado cuando Zoey bajó tambaleándose por las escaleras. Entreabrió un ojo y dijo:

—¿Por qué ya estás vestido?

—Me voy a casa.

—¿Vale?

—Hoy. Mi coche ya está cargado. Solo esperaba para decirte que me marcho.

—¿Qué? —preguntó, casi dejando caer su taza. Derramó café en su mano y soltó un grito.

—Mierda, ¿estás bien?

—No, no estoy bien. ¿Qué demonios ha pasado entre que me dejaste anoche y esta mañana?

—No ha pasado nada. Simplemente decidí que necesito volver. Arreglar todo lo que Chad está estropeando y retomar mi vida. He estado aquí un mes y es hora de irme.

—¿Piper ha roto contigo?

Solté una risa seca y di un sorbo a mi café. No quería contarle lo que había pasado con Piper. Sabía lo que diría, y no estaba de humor.

—¿Qué pasó?

—Nada. Necesito irme. Solo quería avisarte. Nos veremos cuando vuelvas la semana que viene.

—¿Quieres que vayamos contigo?

—No —dije rápidamente—. Estoy bien. Solo necesito irme.

—¿Vas a ver a la tía Gina y a Piper antes de irte?

Negué con la cabeza.

—Ya he hablado con la tía Gina y Sebastian. Me voy ahora mismo. Te veré en casa.

—¿No vas a ver a Piper? —insistió Zoey.

Me detuve y la miré.

—Piper y yo ya nos dijimos todo lo que teníamos que decirnos anoche.

—Oh, Gavin, ¿qué has hecho?

Abrí la boca para decirle que yo no era el problema, luego la cerré de golpe y salí. Mi hermana era mi mejor amiga en el mundo. Ella y yo siempre nos habíamos apoyado mutuamente. Estábamos juntos en todo. Y me estaba echando la culpa.

Apagué el teléfono antes de empezar a conducir. No estaba de humor para hablar con nadie, y no necesitaba distracciones. El viaje fue largo, más de siete horas contando las paradas para gasolina y para comer algo rápido. Llegué a Pittsburgh a primera hora de la tarde y fui directamente a la oficina.

Aparqué en mi sitio habitual y apagué el coche. Pensé que me sentiría mejor solo por estar de vuelta en Pittsburgh, pero el nudo en mi estómago solo se apretó más mientras conducía. No me gustaba dejar a Zoey en vacaciones. Tenía que ser eso.

Antes de salir, encendí el teléfono para comprobar mis mensajes. Dos de Zoey y una serie de textos exigiéndome que le hiciera saber que estaba bien. Nada más.

Estaba bien. No esperaba tener noticias de nadie más, así que no había razón para sentirme decepcionado.

Le envié a Zoey un mensaje rápido diciéndole que estaba en la oficina, que estaba bien y que me pondría en contacto con ella más tarde. Me respondió con un pulgar hacia arriba.

Me apresuré a cruzar el aparcamiento hasta la puerta principal de la oficina. La entrada estaba tranquila, como siempre. Todo estaba decorado para las fiestas con un modesto árbol con falsos regalos debajo. Todo era cuestión de presentación y de mostrar a los clientes potenciales que entendíamos cómo atraer a la gente y hacer que se sintieran cómodos.

—Hola, Jamie —dije a la recepcionista mientras me acercaba.

—Gavin, bienvenido. No sabía que ibas a volver tan pronto. Chad dijo que sería en enero cuando volviéramos a verte. Todo el mundo se va a alegrar mucho de que estés aquí.

—Gracias. Es bueno estar de vuelta.

—¿Ya está todo resuelto con el lugar de tu tía?

Negué con la cabeza y ese sentimiento en mi interior se retorció.

—Um, no, pero está bajo control. Ya no me necesitan allí.

—Bueno, genial. Seguro que ya sabes sobre el acuerdo con Pearson Ultimate. Todo el mundo está muy emocionado al respecto.

—Sí. Por eso estoy aquí.

—Bien. Obviamente, serás el mayor activo para el nuevo equipo. No te entretendré más para que puedas llegar a la reunión de lluvia de ideas.

—Oh, um, sí, gracias —tartamudeé. Chad no había mencionado ninguna reunión, pero no me oponía a presentarme sin aviso.

Saludé con la mano y dije hola a la gente mientras caminaba por las oficinas. Todos nuestros empleados tenían su propio cubículo, incluidos Chad y yo. No creíamos en las puertas cerradas para un entorno como el de la publicidad. Nos gustaba que la gente trabajara junta y creíamos que fomentaba un sentido de camaradería. Teníamos varias salas de conferencias a lo largo del exterior del espacio de trabajo que podían usarse para llamadas privadas, para un descanso si alguien necesitaba unos minutos a solas o para reuniones.

Había una reunión en la última sala de conferencias, la más grande que teníamos. Chad estaba de pie a la cabecera de la mesa con una gran sonrisa en la cara cuando me acerqué. Me apoyé en el marco de la puerta abierta y los observé hablar sin darse cuenta de mi presencia. Charlene tomaba notas en una pizarra blanca en el extremo opuesto de la sala mientras la gente gritaba ideas para campañas publicitarias para Pearson Ultimate.

—Gavin —dijo Anthony, el primero en darse cuenta de

mi presencia—. Me alegro de que hayas vuelto, tío. Y justo a tiempo. Vamos, aporta algunas ideas.

El resto del grupo me dio la bienvenida y me animó a unirme. Chad se mantuvo al margen, apenas encontrándose con mi mirada mientras los demás me contaban emocionados toda la historia del acuerdo. Chad no me había contado toda la historia. Había firmado un contrato de un año completo con Pearson Ultimate con la posibilidad de extenderlo a un contrato plurianual después de seis meses.

—¿Qué crees que deberíamos hacer para la primera campaña? —preguntó Jill.

Los demás me miraron fijamente, esperando que mi brillantez los asombrara. Siempre había sido el hombre de las ideas, el que podía crear una campaña al instante. Chad y yo comenzamos la empresa juntos porque trabajábamos muy bien juntos. Intercambiábamos ideas. Yo tenía las ideas publicitarias y él sabía cómo dirigir un negocio como un profesional.

Pero mientras mi equipo me miraba fijamente, el equipo que construí cuidadosamente a lo largo de años de dedicación y compromiso, las únicas ideas que se me ocurrían eran para Posada Cala MacKellar.

—Um, bueno, acabo de llegar. No he revisado todo lo relacionado con ellos, así que os dejaré hacer una lluvia de ideas mientras me quedo al margen —dije con una sonrisa forzada.

—Solo quieres que nosotros hagamos el trabajo —bromeó Julio.

Me reí con el resto de ellos.

—Los mejores equipos se complementan entre sí, ¿no?

Todos asintieron. Era algo que decíamos una y otra vez durante las sesiones de lluvia de ideas.

Me senté y los dejé trabajar. Las ideas que lanzaban eran geniales. En una hora, tenían una larga lista y comenzaron a reducirla a las que todos acordaron que serían las mejores para construir una campaña.

Al final de la segunda hora, Chad estaba asignando equipos para desarrollar las cinco mejores ideas. Se había programado una reunión con el equipo de Pearson Ultimate justo después de año nuevo, así que solo tenían alrededor de una semana para desarrollar un concepto sólido y algunas buenas ideas para una primera presentación. El personal directivo de Pearson Ultimate reduciría las opciones a las dos mejores ideas y esos equipos incluirían a miembros de los otros equipos para desarrollar completamente campañas que comenzarían a funcionar a finales de enero.

A medida que todos salían de la sala de conferencias, me daban la bienvenida y decían que estaban emocionados por ver lo que pensaba de todo. Sonreí y les mentí a todos, diciéndoles que estaba feliz de estar allí.

Hasta que solo quedamos Chad y yo en la sala de conferencias.

Cerró la puerta y bajó las persianas para que nadie nos molestara. Luego se sentó y esperó a que yo hiciera lo mismo.

Paseé de un lado a otro junto a la mesa de la sala de conferencias. Estaba inquieto, agitado. Todavía estaba enfadado con él por aceptar al cliente, pero el equipo estaba trabajando bien para proponer ideas increíbles. Sin mí.

—No sabía que ibas a volver hoy —dijo Chad finalmente. Su voz era tranquila, uniforme. Como si estuviera hablando con un animal asustado o un niño aterrado y no quisiera asustarme.

—No lo había planeado.

—Bueno, ahora que estás aquí, ¿qué te parece?

Respiré hondo y solté el aire lentamente.

—Son muchos recursos para un solo cliente.

Chad asintió.

—Lo son, pero quería tener un gran equipo trabajando en esto desde el principio. Una vez que las cosas estén en marcha, tendremos a un puñado gestionando la cuenta en lugar de todo el equipo. Justo como hacemos con todos nuestros otros clientes.

—¿Qué dicen nuestros otros clientes sobre esto?

Chad negó con la cabeza.

—Nada. Ninguno lo sabe, y ninguno ha tenido problemas en sus campañas. Todo está funcionando como debería.

—Por ahora —dije.

Chad me miró fijamente y suspiró.

—Escucha, entiendo que no estés de acuerdo con esto, pero necesitamos presentar un frente unido. Si el personal empieza a pensar que no estamos en la misma página, va a crear una división. Siempre hemos sido capaces de trabajar juntos y encontrar la manera de que todas nuestras decisiones tengan éxito.

—También siempre hacíamos eso antes de tomar esas decisiones. Esta ya está tomada.

—Y va bien. Todavía no he contratado a nadie nuevo, pero tengo una pila de currículums para revisar. Katie me está ayudando a clasificarlos y comenzaremos a entrevistar a gente después de año nuevo. He ascendido a Jill y Anthony a gestores de clientes. Hemos reorganizado algunas cosas para que puedan hacerse cargo de algunos de los clientes con los que han estado trabajando y dar un respiro a los demás. Yo... no entiendo por qué no estás dispuesto a darle una oportunidad.

Resoplé y negué con la cabeza.

—Voy a ponerme al día con las cosas.

Salí de la sala de conferencias con Chad mirándome la espalda. Dejé que la puerta se cerrara detrás de mí y noté que él no salió durante un rato después.

Pasé el resto del día leyendo correos electrónicos que no

había revisado mientras estaba en Cala MacKellar y hablando con nuestros empleados. Todos estaban entusiasmados con los cambios que Chad había hecho. Jill y Anthony habían pasado a sus nuevos roles sin problemas. Incluso los clientes con los que hablé estaban contentos y no habían tenido ningún problema.

Sucedería. Estaba seguro de ello. Quería estar equivocado, pero ese presentimiento raramente se equivocaba. Sabía lo que hacía el riesgo. Corrí un riesgo al ir a Carnegie Mellon. Podría haber elegido una escuela más pequeña desde el principio, un lugar que me conviniera, pero me dejé deslumbrar por Carnegie Mellon. Me dejé hipnotizar por el hecho de que fui aceptado y me querían, y no pude manejarlo.

Juré no volver a correr un riesgo así. No alcanzar demasiado lejos ni saltar demasiado alto. Mantenerme en mi carril y no buscar algo que no pudiera manejar. Y lo había hecho. Durante años, había vivido una buena vida. Mantuve las cosas simples.

Nada era simple ya.

Trabajé hasta bien entrada la noche para ponerme al día con todo lo que me había perdido. Revisé las campañas que comenzaron desde que me fui y repasé archivos de nuevas campañas que comenzarían pronto. Revisé todos los archivos de clientes de Pearson Ultimate. Lo revisé todo.

Y al final, no me sentía mejor. Chad tenía razón. Las cosas iban bien. Los testimonios de los clientes eran excelentes, las campañas publicitarias tenían más éxito que nunca, y cada persona del personal salía de allí a una hora razonable. Nadie estaba trabajando catorce horas diarias para mantenerse al día.

Me fui a casa, a mi vida en un piso de lujo. Aparqué debajo de mi edificio en mi plaza reservada, deslizándome de nuevo en la vida que había creado. Pedí comida en mi restaurante tailandés favorito y me senté en mi sofá mirando mi enorme televisor mientras esperaba a que llegara el repartidor.

Todo me picaba. Mi ropa picaba, mi apartamento picaba, incluso la comida picaba. Nada se sentía como si me encajara ya.

Cambié las sábanas de mi cama e intenté dormir un poco. Di vueltas la mitad de la noche, frustrado porque tanto había cambiado en unas pocas semanas. Finalmente me quedé dormido y soñé que alguien derribaba la posada con una bola de demolición y Piper lloraba mientras todo se derrumbaba.

Me desperté rápidamente, bruscamente. Intenté sacudirme el dolor en el pecho, pero mientras me duchaba y me preparaba para el día, no podía dejar de sentir que nada estaba bien ya.

Volver al trabajo debería haberme hecho sentir mejor, pero seguía sintiéndome fuera de lugar, como si no estuviera destinado a estar allí. Hablaba con la gente e intentaba sumarme a las conversaciones, pero nada ayudaba a disipar la sensación de que faltaba algo.

Me senté en mi escritorio y garabateé ideas publicitarias para la posada. La única manera de dejar de sentir que no pertenecía allí era pensar en la posada y Cala MacKellar. Me estaba atrayendo de vuelta, como Cala MacKellar siempre hacía.

—¿Para qué es eso? No recuerdo esa campaña. ¿Estamos asumiendo otro cliente nuevo? —me preguntó Emily.

Emily había sido mi mano derecha durante los últimos tres años. Ella y yo trabajábamos codo con codo en más campañas que nadie más. Ella entendía cómo funcionaba mi mente, y yo la suya. Intentamos salir una vez, pero rápidamente aprendimos que estábamos mucho mejor como amigos que como amantes y desarrollamos un entendimiento mutuo.

—Um, no. No lo estamos. Solo es algo en lo que no puedo dejar de pensar.

—Parece bonito. Encantador y acogedor. ¿Es un lugar real?

Asentí.

—Es de mi tía. Donde estuve el último mes.

—Ah. Y la amas.

—¿Qué?

—He dicho que te encanta.

Entrecerré los ojos y asentí.

—Sí, así es. Prácticamente crecí allí.

—Pensaba que tu tía estaba vendiendo el lugar. ¿Por qué estás preparando una campaña para ello?

—No lo estoy haciendo. Ella sí. Yo solo... no puedo quitármelo de la cabeza.

—Esto es realmente bueno. Quiero decir, si hace que alguien como yo quiera ir, sabes que es bueno. Puedo entender por qué no puedes dejarlo ir.

—Puedo dejarlo ir —dije con firmeza. Me levanté y agarré mi taza de café.

Esperaba que eso fuera el final, pero Emily me siguió hasta la sala de descanso.

—¿Qué más pasó allí?

—¿De qué estás hablando?

Me examinó de cerca.

—Conociste a alguien, ¿verdad? Quieres volver.

Negué con la cabeza.

—No. Fue temporal. Siempre planeé volver aquí.

Sonrió.

—Pero los planes cambian. Y te enamoraste. No solo de la posada de tu tía, sino de alguien que vive allí.

—No la amo.

Emily me dio una palmadita en el brazo.

—Durante mucho tiempo, quise que tuvieras esa mirada

en la cara cuando pensaras en mí. No éramos el uno para el otro, así que no me molesta, pero siempre he querido que encontraras a alguien que te hiciera feliz. Alguien que te hiciera sentir miserable cuando no estuvierais juntos. Siento decir esto, pero me alegro mucho de verte tan miserable.

—¿Quieres que esté miserable? —pregunté.

Negó con la cabeza.

—No. Quiero que seas feliz. Y estar allí te hizo feliz. La echas de menos. Quieres volver. Estás resistiéndote por alguna razón, pero quieres volver. Deberías hacerlo.

—Mi vida está aquí.

—Ya no. Tu vida debería estar allí. Debería estar con la mujer que amas y haciendo que el lugar que amas tenga éxito. Has pasado tu vida haciendo que los negocios de otras personas tengan éxito con tus palabras y tu creatividad. Es hora de tomar eso y usarlo para tu propia aventura.

—Es el lugar de mi tía. Ella se volcó en él. No sé nada sobre dirigir una posada. No puedo dejar que fracase.

Se rio.

—Entonces no lo hagas.

Lo hacía sonar tan fácil. Como si todo lo que tuviera que hacer fuera decidir que no dejaría que el lugar fracasara y no lo haría. Nada era tan fácil. Nadie quería fracasar. Nadie se propone ser malo en algo. Pero sucedía todo el tiempo.

Volví a mi escritorio y pasé el resto del día en una nebulosa. Todos me dieron espacio, como si pudieran notar que no estaba en mi estado mental adecuado. Al final del día, Emily se detuvo de nuevo junto a mi escritorio.

—Sé que no es fácil exponerse y arriesgarse. A veces es aterrador. Pero si no te arriesgas de vez en cuando, nunca sabrás lo genial que puede ser la vida. Lo genial que puede ser el amor.

La vi caminar hacia la puerta. Anthony la estaba esperando. Se besaron rápidamente y luego salieron cogidos de la mano. Emily miró hacia atrás justo antes de que la puerta se cerrara y saludó.

Yo quería eso. Quería a alguien que me esperara. Que me amara. Que estuviera dispuesta a soportarme siendo un idiota y que aún me quisiera.

Pero la había fastidiado.

Saqué mi teléfono del bolsillo. Tenía que arreglar las cosas.

Ella contestó al teléfono al primer timbre y casi lloré cuando oí su voz.

—Gavin. No esperaba tener noticias tuyas tan pronto. ¿Está todo bien?

—Sí, tía Gina. Va a estarlo. Primero, quería decirte que quiero la posada. Quiero dirigirla. Vuelvo mañana. Me quedo en Cala MacKellar y quiero la posada.

—Oh, Gavin, lo siento mucho. Ya he acordado venderla. Recibí una oferta hoy.

—¿Qué? ¿Estás de broma?

—Lo siento, pero tú y Zoey fuisteis tan tajantes en que no estabais interesados y no pude rechazar una buena oferta.

—¿Ya has firmado el papeleo?

—No todo. Se supone que nos reuniremos mañana.

—No firmes nada. ¿A qué hora? Te veré en la oficina del abogado. ¿Lo está gestionando Ramsey?

—Sí, por supuesto.

—Estaré allí, tía Gina. Solo... no vendas la posada. Por favor.

—Gavin...

—Te veré pronto, tía Gina. Hablaremos cuando llegue. Necesito hacer la maleta y ponerme en marcha.

Colgué antes de que pudiera discutir más conmigo. No podía soportarlo. Tenía que evitar que vendiera la posada. Mi posada.

Pasé a ver a Chad y le conté todo. Acordó comprar mi

parte de la empresa si yo quería. Le dije que volvería en enero en algún momento y resolveríamos todos los detalles.

—Buena suerte —dijo. Me dio un abrazo y una palmada fuerte en la espalda.

Asentí y miré alrededor de la empresa que habíamos construido. Estaba en buenas manos. Ahora, necesitaba asegurarme de que la posada también lo estuviera.

24

PIPER

—*D*éjame verlo —dijo Finley mientras me abría la puerta.

—¿Ver qué? —pregunté.

—¡El anillo! ¿No te propuso matrimonio Gavin? Supuse que por eso habías convocado una noche de chicas de emergencia —Las cejas de Finley se fruncieron y ladeó la cabeza.

—Eh, no. Lo mío con Gavin se acabó —le dije.

—¿Qué? ¿Se acabó? ¿Qué pasó?

—Gavin se fue —dijo Blake detrás de mí.

—¿Se fue? —preguntó Finley. Me miró—. ¿Qué pasó?

—Vamos a sentarnos. Os contaré todo —dije.

Finley asintió y nos guió hacia la parte trasera donde normalmente nos sentábamos. Era diferente reunirnos entre semana, pero quería informarles de todo lo que estaba pasando antes de que saliera a la luz. Una parte de mí se sorprendió de que aún no me hubieran preguntado nada, pero nadie parecía saber qué estaba ocurriendo.

Finley y Blake tomaron asiento, dejándome una silla vacía entre Trinity y Melody.

—Bien —dijo Finley—, empieza por lo de que Gavin se fue. ¿Qué pasó?

—¿Gavin se fue? —preguntó Melody.

Me encogí de hombros—. No me sorprende, pero no lo sabía hasta que Blake lo dijo.

—¿Blake? —preguntó Finley—. ¿Cómo lo sabes?

—Zoey fue a O'Kelley's buscándote ayer —me dijo—. Le contó a Hudson que tú y Gavin habíais roto y que quería hablar contigo sobre ello.

—¿Cómo sabes eso? —preguntó Karissa.

—Ian estaba allí cuando entró Zoey. Dijo que estaba bastante alterada y esperaba que estuvieras trabajando. Hudson le dijo que te habías tomado el día libre.

—Así es. Y por eso quería hablar con todas vosotras.

—¿Sobre Gavin? —preguntó Elise.

Negué con la cabeza—. No. Gavin... le dije que le quería. Le dije que quería que se quedara. No estaba interesado. Dijo que habíamos acordado que sería algo informal y que no quería mudarse aquí, así que se fue.

—Lo siento, Piper —dijo Blake—. No tenía ni idea. ¿Estás bien?

Me encogí de hombros—. No, pero lo estaré. Sé que puedo con todo y enamorarme de él me enseñó que soy más fuerte de lo que pensaba. Tenía miedo de permitirme amar a alguien otra vez porque perdí una parte de mí la última vez cuando terminó. Duele, pero esta vez fue diferente. Le amé de verdad. Conectamos. Pensé... no importa lo que pensara. Me equivoqué, pero aquí estoy. Sigo adelante con mi vida y no huyo como hice la última vez.

—Bueno, eso es un alivio —dijo Laura.

Sonreí—. Pero no es por eso por lo que quería hablar con todas vosotras. Mmm... —Miré a Melody—. Probablemente ya lo sepas, pero voy a comprar la posada.

—¡¿Qué?! —corearon todas.

—¿Cómo iba a saber yo eso? —preguntó Melody, con aspecto tan confundido como las demás.

—Ramsey me está ayudando. Supuse que te lo habría contado.

Negó con la cabeza—. No. No me cuenta nada sobre su trabajo. A menos que sea información pública, no puede, y no lo hace. Así que no tenía ni idea. Pero felicidades.

Me reí suavemente—. Gracias. Estoy muy emocionada. Me encantan los edificios antiguos y me enamoré de la posada durante las últimas semanas. No fue una elección fácil, pero no quiero verla destruida.

—Sabía que quien encargara un cuadro así tenía que amar el lugar —dijo Blake.

Asentí—. Así es. Y sois geniales por no preguntar, pero sé que todas os estáis preguntando cómo puedo permitírmelo siendo solo una camarera.

Intercambiaron miradas curiosas que decían que todas se lo preguntaban pero no querían hacerlo.

Me reí—. Era asesora de inversiones antes de mudarme aquí. Negociaba con acciones e invertía para otras personas. Era muy buena en ello. Tipo, *muy* buena. Gané muchísimo dinero y puse gran parte en ahorros. Cuando me mudé aquí, compré el edificio donde vivo. Y he seguido haciendo operaciones por mi cuenta y solo trabajo en O'Kelley's por diversión. Suena muy esnob, pero realmente lo disfruto. No lo hago por el dinero. Yo... uf, sueno tan engreída.

—No, no suenas así —dijo Karissa—. Lo entiendo. Mis aplicaciones me han dado bastante dinero. Obviamente algunas funcionan mejor que otras, pero no me va mal. Algunas de las aplicaciones que creo son porque me gusta la idea, no porque sepa que darán dinero. Tenemos que tener cosas en nuestras vidas que nos traigan alegría.

—Yo tengo que trabajar para pagar el estilo de vida que quiero tener, pero amo lo que hago —dijo Finley—. Este lugar no siempre genera mucho efectivo, especialmente con los libros electrónicos, pero lo adoro. Me encanta estar rodeada de libros y hablar de libros. No puedo imaginarme haciendo otra cosa con mi vida, sin importar cuánto dinero tenga en el banco. No te disculpes por tener ciertas habilidades.

—Gracias. Yo... mi ex me engañó justo después de descubrir cuánto más dinero ganaba yo que él. No podía soportarlo, y he ocultado que soy propietaria de mi edificio desde que llegué aquí. Hudson dijo que lo sabía, pero tenía miedo de contárselo a alguien más aparte de Sofia. Y a Gavin, pero obviamente no fue una gran idea. De todos modos, Ramsey me está ayudando a comprar la posada. Gina no sabe que soy yo, y no lo sabrá hasta después de la venta. No quería que sintiera que tenía que bajar el precio porque nos conocemos. Ramsey se encargará de todo por la mañana, pero no va a haber realmente forma de mantenerlo en secreto.

—Eso es muy emocionante. Siento que sintieras que no podías contárnoslo —dijo Blake—. No nos importa si tienes millones en el banco o necesitas un sofá para dormir de vez en cuando, te queremos sin importar cuántos ceros haya en tu cuenta bancaria.

Solté una risa—. Gracias. Estoy emocionada.

—¿Vas a pedirle a Gina que se quede para dirigirla? —preguntó Elise.

Suspiré profundamente—. Voy a ofrecerle la opción, si quiere. En realidad, voy a hacer que Ramsey se lo ofrezca. No quiero que sienta que tiene que hacer algo porque nos conocemos. Y sé que una vez que descubra que soy yo quien compra la posada, podría cambiar de opinión, así que también estoy preparada para eso.

—Creo que es muy valiente lo que estás haciendo —dijo Trinity—. Que la hayas comprado y que asumas la remodelación y gestión de algo así. Es impresionante, y sé que harás un gran trabajo.

—Gracias. La mayoría del tiempo siento que voy a vomitar. Odiaba la idea de que alguien la cambiara. Es hermosa, y la propiedad vale más que la posada. Alguien la habría comprado, habría derribado la posada y construido un nuevo hotel que habría cambiado todo sobre Cala MacKellar. No quería permitir que eso sucediera —les dije.

—¿Puedo hacerte una pregunta? —dijo Laura.

Asentí.

—¿Te preocupa lo que Gavin dirá cuando se entere? ¿O, tipo, verlo por todas partes?

Me reí y asentí—. Sí, a ambas cosas. Podría molestarse porque la compré, pero no lo hice para cabrearle o para llamar su atención ni nada. La compré para mí. ¿Y verlo por todas partes? Sí, sé que eso va a pasar. No pienso mudarme allí todavía. Un día, quizás, pero no lo sé. Por ahora, Sofia y yo estamos bien en nuestro apartamento. Ella quiere ayudarme con la restauración de la posada. Necesitamos ver qué reservas hay y qué vamos a poder hacer, pero tengo que hacer lo que creo que es correcto para mí, y comprarla es lo correcto. Se siente bien.

—Bueno, entonces deberíamos brindar —dijo Finley—. Realmente pensé que ibas a decirme que estabas comprometida, así que tengo vino. Esto sigue siendo una noticia increíble y que cambia la vida, así que vamos a celebrarlo.

Blake la ayudó a servir el vino en vasos de plástico. Todos los pasamos y levantaron sus copas—. Por Piper, y por Posada Cala MacKellar.

—¡Salud!

Choqué mi vaso con los suyos y bebí el dulce vino. Me sentí mejor después de contarles toda la verdad.

Lo de Gavin había terminado, pero tenía que agradecerle mucho. Me enseñó a amar. Me enseñó a dejar entrar a la gente. Y me enseñó a no tener miedo de quien soy. Vivir en la posada no estaba en mis planes pronto, pero esperaba poder mudarme allí y construir una vida para mí. Tal vez una familia algún día, también.

ME SENTÉ en mi sofá la mañana siguiente mirando mi teléfono. Ramsey dijo que me llamaría tan pronto como se firmaran los papeles y todo estuviera hecho. No sabía cuánto tiempo tomaría normalmente algo así, así que di un respingo cuando mi teléfono finalmente sonó.

—Hola, eh, hola. Mmm, ¿cómo va todo?

—Hola. Tenemos un pequeño contratiempo. Los vendedores quieren que vengas.

—¿Qué? Te pedí que no le dijeras a Gina que yo soy quien compra la posada. ¿Por qué quiere hablar conmigo?

—Eh, es más complicado que eso. La señora Holbrook está aquí para firmar los papeles ya que tenemos un acuerdo, pero su sobrino también está aquí. Quiere hacerse cargo, y espera poder convencerte de que no compres la posada.

—¿Gavin está ahí? —suspiré.

—Sí —dijo Ramsey.

—¿Sabe quién soy? Es decir, ¿que soy yo quien compra la posada?

—No.

Respiré hondo—. ¿Qué debo hacer?

—Bueno, eh, no puedo responder eso por ti. Si quieres salirte de este acuerdo, puedes dejarlo ahora mismo. Si no, tienes un contrato y estás en tu derecho de exigir la venta.

—Voy a encontrar otro abogado para arreglar esto —gritó Gavin al fondo—. ¡No puedes quitarle la posada a mi tía!

—Oh, Dios —gemí—. No quería que pasara todo esto.

—Vale, ¿qué tal esto? —dijo Ramsey—. Hagamos todos

una pausa. Tomemos unos días para pensar las cosas. Nadie tiene que firmar ningún documento, y no se intercambiará dinero. Señor Holbrook, puede tener un poco más de tiempo para pensarlo, y señora Holbrook, puede hablar con su sobrino sobre todo.

—¿Qué hay del comprador? —preguntó Gina—. La oferta era excelente. Siempre quise que mis sobrinos se hicieran cargo, pero el comprador prometía todo lo demás que esperaba. Si las cosas no funcionan, no quiero que el trato se deshaga.

—Comprador, ¿estás de acuerdo con darles a los Holbrook unos días para que todo esto funcione?

—Más les vale. La posada ni siquiera estaba en venta. Yo me haré cargo. No hay razón para un comprador.

—¿Comprador? —dijo Ramsey de nuevo.

—Sí, está bien —le dije—. Esto es lo que Gina quería, así que sí, está bien para mí.

—Y si este nuevo acuerdo no funciona, ¿sigues interesada con los términos actuales?

—Sí. Muchísimo.

—Bien, me pondré en contacto pronto.

—Gracias, Ramsey.

—De nada.

Colgó y la habitación dio vueltas. Gavin había vuelto. Y quería hacerse cargo de la posada. No estaba segura si quería llorar por perder la posada o llorar porque iba a tener que verlo de nuevo. Ambas opciones eran horribles.

Todavía estaba mirando la pared cuando Sofia volvió de un trabajo. Se sentó en el sofá a mi lado y preguntó:

—¿Ya te llamó Ramsey?

Asentí y tomé aire entrecortadamente.

—¿Y? ¿Está todo hecho?

Negué con la cabeza lentamente.

—¿Por qué no? ¿Qué pasó?

—Gavin ha vuelto. Quiere hacerse cargo de la posada.

—¿Qué?

Me encogí de hombros—. Estaba en el despacho de Ramsey esta mañana. Se enteró de la oferta y volvió. Quiere hacerse cargo.

—¿Qué significa eso? ¿No la compras? ¿Habéis vuelto?

Negué con la cabeza—. No y no.

—¿No y no?

Me levanté del sofá y fui a mi habitación. Sofia me siguió mientras me cambiaba para el trabajo.

—Si él se hace cargo, yo no la compro. Eso era lo que Gina quería. Pero no tengo razones para pensar que volvamos. Dejó claro que no me quiere.

—Pero ha vuelto.

Asentí—. Y no me dijo que iba a volver ni que ha vuelto.

—Sí, pero estaba ocupado con lo de la posada.

Sonreí—. Sí. Me alegro por él. Son buenas noticias. No está aquí por mí. Está aquí por la posada.

—Pero...

—No puedo, Sof. Simplemente... no puedo.

Asintió y apretó los labios.

—Tengo que ir a trabajar. Te veo luego.

Asintió y no dijo ni una palabra más.

O'Kelley's estaba lleno, lo cual era genial. Necesitaba la distracción después del día que había tenido. No solo había vuelto Gavin, sino que lo único que pensaba que tenía, lo único que iba a ayudarme a seguir adelante, también se había ido.

Me mantuve alejada de la barra la mayor parte de la noche, tomando pedidos para las mesas y parando solo el tiempo suficiente para recoger una bandeja y dejar un ticket.

Cuando finalmente tuve un minuto, le pedí a Hudson un agua y me apoyé en el lateral de la barra. Fue entonces cuando lo vi.

Sentí como si mi corazón fuera a romperse en ese mismo momento. Quería darme la vuelta y correr, pero estaba paralizada. Solo habían pasado unos días desde que lo vi, pero me parecía diferente.

Miró por encima de su cerveza y me vio observándolo. Me giré inmediatamente, ignorando a Hudson mientras intentaba poner el agua delante de mí y desaparecí entre la multitud de nuevo.

Comprobé todas mis mesas y le pedí a otra camarera que rellenara las bebidas por mí. Cubrí sus mesas mientras ella hacía viajes a la barra, y accedí a darle todas mis propinas de la noche.

Valía totalmente la pena, especialmente porque ya no necesitaba la mayor parte de mis ahorros para comprar la posada.

—¿Podemos hablar? —dijo Gavin justo detrás de mí cuando terminaba de atender una mesa.

Negué con la cabeza y lo esquivé—. Estoy trabajando.

—Hudson dijo que podías tomarte un descanso. Dijo que no has tenido ninguno en toda la noche.

—No necesito un descanso. Necesito trabajar.

—Piper, por favor —dijo Gavin.

Finalmente encontré su mirada y supe que haría cualquier cosa que él quisiera. Me odié un poco por ello, y también le odié a él.

Le seguí hasta una mesa que milagrosamente estaba vacía cuando nos acercamos. Puse mi bandeja encima de la mesa y crucé los brazos sobre el pecho. Me recliné y esperé a que dijera algo.

No esperaba que empezara con:

—Tenías razón.

Casi me río. Casi.

—Tenía miedo de todo en mi vida. Estar aquí... estar aquí me hizo ver cuánto me estaba perdiendo, y me asustó aún más. Volví a casa... a Pittsburgh. Tenía la intención de convencer a Chad de cancelar el contrato y acabé dejando la empresa.

—¿Que tú qué? —solté.

—Ya no me quedaba bien. Nada de mi vida en Pittsburgh lo hacía. Ya no pertenezco allí.

—Me alegro por ti. Me alegra que hayas descubierto lo que quieres —Empecé a levantarme, pero él agarró mi mano.

—Pertenezco aquí —Me miró como si estuviera esperando que dijera o hiciera algo. Necesité hasta el último gramo de mi fuerza de voluntad para quedarme ahí y no llorar—. Pertenezco junto a ti.

Negué con la cabeza—. Dijiste que no quieres eso.

—Dije muchas cosas que eran completas tonterías, Piper. Lo sabías. Me lo echaste en cara. Estaba aterrorizado de querer estar en Cala MacKellar. Después de la universidad, sentí que tenía que quedarme en Pittsburgh para demostrar que podía manejar una gran vida. Tenía miedo de arruinar la posada de la tía Gina, pero también intentaba demostrarme a mí mismo que no todo lo que hacía iba a terminar en fracaso. Lo único que conseguí fue demostrarme que no me conocía en absoluto.

—Felicidades.

—Piper... lo estoy estropeando todo. Tenías razón. Sobre todo lo que dijiste. Sobre nosotros y sobre la posada y sobre que yo quería estar aquí. Lo quiero todo.

—Genial. Disfrútalo.

—¿Estás... ya no me quieres?

Contuve las lágrimas y respiré temblorosamente mientras me sentaba de nuevo.

—No quiero a alguien que no está seguro de mí. Te dije

que te quería y te fuiste del estado. Tenías tantas ganas de alejarte de mí que tuve que descubrir días después que te habías ido. Ni siquiera merecí un mensaje o una despedida o nada. Eso es lo que hice cuando me fui de Filadelfia. Mi ex me engañó, le pillé, y me fui sin decir palabra. Y eso es lo que me hiciste a mí.

—Y me equivoqué. Dios, Piper, me equivoqué muchísimo. Te quiero, y volví aquí para decirte que quiero que estés en mi vida.

—Excepto que no lo hiciste. Volviste aquí para hacerte cargo de la posada. Yo solo soy conveniente.

Negó con la cabeza—. Si quieres irte a otro lugar, le diré a la tía Gina que no puedo hacerme cargo de la posada. Tiene otro comprador. Detuve la venta esta mañana, pero si no quieres estar aquí, el comprador dijo que seguía interesado si algo no funcionaba.

—¿Simplemente te echarías atrás en el trato que hiciste con Gina?

—Piper, estoy haciendo ese trato por nosotros. Por ti y por mí. Quiero que dirijamos la posada juntos. Sé que es algo enorme pedirte, y sé que no tengo ningún derecho, pero quiero construir una vida contigo. Quiero ver tus ojos iluminarse con cada rincón de ese lugar decorado para las fiestas y quiero nadar contigo en la cala y quiero perseguir a nuestros hijos por la propiedad y quiero hacerte el amor cada día por el resto de mi vida. O tanto como me permitas.

No pude evitar reírme.

Se inclinó hacia delante y me colocó el pelo detrás de la oreja.

—Sé que no formaba parte de tu plan, y sé que dirigir la posada no es algo en lo que hayas pensado nunca, pero estoy aquí para quedarme. Donde tú estés es donde quiero estar. Si estás de acuerdo, quiero construir una vida aquí contigo.

Pero si no, necesito avisarle a la tía Gina para que pueda llamar al otro comprador.

—Tal vez podríais llegar a un acuerdo con el comprador y dividirla. ¿Comprarla juntos?

—¿Por qué? Tener un socio... no sé.

—Pero dijiste que quieres hacer esto conmigo.

—Sí, pero no creo que quiera traer a alguien más.

Levanté las cejas y esperé a que lo entendiera.

—No. ¿En serio? ¿Tú eres el comprador?

Asentí.

Se rió—. Así que, supongo que la posada no es un plan nuevo. La única parte nueva soy yo.

Sonreí—. Realmente quiero hacerte pagar por haberme abandonado. Quiero que sufras. ¿De verdad me quieres?

Asintió—. Sí.

—¿Y esto es realmente lo que quieres?

—Sí.

—¿Y no vas a huir cuando se ponga difícil?

—Nunca más.

—Creo que necesitamos crear algunas reglas nuevas.

Sonrió—. Yo solo tengo una.

Alcé una ceja.

—Déjame amarte.

Sonreí y le dejé sacarme de mi asiento y llevarme a sus brazos—. Creo que puedo con eso.

Me rodeó con sus brazos y cerró los ojos—. Gracias por quererme lo suficiente como para señalar mis tonterías.

Me reí—. Cuando quieras.

Se rió—. Te quiero.

Respiré hondo y suspiré feliz—. Te quiero.

—Vamos a ser dueños de la posada.

Sonreí—. Solo espero que podamos trabajar juntos.

—Creo que trabajamos muy bien juntos.

Asentí. No podía discutir eso.

EPÍLOGO

ROWAN

Siempre he oído que las personas con las que pasas la Nochevieja son las personas con las que pasarás el año. Mientras miraba alrededor del O'Kelley's, no estaba seguro de que me gustara esa idea.

Eran buenas personas, y me estaba acostumbrando al pueblo, pero no era para mí. Estaba listo para volver a casa. Para regresar a mi vida. Para marcar la diferencia en el mundo.

—Feliz Año Nuevo, tío —dijo Hudson, casi con sarcasmo.

—Sí, Feliz Año Nuevo —le dije, levantando mi botella de cerveza en un brindis.

—¿Por qué has salido si estás de mal humor?

Me encogí de hombros. —¿No se supone que debes estar rodeado de gente cuando te sientes fatal?

Hudson se encogió de hombros. —Supongo que por eso tengo un bar. ¿Qué te pasa?

Negué con la cabeza. —Nada de qué preocuparse.

—Es una suerte que no necesites interrogar a mucha gente porque eres pésimo mintiendo.

Solté una carcajada. —Normalmente no.

Hudson arqueó una ceja, pero cuando quedó claro que no iba a darle nada más, me dejó en paz. Eso era algo que realmente me gustaba de Cala MacKellar. La gente entendía cuando no querías soltar toda tu historia de vida. Por supuesto, probablemente ellos ya conocían las historias de vida de los demás, pero nunca me presionaron para que compartiera todos los detalles de mi pasado.

Menos mal, porque si no, me habría marchado.

Piper pasó y me preguntó si estaba bien. Asentí. Me dijo que le avisara si necesitaba algo. El lugar estaba abarrotado. Era más fácil pedirle a Hudson. No había razón para estresar a Piper. No cuando estaba teniendo una noche ocupada después de una semana intensa.

—¿No vas a unirte a nosotros? —preguntó Rucker, dándome una palmada en la espalda y haciendo que derramara mi cerveza.

—¿En serio?

Se rió. —Supéralo y únete a nosotros.

Rucker agarró una nueva jarra de cerveza y una jarra de cócteles y se dirigió de vuelta a la mesa en la esquina donde su grupo se había instalado. Me habían invitado desde el principio, pero seguía sintiendo que no pertenecía allí. Sí, sí, era mi culpa porque no les dejaba entrar, pero no iba a estar allí para siempre, así que no tenía planes de hacerlo. Unos meses más y entonces estaría libre y podría volver a mi vida.

—Me alegro de que te unas a nosotros —dijo Karissa.

Asentí y le sonreí. No conocía bien a las mujeres del grupo, pero eran amables y charlatanas e intentaban incluirme cuando todos estaban juntos. La mayoría de los hombres estaban emparejados, lo que significaba que definitivamente necesitaba salir pronto antes de que intentaran convertirme en un hombre comprometido. Eso no iba a suceder.

—Muy bien, ¿quién tiene planes para el próximo año?

Grandes objetivos. ¿Quién va a hacer algo? —preguntó Finley.

—Voy a seguir adelante —dijo Laura. No pregunté qué significaba eso.

—Voy a hacer algo que me asuste —dijo Karissa. Interesante.

—Voy a divertirme —dijo Blake con un guiño en dirección a Ian. Demasiada información.

—Nos vamos de vacaciones —dijo Rucker, acercando más a su novia, Trinity, a su lado.

—¿Estamos hablando de un tipo de vacaciones de luna de miel? —preguntó Melody.

Rucker y Trinity negaron con la cabeza. —Todavía no — respondió Trinity por los dos. Compartieron una sonrisa secreta que me hizo preguntarme si acababan de mentir descaradamente.

—Vamos a empezar nuestra vida juntos —dijo Gavin, agarrando a Piper y sentándola en su regazo.

—Estoy trabajando —dijo Piper con una risa.

—Es casi medianoche. Hudson dijo que podías tomarte unos minutos a medianoche —argumentó Gavin.

Ella miró su teléfono y se relajó contra él. —Estoy emocionada por lo que traerá el próximo año.

Los demás a mi alrededor asintieron.

Intenté canalizar sus sentimientos, dejar ir los miedos que daban vueltas constantemente dentro de mí. Sabía que no había hecho nada malo, pero nunca era tan fácil. Solo tenía que esperar noticias. Y mientras tanto, fingir que todo era completamente normal.

—Chicos, es casi medianoche —dijo Finley, levantándose de su asiento.

Hudson apagó la música y conectó una cuenta atrás desde algún lugar.

—Estamos preparándonos —dijo la voz—. ¡Todos! Diez. Nueve. Ocho. Siete. Seis.

Todo el bar se unió después de eso.

—Cinco.

—Cuatro.

—Tres.

—Dos.

—¡Uno! ¡Feliz Año Nuevo!

La música llenó el aire y moderó los gritos a mi alrededor. Bebí un sorbo de mi cerveza y observé cómo las parejas y los amigos se emparejaban y cantaban. Las parejas se besaban y se susurraban. Los amigos se abrazaban, se cogían de las manos y cantaban fuerte y desafinadamente.

Dejé mi cerveza en la mesa y me dirigí a la puerta. Necesitaba un minuto de aire fresco.

Salí y casi golpeé a alguien con la puerta. —Lo siento —dije al instante. Otra maldición de vivir en un pueblo pequeño. Me disculpaba por cada maldita cosa que hacía.

—Ten cuidado —espetó ella. Me lanzó una mirada que podría haber hecho temblar a hombres más débiles, pero a mí me intrigó.

Estiró el cuello para echar un vistazo al interior del O'Kelley's antes de que la puerta se cerrara y luego se marchó pisando fuerte por la nieve. La observé irse durante un minuto, sintiendo el impulso irresistible de seguirla.

Estaba a punto de ir tras ella cuando la puerta del O'Kelley's se abrió de golpe y la multitud se derramó en la acera a mi alrededor. La gente me daba palmadas en el hombro y me deseaba un Feliz Año Nuevo mientras bailaban en la calle y por las aceras.

Miré hacia arriba, pero ella había desaparecido. Si había sido tragada por la multitud o había logrado escapar, no estaba seguro. Lo único que sabía era que esperaba tener la oportunidad de hacerla enfadar de nuevo.

Gracias por leer la historia de Gavin y Piper. Cuando empecé esta serie, sabía que habría personajes que me sorprenderían. Personajes que parecían surgir de la nada y luego cobraron vida en la página. Estos dos fueron los primeros, y los adoro. ¡Espero que tú también!

A continuación viene la historia de Willow y Rowan. Después de un desacuerdo con su hermana, Willow no forma parte del círculo popular. Rowan lleva demasiados secretos como para formar parte de algo. Juntos, son ardientes, explosivos y muy divertidos de ver. ¡Comienza *Su Paria Curvilínea* ahora!

¿**Buscas más** de Gavin y Piper? ¡Los suscriptores obtienen un epílogo adicional exclusivo y gratuito de su primera gran renovación en la posada! ¡Solo disponible para suscriptores! ¡Regístrate ahora!

ACERCA DEL AUTOR

USA TODAY La autora superventas Mary E Thompson pasó la mayor parte de su infancia deseando tener algunas curvas menos. Se escondía entre las páginas de los libros porque a sus personajes favoritos nunca les importaba qué talla de ropa usaba. Ahora, a Mary tampoco le importa, y escribe historias que celebran a mujeres como ella. Mujeres reales que tienen curvas, persiguen sueños y encuentran el amor, porque todas merecemos ser felices, sin importar nuestra talla.

Mary pasa su tiempo fuera de la escritura con su esposo y sus dos hijos, viendo demasiada televisión, animando a su equipo local de fútbol americano (¡Vamos Bills!) y escondiendo chocolate de su familia.

Suscríbete ahora al boletín de Mary. ¡Los suscriptores reciben libros electrónicos gratuitos y otras cosas divertidas, como contenido exclusivo solo para miembros y sorteos, además de ser los primeros en conocer los nuevos lanzamientos y ofertas!